EM TOM
DE CONVERSA

Julian Barnes

EM TOM DE CONVERSA

Tradução de
ROBERTO GREY

Título original
TALKING IT OVER

© Julian Barnes, 1991

Direitos desta edição reservados à
EDITORA ROCCO LTDA.
Av. Presidente Wilson, 231 – 8º andar
20030-021 – Rio de Janeiro – RJ
Tel.: (21) 3525-2000 – Fax: (21) 3525-2001
rocco@rocco.com.br
www.rocco.com.br

Printed in Brazil/Impresso no Brasil

preparação de originais
CARLOS NOUGUÉ

CIP-Brasil. Catalogação na fonte.
Sindicato Nacional dos Editores de Livros, RJ.

B241e Barnes, Julian, 1946-
     Em tom de conversa / Julian Barnes; tradução de
     Roberto Grey. – Rio de Janeiro: Rocco, 1994.

     Tradução de: Talking it over
     ISBN 85325-0470-1

     1. Ficção inglesa. I. Grey, Roberto. II. Título.

94-0486   CDD–823
                                                                   CDU–820-3

O texto deste livro obedece às normas do
Acordo Ortográfico da Língua Portuguesa.

Para Pat

Ele mente como uma testemunha ocular
Provérbio russo

1: Seu (dele), seu (dele ou dela), seu (deles)

STUART Meu nome é Stuart, e me lembro de tudo. Stuart é meu nome de batismo. Meu nome todo é Stuart Hughes. Meu nome *todo*: não tem mais nada. Nenhum sobrenome no meio. Hughes era o nome dos meus pais, que estiveram casados por vinte e cinco anos. Eles me deram o nome de Stuart. No princípio não gostei particularmente deste nome – na escola dava ensejo a muitas gracinhas – mas acabei por me acostumar. Dá para ir levando. Até porque não tinha outro jeito. Desculpe, não sou muito bom com piadas. Já me disseram isso antes. Seja como for, Stuart Hughes – acho que me basta. Não quero ser chamado de St. John Sr. John de Vere Knatchbull. Meus pais se chamavam Hughes. Eles morreram, e agora uso o nome deles. E, quando eu morrer, ainda serei chamado de Stuart Hughes. Não há muitas certezas neste nosso grande mundo, mas esta é uma delas.

Percebe aonde estou querendo chegar? Desculpe, mas não há qualquer razão pela qual deva perceber. Nem bem comecei. Você mal me conhece. Vamos começar de novo. Olá, meu nome é Stuart Hughes, prazer em conhecê-lo. Devemos apertar as mãos? Certo, ótimo. Não, o ponto que estou querendo provar é o seguinte: *todo mundo por aqui mudou o nome deles.* É um pensamento e tanto. É até mesmo um pouco horripilante.

Agora, você notou como eu disse *todo mundo* antecedido por *seu*? "Todo mundo mudou seu deles." Fiz isto de propósito, talvez só para aborrecer Oliver. Tivemos uma briga tremenda com Oliver. Bem, seja como for, uma discussão. Ou pelo menos uma discordância. Ele é um grande pedante, o Oliver. É o meu amigo mais antigo, de modo que posso chamá-lo de grande pedante. Assim que Gill o conheceu – é minha mulher, Gillian – ela me disse: "Sabe de uma coisa, seu amigo fala que nem um dicionário."

Estávamos, nesta ocasião, numa praia logo acima de Frinton, e quando Oliver ouviu a observação de Gill desandou a falar sem parar. Eu diria que lembra uma corredeira, mas este não é o meu tipo de comparação. Não sou capaz de reproduzir o modo como ele fala – só ouvindo pessoalmente – mas é como se Oliver disparasse a zumbir. Foi o que fez então. "Que tipo de dicionário eu sou? Tenho índice de dedo? Sou bilíngue?" – e assim por diante. Continuou desse jeito por algum tempo e terminou perguntando quem ia comprá-lo. "E se ninguém me quiser? Desdenhado. Poeira na minha lombada. Oh, não, vou ficar encalhado, já estou vendo isso, vou ficar encalhado", e começou a caminhar batendo com os pés na areia e gemendo para as gaivotas – uma cena e tanto de teatro experimental – e um casal idoso que estava ouvindo rádio atrás de quebra-ventos pareceu bastante alarmado. Gillian limitou-se a rir.

De qualquer modo, Oliver é pedante. Não sei o que você acha desta história de eu ter escrito *todo mundo* antecedido por *seu*. Provavelmente não acha muita coisa, não há razão para que deva achar. Não me lembro de como começou, mas tivemos essa discussão. Oliver, Gillian e eu. Cada um de nós tinha uma opinião diferente. Deixe-me tentar registrar os pontos de vista antagônicos. Quem sabe eu redija a ata da reunião, como no banco.

OLIVER disse que expressões como *todo mundo, alguém* e *ninguém* levam os pronomes para o singular e, assim sendo, devem ser antecedidos do pronome possessivo singular, isto é, *seu (dele)*.

GILLIAN disse que não se pode fazer uma observação geral excluindo metade da raça humana, porque, em 50% dos casos, esse *alguém* vem a ser uma mulher. Assim sendo, por razões de lógica e justiça, deve-se dizer *seu(dele) ou seu(dela)*.

OLIVER disse que estávamos discutindo gramática, e não política sexual.

GILLIAN perguntou como é que podíamos separar as duas coisas, porque de onde provinha a gramática senão dos gramáticos, e quase todos os gramáticos – provavelmente cada um deles, pelo que sabia – eram homens, e assim o que esperávamos; mas principalmente o que ela falava era senso comum.

OLIVER rolou os olhos para trás, acendeu um cigarro e disse que a própria expressão *senso comum* era uma contradição em termos e que se o Homem – neste ponto ele fingiu estar extremamente envergonhado e corrigiu para Homem-ou-Mulher – se o Homem-ou-Mulher tivesse contado com o senso comum durante o milênio anterior estaríamos todos vivendo ainda em choças de barro, comendo comida terrível e ouvindo discos de Del Shannon.

STUART surgiu então com uma solução. *Seu(dele)* sendo impreciso ou insultuoso ou, muito possivelmente, ambos e *seu(dele)* ou *seu(dela)* sendo diplomático, mas horrivelmente incômodo, a resposta óbvia era dizer *seus(deles)*. Stuart apresentou esta sugestão de compromisso com absoluta confiança e foi surpreendido com a sua rejeição pelo resto da assembleia.

OLIVER disse que, por exemplo, a frase *alguém pôs a cabeça deles na fresta da porta* soaria como se estivéssemos nos referindo a dois corpos e uma cabeça, lembrando um medonho experimento russo. Ele lembrou dos monstros que são exibidos em feiras, mencionando mulheres barbadas, fetos de carneiro deformados e muitos itens similares, até que foi chamado à ordem pela Mesa (= eu).

GILLIAN disse que, em sua opinião, *seus(deles)* era tão desajeitado e tão obviamente diplomático quanto *seu(dele)* ou *seu(dela)* mas, afinal de contas, por que a assembleia estava sendo tão suscetível quanto a chegar a uma conclusão? Já que as mulheres tinham sido ensinadas por séculos a fio a usar o pronome possessivo masculino quando se referissem a toda a raça humana, por que não deveria haver uma ação corretiva, mesmo que tivesse de ser enfiada por algumas gargantas (masculinas)?

Stuart continuou a afirmar que *seus(deles)* era a melhor solução, sendo representante de uma linha de ação intermediária.

A ASSEMBLEIA foi adiada *sine die*.
Depois fiquei pensando nesta conversa um bocado de tempo. Ali estávamos nós, três pessoas razoavelmente inteligentes, discutindo os méritos de uma coisa tão pequena. Um quase nada, mas não conseguíamos chegar a um acordo. *E* éramos amigos. No entanto, não conseguíamos chegar a um acordo. Havia nisto algo que me preocupava. Como foi que embarquei nessa? Ah, sim, todo mundo por aqui *mudaram seus* nomes. É verdade, e é um pensamento e tanto, não é? Gillian, por exemplo, mudou de nome quando se casou comigo. Seu nome de solteira era Wyatt, mas agora ela se chama Hughes. Não me sinto lisonjeado por achar que ela estivesse ansiosa para tomar o meu nome. Acho que queria mais era se livrar de Wyatt. Porque Wyatt era o nome do seu pai, você entende, e ela não se dava com ele. Ele tinha abandonado sua mãe, que depois ficou encalhada anos a fio com o nome de alguém que a deixara. Não muito simpático para a Sra. Wyatt, ou Mme. Wyatt, como algumas pessoas a chamavam por ser francesa de nascimento. Suspeito que Gillian tivesse se livrado de Wyatt como um meio para romper com o pai (que, por sinal, não apareceu no casamento) e para mostrar à mãe o que *ela* deveria ter feito anos antes. Não que Mme. Wyatt tivesse entendido a sugestão, se é que houve alguma.

Tipicamente, Oliver disse que depois do casamento Gill deveria ter passado a se chamar Sra. Gillian Wyatt-ou-Hughes, isto é, se ela quisesse ser lógica, gramatical, dotada de senso comum e diplomática e desajeitada. Ele é assim, o Oliver.

Oliver. Não era este o seu nome quando o conheci. Fomos colegas de escola. Na escola era chamado de Nigel ou, às vezes, "N. O.", ou ocasionalmente "Russ", mas Nigel Oliver Russell nunca era chamado de Oliver. Acho que nem mesmo sabíamos o que queria dizer o "O"; talvez ele mentisse a este respeito. De qualquer forma, o que interessa é o seguinte. Eu não fui para a universidade, Nigel foi. Nigel saiu para o seu primeiro período e quando voltou se chamava Oliver. Oliver Russell. Ele abandonara o N, até mesmo no nome impresso no talão de cheques. Você está vendo, eu me lembro de tudo. Ele foi ao seu banco e pediu que imprimissem novos talões de cheques e, em vez de assinar "N. O. Russell", passou a assinar "Oliver Russell". Fiquei surpreso por terem deixado. Achava que para mudar de nome era preciso um documento registrado em cartório ou algo semelhante. Perguntei como tinha conseguido, mas ele não quis me dizer. Só disse: "Ameacei ir fazer meus saques a descoberto em outra parte." Não sou tão inteligente quanto Oliver. Na escola às vezes eu tirava notas melhores, mas isto quando ele preferia não se esforçar. Eu era melhor em matemática, ciências e coisas práticas – bastava você lhe mostrar um torno mecânico na oficina para ele fingir que desmaiava – mas quando Oliver queria me vencer, vencia. Bem, não só a mim, a todo mundo. E ele sabia se safar. Quando tivemos de brincar de soldados na Força de Cadetes, Oliver estava sempre dispensado. Ele pode ser realmente inteligente quando quer. E é o meu amigo mais antigo.

Ele foi meu padrinho. Não no sentido estrito da palavra, porque o casamento foi no cartório e não precisava ter padrinho. Na verdade, tivemos uma discussão boba por causa disso. Boba mesmo; conto para você outra hora.

Era um dia bonito. O tipo de dia que serve para o casamento de qualquer pessoa. Uma manhã amena de junho, com céu azul e brisa suave. Presentes, seis de nós: eu, Gill, Oliver, Mme. Wyatt, minha irmã (casada, separada, mudou de nome – o que foi que eu disse?) e uma tia velha desencavada por Mme. Wyatt no último minuto. Não entendi seu nome, mas aposto como não era original.

O tabelião era um homem digno, que se comportava com o grau correto de formalismo. O anel que eu comprara fora colocado numa almofada de veludo cor de ameixa e ficou cintilando para nós até que foi a hora de colocá-lo no dedo de Gill. Eu disse meu juramento um tanto alto demais, e as palavras pareceram ecoar no fino lambri de carvalho que revestia as paredes; para compensar, Gill sussurrou seus votos tão baixinho que só eu e o tabelião pudemos ouvir. Sentíamo-nos muito felizes. As testemunhas assinaram o livro. O tabelião entregou a Gill a certidão de casamento e disse: "Isto é *seu*, Sra. Hughes, nada a ver com o jovem aí." Havia um grande relógio da municipalidade do lado de fora do prédio da prefeitura, e tiramos uns retratos debaixo dele. A primeira foto do rolo do filme dizia 12:13, e nós estávamos casados há três minutos. A última chapa do rolo trazia impresso 12:18, e estávamos casados fazia oito minutos. Alguns dos retratos tinham sido tirados de ângulos absurdos por causa das brincadeiras de Oliver. Depois fomos todos para um restaurante e pedimos salmão grelhado. Foi servido champanhe. E mais champanhe. Oliver fez um discurso. Disse que queria brindar a uma dama de honra mas não havia nenhuma por perto, de modo que ele se dava por satisfeito por brindar a Gill. Todo o mundo riu e bateu palmas, e Oliver usou um monte de palavras compridas, e cada vez que pronunciava uma nós berrávamos. Estávamos numa espécie de salão nos fundos e de vez em quando gritávamos mais alto, com uma palavra particularmente mais comprida, e um garçom vinha olhar para ver se estávamos pedindo alguma coisa e ia embora. Oliver terminou seu discurso, sentou-se e recebeu um bocado de tapinhas nas costas. Virei-me para ele e disse: "A propósito, alguém acabou de enfiar suas 'cabeça' na porta."

– O que queriam?

– Não – repeti. – *Alguém* acabou de enfiar *suas* cabeça pela porta.

– Você está de porre? – perguntou ele.

Acho que deve ter esquecido. Mas eu me lembro, vocês estão vendo. Eu me lembro de tudo.

GILLIAN Olhe, particularmente eu não acho que seja da conta de ninguém. Não acho mesmo. Sou uma pessoa comum, normal. Não tenho nada para dizer. Hoje em dia, para onde quer que você se vire, tem uma pessoa querendo cuspir sua vida na cara da gente. Abra qualquer jornal e eles estão gritando Entrem na Minha Vida. Ligue a televisão e em cada dois programas um tem alguém falan-

do sobre seus problemas, divórcio, ilegitimidade, doença, alcoolismo, vício de drogas, violação sexual, falência, câncer, amputação, psicoterapia. Ou vasectomia, mastectomia e apendicetomia, seja homem ou mulher. Por que todos fazem isto? Olhem para Mim, Escutem-me. Por que simplesmente não podem aguentar tudo calados? Por que têm de *falar* a respeito?
Só porque não sou de natureza confessional, não significa que esqueça as coisas. Lembro-me de minha aliança de casamento repousando sobre uma gorda almofada cor de borgonha; Oliver folheando o catálogo telefônico procurando pessoas com nomes idiotas, e de como eu me sentia. Mas essas coisas não são para consumo público. O que lembro é da minha conta.

OLIVER Oi, sou Oliver, Oliver Russell. Quer um cigarro? Não, não creio que você fume. Importa-se se eu fumar? Sim, eu *sei* que faz mal à minha saúde, e, para falar a verdade, é o motivo pelo qual gosto de fumar. Meu Deus, nem bem acabamos de nos conhecer e você já vem como um esquilo de patinhas para cima a comer nozes. O que é que eu tenho com isto, afinal? Dentro de 50 anos estarei morto e você será um lépido lagarto chupando barulhentamente seu iogurte por um canudinho, tomando água de nascente e usando sandálias saudáveis. Pois bem, prefiro do meu modo.
Devo dizer minha teoria? Todos nós vamos ter câncer ou uma doença cardíaca. Há, basicamente, dois tipos de seres humanos, pessoas que refreiam suas emoções e pessoas que as liberam, rugindo. Introvertidos e extrovertidos, se você preferir. Os introvertidos, como é bem sabido, tendem a internalizar suas emoções, seu ódio e autodesprezo, e esta internalização, como é igualmente bem sabido, produz câncer. Os extrovertidos, por outro lado, liberam a alegria, se enfurecem com o mundo, desviam seu autodesprezo para os outros, e este esforço excessivo, por um processo lógico, causa ataques do coração. É uma coisa ou outra. Agora, acontece que sou um extrovertido, de modo que, se eu compensar isto fumando, conservar-me-ei um ser humano perfeitamente equilibra-

do e saudável. Esta é a *minha* teoria. Além do mais, sou viciado em nicotina, o que torna fumar mais fácil.

Eu sou Oliver e me lembro de todas as coisas *importantes*. A questão a respeito da memória é a seguinte. Notei que a maioria das pessoas com mais de 40 anos reclama sem parar porque sua memória não é mais tão boa quanto costumava ser, ou por não ser tão boa quanto gostariam fosse. Francamente, não me surpreende: vejam só a quantidade de lixo que decidiram armazenar. Imagine-se uma caçamba monstruosa entupida de ninharias: lembranças da infância singularmente iguais a tantas outras, cinco bilhões de resultados esportivos, rostos de pessoas de que você não gosta, enredos de novelas de televisão, dicas ensinando a tirar manchas de vinho tinto do tapete, o nome do seu representante na Câmara, esse tipo de coisa. Que monstruosa vaidade faz as pessoas concluírem que a memória deseja ficar entupida com essa espécie de lixo? Imagine o órgão da memória como o funcionário de uma seção de achados e perdidos num terminal monótono, cuidando de seus pertences, que não valem absolutamente nada até que você venha a precisar deles. E por tão pouco dinheiro! E por tão poucos agradecimentos! Não é de admirar que o balcão não esteja guarnecido a metade do tempo.

O que faço com a memória é confiar-lhe apenas coisas que deem algum orgulho ao serem procuradas. Por exemplo, nunca me lembro de números de telefone. Mal e mal consigo me lembrar do meu, mas não vou me angustiar se tiver que puxar do meu caderninho de endereços e procurar Oliver Russell nele. Algumas pessoas – desagradáveis *arrivistas* no reino da mente – falam em treinar a memória, tornando-a apta e ágil como um atleta. Pois muito bem, nós todos sabemos o que acontece com os atletas. Aqueles remadores tão considerados, morrem todos na meia-idade, os jogadores de futebol desenvolvem artrite nas juntas estalantes. Músculos se rompem, discos vertebrais se soltam. Veja só uma reunião de antigos esportistas e você estará ante um anúncio vivo de clínica geriátrica. Se ao menos não tivessem sobrecarregado tanto os seus tendões...

Assim, acredito em alimentar delicadamente a minha memória, limitando-me a passar-lhe apenas os melhores petiscos da experiência. Aquele almoço depois do casamento, por exemplo. Tivemos um champanhe perfeitamente esperto, de uma safra sem qualquer destaque em particular, escolhido por Stuart (marca? *mis en bouteille par Les Vins de l'Oubli*), e comemos *saumon sauvage grillé avec son coulis de tomates maison*. Eu não teria escolhido isto, mas, como não fui consultado, tudo bem. Não, não, tudo saiu perfeitamente certo, só um pouco sem imaginação... Mme. Wyatt, com quem eu estava *à côté*, pareceu gostar ou, pelo menos, apreciar o salmão. Mas empurrou um pouco os cubinhos cor-de-rosa translúcidos que cercavam o peixe, depois virou-se para mim e perguntou:

– O que exatamente você diria que isto aqui é?

– Tomate – fui capaz de informar. – Pelado, descaroçado, cortado em cubos.

– Que curioso, Oliver, identificar o que dá a um fruto o seu caráter e depois remover.

Não acha esta observação magnífica? Tomei-lhe a mão e beijei-a.

Por outro lado, receio não ser capaz de lhes dizer se Stuart estava usando seu terno cinza claro ou o cinza escuro na cerimônia.

Entende o que quero dizer?

Lembro-me do céu naquele dia: nuvens enoveladas, como guardas de livros encadernados. Um pouquinho de vento demais, e todo o mundo ajeitando o cabelo dentro do cartório. Uma espera de três minutos em torno de uma mesinha de centro baixa na qual havia três catálogos telefônicos de Londres e três exemplares das *Páginas Amarelas*. Ollie tentando divertir o grupo procurando profissionais pertinentes à ocasião, como Advogados Especialistas em Divórcio e Fornecedores de Artigos de Borracha. Nenhum resultado, contudo. Aí entramos para enfrentar aquele tabeliãozinho absolutamente untuoso e penumbroso. Uma nuvem de caspa nos seus ombros. O espetáculo prosseguiu tão bem quanto estas coisas geralmente acontecem. O anel cintilou sobre seu *pouffe* cor de ameixa como um dispositivo intrauterino. Stuart berrou suas falas como se estivesse respondendo a uma corte marcial e como, caso deixasse de enunciá-las com perfeição no volume máximo, tivesse de passar mais alguns anos na cadeia. A pobre Gillie mal foi capaz de vocalizar suas respostas. Acho que estava chorando, mas considerei isto vulgar. Depois saímos e tiramos retratos. Stuart estava particularmente elegante, pensei. Ele é o meu amigo mais antigo, e aquele *era* o seu casamento, mas estava parecendo drogado com tanta autossatisfação, de modo que furtei a máquina de retrato e anunciei que tudo do que o álbum de casamento precisava eram umas fotos de arte. Saltitei de um lado para o outro, deitei-me no chão, girei as lentes 45 graus e cheguei o mais perto possível, mas o que eu realmente estava fazendo, o que eu realmente estava querendo, era um bom instantâneo do *queixo duplo de Stuart*. E ele só tem 32 anos. Bem, talvez *queixo duplo* seja um pouco injusto; digamos que se trata de uma mera papada de filé de porco, mas que se pode conseguir que aumente de volume e brilho com um maestro atrás da lente.

Stuart... Não, espere um pouco. Você tem falado com ele, não tem? Você tem falado com Stuart. Senti uma pequena hesitação quando trouxe à tona o assunto do seu queixo duplo. Quer dizer então que você não tinha notado? Sim, bem, no escuro, com a luz atrás dele... E Stuart provavelmente estava esticando o pescoço para compensar. No meu entender, sua papada não apareceria tanto se ele tivesse cabelo comprido, mas Stuart nunca dá àquele seu emaranhado cor de rato qualquer *Lebensraum*. E com o rosto redondo e olhinhos circulares e amistosos olhando para você por trás daqueles óculos que não chegam a ser do último modelo. O que quero dizer é que ele parece ser bastante *amigável*, mas de algum modo precisa ser *trabalhado*, não acha?

O quê? Ele não estava de óculos? Claro que estava. Eu o conheço desde que era da altura dos joelhos do professor... bem, talvez ele tenha passado secretamente para lentes de contato e as estivesse experimentando em você. Está certo. É possível. Tudo é possível. Talvez esteja querendo exibir um semblante mais decidido, para quando for para aquela gaiola asquerosa na City e ficar encarando a telinha verde a piscar neuroticamente e vociferar no seu telefone celular ordenando outro bloco de títulos futuros, aparente ser um pouquinho mais macho do que todos nós sabemos que é. Mas Stuart vem mantendo os comerciantes de óculos ocupados – especialmente os que estocam armações antiquadas – desde que íamos à escola juntos.

De que é que você está rindo agora? Fomos à escola... Ah, Stuart tem tagarelado sobre como mudei de nome, não é? Ele é obcecado com coisas desse tipo, você sabe. O nome dele é realmente idiota – Stuart Hughes, eu lhe pergunto, há uma carreira em estofados para você, nenhuma qualificação necessária, exceto o nome perfeito, senhor, nome este que o senhor tem – e é bastante complacente para responder por ele pelo resto dos seus dias. Mas Oliver costumava ser chamado de Nigel. *Mea culpa, mea maxima culpa.* Ou melhor, não. Ou melhor, Obrigado, Mãe. Seja como for, não se pode passar o resto da vida sendo chamado de *Nigel*, pode? Não se pode atravessar todo um livro sendo chamado de Nigel. Alguns nomes simplesmente não são apropriados após algum tempo. Digamos que você se chamasse Robin, por exemplo. Muito bem, é uma alcunha perfeitamente boa até a idade de 9 anos, mais ou menos, mas muito em breve você terá que fazer algo a respeito, não é mesmo? Mudar seu nome no cartório para Sansão, ou Golias, ou algo assim. E com algumas *appellations*, o contrário é verdadeiro. Como Walter, por exemplo. Não se pode ser Walter num carrinho de criança. No meu entender, não se pode ser *Walter* senão quando já se está perto dos 75 anos. Assim, se vão batizar você como Walter é melhor que ponham dois nomes antes, um para soletrar no carrinho e o outro para a longa distância a ser percorrida até se transformar em Walter. Assim, podiam chamar você de Robin Bartholomew Walter, por exemplo. Um tanto artificial, na minha opinião, mas sem dúvida agrada, de certa forma.

Assim eu troquei Nigel por Oliver, que sempre foi meu segundo nome. Nigel Oliver Russell – aí está, eu o pronuncio sem enrubescer. Fui para o meu primeiro período em York chamado Nigel e voltei como Oliver. O que é tão surpreendente? Não é mais estranho que entrar para o exército e voltar para casa na primeira licença com um bigode. Um mero rito de passagem. Mas por alguma razão o velho Stuart não consegue se refazer deste tipo de coisa. Gillian é um nome bom. Combina com ela. Vai durar. E Oliver combina comigo, não acha? Combina bastante bem com meu cabelo muito escuro, meus beijáveis dentes de marfim, minha cintura fina, meu *panache* e meu terno de linho com a inerradicável mancha de Pinot Noir. Combina com ter um bom cheque especial e estar familiarizado com o Prado. Combina com *algumas pessoas* querendo chutar minha cabeça. Como o troglodita daquele gerente de banco que fui ver no final do meu primeiro período na universidade. O tipo do sujeito que tem uma ereção quando sabe que as taxas de juros bancárias subiram um décimo de ponto percentual. De qualquer forma, esse troglodita, esse... Walter me fez entrar no tugúrio luxurioso recoberto de lambris que lhe servia de escritório, classificou meu pedido para mudar o nome nos meus cheques de N. O. Russell para Oliver Russell como contrário à política do banco para os anos 1980 e me lembrou que, a menos que fosse efetuado um depósito que camuflasse o rombo na minha conta, eu não ia conseguir outro talão de cheques nem que meu nome fosse Papai Noel. Aí então caí na minha cadeira com um eficiente simulacro de sicofantismo, depois exibi o velho charme diante dele por alguns minutos, qual um *matador*, e, antes que houvesse tempo para dizer *fundador*, Walt estava de joelhos me implorando o *coup de grâce*. Assim, concedi-lhe a honra de endossar minha mudança de nome.

    Acho que perdi todos os amigos que antes me chamavam de Nigel. Exceto Stuart, claro. Você devia fazer com que Stuart narrasse nossos tempos de colégio. Certamente que nunca insultei minha memória pedindo a ela para armazenar todo aquele lixo. Stuart, só para ter algo para dizer, ocasionalmente costumava recitar: "Adams, Aitken, Apted, Bell, Bellamy..." (Invento os nomes, você entende.)

– O que é isto? – eu perguntava. – Seu novo mantra? Ele ficava desconcertado. Talvez pensasse que mantra fosse um tipo de carro. O Oldsmobile Mantra. "Não", ele respondia. "Não se lembra? Era a turma 5A. O velho Biff Vokins era o nosso chefe de turma." Mas eu não me lembro. *Não vou me lembrar.* A memória é um ato de vontade, assim como o esquecimento. Acho que já apaguei suficientemente a maior parte dos meus primeiros 18 anos, transformando tudo numa inofensiva papinha de bebê. O que poderia ser pior que ser perseguido por esse tipo de coisa? A primeira bicicleta, as primeiras lágrimas, o velho ursinho com a orelha mascada. Não se trata só de uma questão estética, é também prática. Se você lembrar bem demais do passado, vai começar a culpar o presente por ele. Olhe só o que fizeram comigo, foi o que me fez ser assim como sou, e a culpa não é minha. Permita-me corrigi-lo; provavelmente a culpa é sua. E poupem-me bondosamente dos detalhes.

    Dizem que quando se envelhece a gente se lembra melhor dos primeiros anos. Uma das muitas armadilhas à frente. A vingança senil. A propósito, já lhe contei minha Teoria da Vida? A vida é como invadir a Rússia. Um começo relâmpago, barretinas emassadas, plumas dançando como um galinheiro alvoroçado; um período de progresso gracioso registrado em despachos exaltados enquanto o inimigo recua; depois o início de uma caminhada penosa e desmoralizante, com as rações ficando cada vez mais curtas e os primeiros flocos de neve caindo no seu rosto. O inimigo incendeia Moscou e você cede ao General Inverno, cujas unhas são verdadeiros pingentes de gelo. Retirada amarga. Cossacos saqueadores. Você acaba caindo sob a rajada de metralhadora de um garoto, atravessando um rio polonês nem sequer assinalado no mapa do seu general.

    Não quero jamais envelhecer. Poupe-me da velhice. Tem poder para isto? Não, nem mesmo você tem este poder, ai de mim. Então acenda outro cigarro. Vamos. Oh, tudo bem, faça o que lhe der na telha. Cada um de acordo com o seu próprio gosto.

2: Me empresta uma libra?

STUART De certo modo é uma surpresa que o *Edwardian* tenha sobrevivido, mas me deixa bastante satisfeito. É uma surpresa também que a escola tenha sobrevivido, quando estão acabando com todos os ginásios neste país e transformando-os em escolas secundárias com refeições e de nível médio, para crianças de 9 a 13 anos, e colégios de sexta série, para alunos acima de 16 anos, e todo mundo está sendo misturado de cambulhada com todo mundo, por algum motivo não havia ninguém para ser misturado com St. Edward's, e aí nos deixaram mais ou menos de fora. Assim a escola continuou, tal como a revista dos ex-alunos. Eu não prestava muita atenção nela nos primeiros anos depois que saí da escola, mas agora que estou afastado, já há mais ou menos uns 15 anos, acho um bocado de interesse no que aconteceu. Você vê um nome familiar e ele desencadeia toda uma série de lembranças. Ex-alunos escrevem de várias partes do mundo e dizem o que estão fazendo. Meu Deus, você pensaria, eu nunca teria imaginado que Bailey poderia vir a ser o encarregado de toda a operação no Sudeste da Ásia, você diz para os seus botões. Lembro-me de quando lhe perguntaram qual era a principal safra da Tailândia e ele respondeu rádios transistorizados.

Oliver diz que não se lembra de nada acerca da escola. Ele diz – qual é mesmo a sua frase? – ele diz que pode deixar cair uma pedra nesse poço e jamais ouvir o barulho. Sempre boceja um bocado e pergunta *Quem?* numa voz entediada quando lhe passo notícias do *Edwardian*, mas eu suspeito que se interesse. Não que jamais ofereça suas próprias lembranças. Pode ser que quando esteja na companhia de outras pessoas ele finja ter frequentado uma escola elegante – Eton ou algo assim. Não duvido. Sempre achei que a gente é o que é e não deve fingir ser outra coisa. Mas Oliver costumava me corrigir e explicar que a gente é aquilo que finge ser. Somos bastante diferentes, Oliver e eu, como você deve ter notado. Às vezes as pessoas se surpreendem por sermos amigos. Não dizem exatamente isto, mas posso sentir. Acham que tenho sorte por ter um amigo como Oliver. Oliver impressiona. Fala bem, viajou para terras distantes, sabe idiomas estrangeiros, é entendido em artes – mais que entendido – e veste roupas que não se ajustam aos contornos do seu corpo e, desta forma, são declaradas elegantes pelas pessoas bem informadas. Tudo isto não tem nada a ver comigo. Nem sempre sou muito bom dizendo o que quero dizer, a não ser no trabalho; estive na Europa e nos Estados Unidos, mas nunca fui a Nínive ou ao Distante Ofir; não tenho muito tempo – literalmente – para as artes, embora não seja *contra* elas de modo algum, você compreende (às vezes há um bonito concerto no rádio do carro; como a maioria das pessoas, leio um livro ou dois nas férias); e não dou muita atenção a minhas roupas a não ser para ter uma aparência elegante no trabalho e me sentir confortável em casa. Mas acho que Oliver gosta de mim por ser do jeito que sou. E seria inútil se eu começasse a tentar imitá-lo. Oh, sim, há outra diferença entre nós: tenho uma razoável quantidade de dinheiro, e Oliver mal tem alguma coisa. Pelo menos, não o que qualquer pessoa que conheça dinheiro chame de dinheiro.

– Me empresta uma libra.

Esta foi a primeira coisa que ele me disse na vida. Sentávamos um do lado do outro em classe. Tínhamos 15 anos. Estávamos na mesma turma fazia dois anos sem realmente nos falar, porque tínhamos amigos diferentes e, de qualquer modo, no St. Edward's você se senta de acordo com os resultados nos exames do último período, de modo que dificilmente poderíamos sentar perto. Mas eu devia ter me saído bem no período anterior ou talvez ele estivesse relaxando, ou ambos, porque lá estávamos juntos, e Nigel, que era como então se chamava, me pediu uma libra.

– Para que você quer o dinheiro?
– Mas que impertinência colossal! Para que diabos você que saber?
– Nenhum gerente financeiro prudente autorizaria um empréstimo sem primeiro saber sua finalidade – repliquei. Isto me pareceu uma declaração perfeitamente razoável, mas por algum motivo fez com que Nigel caísse na risada. Biff Vokins ergueu os olhos da sua mesa – aquele era um tempo destinado ao estudo – e nos deu uma espiada indagadora. Mais do que indagadora, na verdade. O que apenas serviu para fazer Nigel rir ainda mais, e passou-se algum tempo até que ele fosse capaz de tentar uma explicação.
– Sinto muito, senhor – disse, finalmente. – Peço desculpas. É só que Victor Hugo às vezes pode ser terrivelmente divertido.
– E aí ele desandou a uivar com mais risadas. Senti-me mais ou menos responsável.

Depois da lição, ele me disse que queria comprar uma camisa realmente boa que vira em algum lugar, e eu quis saber sobre o potencial de revenda do item, para o caso de ter de recuperar meu investimento em caso de bancarrota, o que fez com que ele achasse mais graça ainda; então estipulei meus termos: 5% de juros simples sobre o principal por semana, pagamento no limite de quatro semanas, caso contrário o juro aumentaria para 10% por semana. Ele me chamou de usurário, e foi a primeira vez que ouvi esta palavra, me pagou £1,20 após quatro semanas, desfilou nos fins de semana com sua camisa nova, e daí para frente ficamos amigos. Amigos: simplesmente decidimos, e pronto. Naquela idade não se discute se se vai ser ou não amigo, a gente simplesmente é. Um processo irreversível. Algumas pessoas se espantaram, e eu lembro que resolvemos brincar um pouco com isto. Nigel fingiria me defender, e eu faria de conta não ser inteligente o bastante para reparar; ele seria mais fanfarrão do que realmente era, e eu ainda mais chato; mas sabíamos o que estávamos fazendo e éramos amigos.

Continuamos amigos mesmo ele indo para a universidade e eu não, mesmo ele indo à Nínive e ao Distante Ofir e eu não, mesmo entrando para o banco e conseguindo um emprego firme, enquanto ele adejava de um empreguinho temporário para outro até acabar ensinando inglês como segundo idioma numa rua transversal à Edgware Road. Chama-se Shakespeare School of English e tem uma Union Jack do lado de fora em néon, que se acende e apaga o tempo todo. Ele diz que só aceitou o emprego porque o anúncio luminoso sempre o anima; mas a verdade é que realmente precisa de dinheiro.

E aí então apareceu Gillian e passamos a ser três.

Gill e eu combinamos que não contaríamos a ninguém como tínhamos nos conhecido. Sempre dizíamos que alguém no escritório, chamado Jenkins, levara-me ao bar local após o trabalho e lá tínhamos encontrado uma antiga namorada dele e Gillian, que a conhecia vagamente e estava em sua companhia. Nós tínhamos nos dado bem imediatamente e marcado logo outro encontro.

– Jenkins? – indagou Oliver quando lhe contei a história um tanto hesitantemente, embora achasse que meu estado de nervos se devesse a estar falando sobre Gillian. – Ele é da Mesa de Ações?

– Oliver gosta de fingir que sabe o que faço e de tempos em tempos usa uma expressão qualquer do jargão bancário, querendo parecer bem informado. Hoje em dia tendo a ignorá-lo.

– Não – respondi. – Ele era novo. Bem, agora está velho. Não durou muito. Não estava à altura da função. – Eu escolhera Jenkins porque havia pouco fora mandado embora e não era provável que alguém o encontrasse.

– Bem, pelo menos ele lhe trouxe uma *tranche de bonheur* enquanto esteve lá.

– Um o quê? – perguntei, bancando o Stu Burrão. Ele sorriu seu sorriso, bancando o Ollie Sofisticado.

O fato é que nunca fui muito bom em me reunir com as pessoas. Há quem seja naturalmente bom, e há quem não seja. Não venho de uma dessas famílias imensas onde há montes de primos e todo tipo de gente vive "aparecendo". Ninguém "aparecia" na minha família durante o tempo em que vivi na casa dos meus pais.

Eles morreram quando eu tinha 20 anos, minha irmã mudou-se para Lancashire, tornou-se enfermeira e casou-se. Pronto, aí terminou minha família. E assim lá estava eu, morando sozinho num pequeno apartamento em Stoke Newington, indo trabalhar, às vezes ficando até tarde, sentindo-me solitário. Não tenho o que se chama uma personalidade sociável. Quando conheço uma pessoa de quem gosto, em vez de falar mais e de mostrar que gosto dela e fazer perguntas, eu mais ou menos calo a boca, como se não esperasse que venha a gostar de mim, ou como se eu não fosse bastante interessante para ela. E aí – o que é bastante justo – ela não me acha bastante interessante. Quando esse tipo de coisa acontece novamente, eu me lembro do ocorrido, mas, em vez de tomar a decisão de me sair melhor, eu gelo de novo. Metade do mundo parece ter confiança e metade parece não ter, e não sei como se pula de uma metade para a outra. A fim de se ter confiança, você tem de ser confiante: é um círculo vicioso.

O anúncio era encimado pelo seguinte título: JOVEM PROFISSIONAL? 25-35? TRABALHANDO TANTO QUE SUA VIDA SOCIAL NÃO LEVANTA VOO? Era muito bem-feito o anúncio. Não dava a impressão de ser um desses lugares de pegação onde todo o mundo sai junto para feriados topless. Nem dava a impressão de a culpa ser sua por não ter uma vida social. Era só uma dessas coisas que acontecem até mesmo às melhores pessoas, e o que havia de sensato a fazer era pagar £25 e aparecer num hotel de Londres para um cálice de *sherry* e uma promessa implícita de não humilhação se as coisas não dessem certo.

Pensei que fossem nos dar crachás com nossos nomes, para usar como nas conferências; mas suponho que achassem que isto implicaria a ideia de não sermos capazes sequer de pronunciar os próprios nomes. Havia uma espécie de anfitrião que servia o *sherry* e conduzia cada recém-chegado a uma ronda pelos grupos; éramos tantos que ele não era capaz de lembrar os nomes de todos, de modo que éramos forçados a dizê-los. Ou talvez ele deliberadamente não se lembrasse de alguns dos nossos nomes.

Eu estava conversando com um homem meio gago e que treinava para ser corretor de imóveis quando Gillian foi trazida pelo organizador. Algo relativo ao fato de aquele sujeito gaguejar me deu mais confiança. É uma coisa cruel para se dizer, mas já aconteceu comigo frequentemente no passado; você está dizendo coisas perfeitamente comuns, e a pessoa a seu lado de repente começa a brilhar. Oh, sim, já aconteceu bastante comigo. É uma espécie de lei primitiva da sobrevivência – encontre alguém pior que você e ao lado desse alguém você desabrochará.

Bem, talvez "desabrochar" seja um exagero, mas contei a Gillian uma ou duas das anedotas de Oliver e conversamos sobre a nossa apreensão ao ingressarmos no grupo, e aí então veio à baila o fato de ela ser meio francesa, e eu tive algo a dizer a este respeito, e o corretor tentou trazer a Alemanha à baila, mas não estávamos a fim, e antes que eu soubesse o que acontecia, eu tinha me virado meio de lado para excluir o outro sujeito e estava dizendo: "Escute, eu sei que você mais ou menos acabou de chegar, mas não gostaria de ir jantar comigo? Quer dizer, talvez uma outra noite, se não estiver livre." Fiquei assombrado comigo mesmo, posso garantir.

– Você acha que vão nos deixar sair tão cedo assim?
– E por que não?
– A ideia não é primeiro conhecermos todo mundo?
– Não é obrigatório.
– Então está bem.

Ela sorriu para mim e baixou os olhos. Era tímida, e eu gostei disto. Saímos para jantar num restaurante italiano. Três semanas mais tarde, Oliver voltou de algum lugar exótico, e lá estávamos nós três. O verão todo. Nós três. Como naquele filme francês em que todos iam juntos andar de bicicleta.

GILLIAN Eu não era tímida. Era nervosa, mas não tímida. Há uma diferença. Stuart era o tímido. Isto ficou perfeitamente óbvio desde o princípio. Ali de pé com seu cálice de *sherry*, transpirando um pouco nas têmporas, claramente fora do seu elemento e fazendo um esforço imenso para superar o problema. Claro que ninguém *estava* no seu elemento, homem ou mulher. Na hora, pensei que aquilo era um pouco como fazer compras de pessoas, coisa para o que não estamos treinados, não em nossa sociedade.

Assim Stuart começou por contar um par de piadas que não tiveram muita graça porque ele estava tão afobado, e, além do mais, acho que não eram mesmo muito boas. Então a França foi mencionada, e ele disse algo comum, tal como sempre se pode dizer que se está lá por causa do cheiro, inclusive se estiver de olhos vendados. A questão era, contudo, que ele estava *tentando*, tanto consigo próprio quanto comigo, e isto é comovente, você sabe. Genuinamente tocante.

Gostaria de saber o que aconteceu com o homem que gaguejava um pouco e que queria falar sobre a Alemanha. Espero que tenha encontrado alguém.

Gostaria de saber o que aconteceu a Jenkins.

OLIVER Não me diga. Deixa que eu adivinho. Deixa sintonizar minha telepatia na figura benigna, amarfanhada e de certa forma esteatopígica do meu amigo Stu. Esteatopígica? Significa que sua bunda é grande: o *derrière* dos hotentotes.

Jules et Jim? Estou certo? Acho que posso contar. Ele costumava mencionar isso, mas só para mim, nunca para Gillian. Oskar Werner, o baixo, louro e – que se atreva a dizer quem quiser – muito possivelmente esteatopígico, Jeanne Moreau, e o alto, moreno, elegante, bonito, que sem dúvida tinha dentes beijáveis. (Qual era o seu nome?) Bem, nenhum problema com o elenco, a questão é lembrar o enredo. Vão todos bicicletando juntos, atravessando pontes e *fazendo patuscadas*, sim? Achei sim. Mas quão rechonchudamente típico de Stuart é escolher *Jules et Jim* – bastante agradável, mas não exatamente *central* no cinema do pós-guerra – como seu ponto de referência cultural. Stuart, é melhor que eu vá avisando logo, é o tipo de pessoa que sabe que a K467 de Mozart é o concerto Elvira Madigan. Sua ideia preferida de música clássica é o som de uma orquestra de cordas imitando aves, ou relógios, ou um pequeno trem maria-fumaça subindo uma montanha. Não é docemente brega? Talvez ele tivesse feito um curso de cinema francês como um modo de aprender a ganhar garotas. O que nunca foi o seu *forte*, você entende. Às vezes eu costumava ajudá-lo com encontros duplos, mas que sempre terminavam com ambas as garotas discutindo e Stuart emburrado num canto, exibindo todo o carisma de um molusco. Deus meu, essas eram ocasiões tristes, e receio que o nosso Stuart tendia a se lamentar depois.

– Você devia me ajudar mais – queixou-se uma vez, pateticamente.

– *Ajudar* você? *Ajudar* você? Eu arranjo as garotas, apresento você, organizo a noite numa parábola crescente, e você se limita a ficar de cara feia, como Hagen em *Götterdämmerung*, se me permite a alusão cultural.

– Às vezes acho que você me convida só para eu pagar a conta.

– Se eu estivesse perdendo dinheiro no mercado em alta e você aparecesse com duas garotas formidáveis como aquelas, eu me sentiria honrado em pagar a conta.

– Desculpe – disse ele. – Acho que eu não devia ter dito a elas que não tenho a menor confiança nas mulheres.

– Oh, é isso que o está amolando. – Agora eu começava a entender. – O plano mestre era pôr todo o mundo à vontade.

– Acho que você não quer que eu tenha uma namorada – concluiu Stuart, amuado.

O que explica eu ter ficado tão surpreso quando ele desencavou Gillian. Quem teria acreditado? Mais, quem teria acreditado que ele a ganhara num bar onde serviam vinho? Imagine a cena, se quiser: Gillian num banco alto com a saia de cetim com um corte que ia até o quadril, Stuart indiferentemente puxando o laço da gravata e calculando as atuais ginásticas do yen no computador de pulso, um barman que sabe sem que lhe seja preciso dizer que o Sr. Hughes-Senhor deseja o Sercial 1918 recém-chegado, no copo especial que concentra o aroma, Stuart acomodando-se no banco ao lado e casualmente emitindo o sutil almíscar da sua sexualidade, Gillian pedindo fogo, Stuart pegando o Dunhill de casca de tartaruga do bolso do paletó do seu desalinhado terno Armani... Vamos, quer dizer, *ora vamos*. Vamos pôr um pouco de realidade nisso. Ouvi a história em detalhes pulsantes e confidenciais, e, francamente, não foi nem mais nem menos sórdida do que se poderia esperar. Um cabeça de molusco do banco, que conseguira ser posto no olho da rua depois de uma semana (e você tem que ser realmente um cabeça de molusco para ser posto para fora de um banco), saiu uma noite com Stu para uma bebida *post-Arbeit* no Squires Wine Bar. Fiz Stuart repetir o nome para mim diversas vezes: Squires Wine Bar.

– Devo compreender – reinquiri – que se trata de um estabelecimento de propriedade de alguém que se considera um Squire; ou, por outro lado, que se trata de um lugar procurado por Squires como você, quando desejam tomar uns tragos?

Stuart pensou durante algum tempo.

– Não estou entendendo você.

– Então tentemos outra abordagem. Onde vai o apóstrofo?

– O apóstrofo?

– É depois do *e* ou do *s*? Isto faz uma diferença considerável.

– Não sei. Não creio que tenha apóstrofo.

– Deve ter nem que seja subliminarmente. – Nós nos encaramos por uns poucos segundos. Não penso que Stuart tenha percebido onde eu queria chegar. Seu ar era de quem pensava que eu estava deliberadamente sabotando sua versão moderna de *Paul et Virgine*. – Sinto muito. Continue, por favor.

E assim continuaram eles, Vinkelkopft e Stu, no Squire's ou Squires' Wine Bar, fosse qual fosse o caso, quando eis que entra ninguém mais senão uma *vieille flame* de Herr Vinkel, uma Fräulein que trazia a reboque uma outra moça que vinha a ser a nossa querida Gillian. O curso dos eventos para o quarteto que ali se encontrara seria normalmente previsível, exceto pelo fato de um dos integrantes do *quatuor* ser Stuart, e Stuart num encontro duplo

é desafiadoramente similar a uma bisnaga embrulhada. Como foi que conseguiu sair de sua crepuscular *oubliette* de modéstia nessa ocasião? Coloquei este enigma para ele, embora de um modo mais diplomático, você entende. E lembro com prazer de sua resposta.
– Nós mais ou menos conversamos. E mais ou menos nos demos bem.
Ah, este é o meu Stuart. Estou ouvindo Tristão? Don Juan? Casanova? Será que o que ouço é o indizivelmente malcomportado Marquês? Não, o que ouço é o meu colega e amigo Stuart Hughes. "Nós mais ou menos conversamos. E mais ou menos nos demos bem."
Oh, meu Deus, lá vem você me lançando aquele olhar de novo. Não precisa dizer nada. Eu sei. Você acha que sou um habitual frequentador da genitália feminina, não acha? Mas não é assim. Talvez você não esteja pegando o tom direito. Só falo deste jeito porque Stuart é meu amigo. Meu amigo mais antigo. Eu gosto dele, aquele Stuart. E somos amigos de muito tempo – muito, muito tempo mesmo, do tempo em que se podia ainda comprar discos mono, quando o kiwi era uma fruta que ainda não fora inventada, quando o representante – vestido de cáqui – da Automobile Association cumprimentava com uma continência o motorista que passava, quando um maço de Gold Flake custava um groat e meio e você ainda tinha troco para um garrafão de hidromel. Somos *assim*, Stuart e eu. Velhos companheiros. E não subestime o meu amigo, por falar nisso. Ele se aquece um pouco devagar, às vezes, e a velha turbina não tem o ronco de um Lamborghini, mas ele chega lá, ele chega lá.
– Me empresta uma libra? – Estávamos sentados em banquetas adjacentes naquela nossa escola chamada (Stuart sabe – pergunte a ele). Achei que era uma questão de polidez quebrar o gelo com aquele garoto de, até então, inteligência lenta que tinha, de algum modo, conseguido alçar-se a um platô temporário de proximidade escolar. Mas adivinhe só? Em vez de obsequiosamente entregar a grana como qualquer escravo temporariamente autorizado

a respirar o ar puro das camadas mais altas teria feito, ele começou a recitar termos e condições. Juros, percentagens, dividendos, forças de mercado, relação preço-rendimento e sei lá mais o quê. Praticamente fez com que me associasse ao Sistema Monetário Europeu quando tudo o que queria era dar-lhe uma "facada" de uma libra. Então ele me perguntou por que eu queria o dinheiro! Como se fosse da sua conta! Como se eu soubesse! Deixei escapar uma risada de descrença que fez a velha lagartixa que tomava conta da sala virar a cabeça na minha direção, desaprovador; acalmei-o com um gracejo e continuei as negociações com meu roliço e financeiramente tenaz novo camarada. Alguns meses depois paguei-lhe o que pedira, ignorando suas ridículas advertências e sofismas sobre taxas de juro por serem francamente ininteligíveis, e temos sido colegas e amigos desde então.

Ele tinha uma namorada. Antes de Gillian, é o que quero dizer. No tempo em que com um groat e meio etc. E sabe de uma coisa? Estou certo de que ele não se aborreceria comigo por lhe contar isto – *ele não dormiu com ela*. Entenda bem: nada de trepadas. Ele declinou de tomar liberdades com aqueles lombos estreitos. Quando uma castidade stakhanovita dessas após um período de meses finalmente fez surgir um gesto desesperançado de afeição a partir da garota, ele disse que *queria conhecê-la melhor*. Eu disse que era justamente isto o que ela havia proposto, *dummkopf*, mas Stuart não estava a fim. Sim, isto mesmo, ele não estava a fim de nada.

Claro que ele podia estar mentindo, suponho, mas isto teria sido um passo imaginativo demasiado para ele dar. E, além do mais, tenho outra evidência. Boffins definitivamente identificou o vínculo entre sexo, interesse ou desinteresse, e comida, interesse ou desinteresse. (Está duvidando de mim? Pois então deixe-me regalar você com este detalhe: um dos mais importantes feromônios humanos, ou cheiros-de-sexo, se chama isobutiraldeído, que na considerável e pulsante cadeia dos carbonos se situa imediatamente depois... do odor de brotos de feijão! Engole só esta, *amigo*.) Stuart, como você descobrirá, se é que já não descobriu, acredita que a principal *raison d'être* da comida é esconder da vista das pessoas o desenho horroroso do prato. Sem alarde – poucos são aqueles capazes de sacar mais rápido os velhos palitos japoneses que o jovem Ollie.

Ergo, nunca tive também muito problema no depârtamento afim do comportamento humano. Família Para Trás não tem sido meu lema. Talvez minha reputação como *coureur* castre Stuart. E o trabalho na Shakespeare School of English não é exatamente um obstáculo nesse tipo de coisa. Aulas particulares individuais depois do expediente representam uma situação em que duas pessoas interagem com toda a privacidade. Stuart deve ter ligado para o meu *boudoir* e aprendido como o telefone é atendido em cerca de quinze idiomas, até agora. Mas ele está bem, afinal, tem Gillian, não tem?

Para dizer a verdade, eu não tinha namorada firme no tempo em que ele entrou com aquele seu ar superior no Café des Squires e saiu com Gillian. Fiquei um pouco triste, o que sempre me torna satírico, de modo que, com certeza, deve ter escapado de meus lábios alguma pilhéria injusta. Mas me senti feliz por ele. Como poderia não ter me sentido feliz por ele? E ele lembrava tanto um filhotinho de cachorro naquela primeira vez em que apareceram juntos na minha casa. Tinha um jeito de abanar o rabo, de quem tinha escondido um osso, uma coisa tão forte que quase fiz um cafuné atrás das suas orelhas.

Tentei não fazer meu apartamento intimidante demais. Atirei de qualquer maneira uma cortina marroquina sobre o sofá, empurrei o Ato 3 de Orfeu para cima do tapetinho giratório, acendi um incenso Al Akhbar e me dei por satisfeito. Até que o efeito era bem do tipo *bienvenue chez Ollie*, pensei. Oh, eu poderia ter prosseguido, suponho – pendurado na parede um pôster de tourada para fazer com que Stuart se sentisse em casa –, mas não se pode submergir inteiramente à própria personalidade, acho eu, pois os convidados não vão saber quem estão visitando. Acendi um Gauloise quando a campainha tocou e me preparei para enfrentar minha sina. Ou a de Stuart, como bem podia ser.

Pelo menos ela não perguntou por que eu mantinha as cortinas cerradas durante o dia. Minhas explicações desta fraqueza vinham se tornando cada vez mais rebuscadas, nos últimos tempos: eu dava comigo anunciando tudo, desde uma rara doença na vista até uma imorredoura homenagem ao Auden da primeira fase. Mas pode ser que Stuart a tivesse avisado.

– Como vai – disse ela. – Stuart fala muito a seu respeito.

Dei um toque de Makarova em *Romeu e Julieta* neste ponto, só para pôr todo o mundo à vontade.

– Santo Deus – repliquei, lançando-me no tecido marroquino. – Ele não atirou o arpão na minha ferida de guerra, atirou? Francamente, Stuart, eu sei que não é todo o mundo que descende do Rei Zog da Albânia, mas não precisa fofocar toda essa história.

Stuart tocou-a no braço – um gesto que eu nunca vira sair naturalmente dele até então – e murmurou: "Eu lhe disse para não acreditar em nada do que ele dissesse." Ela fez que sim, e, de um estranho modo, eu me senti repentinamente inferiorizado. Foi estranho, porque eles eram só dois, e normalmente precisa muito mais gente para me fazer sentir inferiorizado.

Deixe-me tentar reconstruir a aparência dela naquele dia. Eu me esqueci de deixar com o encarregado do balcão de bagagens um simulacro fiel do seu semblante e também do seu porte; mas *acho* que Gill estava vestida com uma saia de uma cor entre salva e ligústica, uma jaqueta cinza *stonewashed 501S*, meias verdes e um par de tênis ridiculamente antiestéticos. Cabelo *marrom* puxado para trás e cortado sobre as orelhas, caindo livremente no pescoço; a falta de maquiagem lhe conferia uma palidez que dramatizava seus generosos olhos castanhos; boca pequena e nariz espevitado, implantado um tanto baixo no afilado oval do rosto, enfatizando deste modo a recurvada arrogância da sua testa. Orelhas praticamente sem lóbulos, não pude deixar de reparar, uma característica genética de popularidade crescente que, sem dúvida, Darwin poderia explicar.

Sim, acho que foi assim que ela me pareceu.

Agora, não sou desses que acreditam que, numa conversa, as pessoas só devem ser abordadas após um árduo exercício de circunavegação. Não saio do ninho a dar voltas como uma narceja, tratando de questões atuais como o turbilhão político da Europa Oriental, o mais recente *coup* africano, as chances de sobrevivência da baleia ou aquela curva de pressão baixa pendente da Groenlândia. Nem bem equipei Gillian e seu Squire com uma taça de Oolong de Formosa e já lhe perguntei quantos anos tinha, o que fazia e se seus pais ainda estavam vivos.

Ela aceitou tudo de bom humor, embora Stuart parecesse tão contraído quanto o septo de um coelho. Tinha 28 anos, descobri; seus pais (mãe francesa, pai inglês) tinham se separado fazia alguns anos, quando Pater dera uma escapada com uma desmiolada; e ela labutava como uma escrava das artes, restituindo a juventude aos esmaecidos pigmentos do passado. O quê? Oh, trabalha como restauradora.

Antes que eles se fossem, não pude me conter e puxei Gillian a um canto para lhe comunicar o brilhante parecer de que usar 501S com tênis era francamente *un désastre* e dizer que estava assombrado por ver que ela havia caminhado pelas ruas até o meu apartamento em plena luz do dia e escapara do ridículo.

– Diga-me – ela replicou: – você não...
– O quê? – insisti com ela.
– Você não... Você não está usando maquiagem, está?

3: Naquele verão eu fui brilhante

STUART Por favor, não fique contra Oliver desse jeito. Ele fala um pouco demais, mas basicamente tem bom coração e é gentil. Muitas pessoas não gostam dele e algumas chegam mesmo a odiá-lo, mas tente ver o lado melhor. Ele não tem namorada, praticamente não tem um *penny*, está preso a um emprego que odeia. Um pouco do seu sarcasmo não passa de bravata e, se sou capaz de tolerar suas implicâncias, por que não você? Tente dar-lhe o benefício da dúvida. Por mim. Sou um homem feliz. Por favor, não me aborreça.
 Quando tínhamos 16 anos, íamos juntos para albergues da juventude. Fomos de carona até a Escócia. Eu tentava arranjar uma carona com todo veículo que passava, mas Oliver só levantava o polegar para os automóveis nos quais realmente queria viajar e, às vezes, ainda chegava a fazer careta para os motoristas cujos carros desaprovava. Assim, não fomos muito bem-sucedidos, mas chegamos lá. Choveu a maior parte do tempo, e, quando éramos chutados para fora do albergue da juventude para passar o dia fora, saíamos andando e nos sentávamos em abrigos de ônibus. Nós dois tínhamos anoraks, mas Oliver jamais puxaria o capuz do seu para cima, pois dizia que o tornava parecido com um monge e ele não queria endossar o cristianismo. Por isso ficava mais molhado que eu.
 Uma vez passamos o dia inteiro – em algum lugar perto de Pitlochry, creio – numa cabine telefônica jogando batalha-naval. É aquele jogo em que você pega papel quadriculado e desenha sua esquadra (cada jogador tem um encouraçado – quatro quadradinhos, dois cruzadores – três quadradinhos, três destróieres – dois quadradinhos, e assim por diante). Você tem que afundar a esqua-

dra do outro. Jogamos uma partida atrás da outra. Um de nós tinha de sentar no chão da cabine telefônica, enquanto o outro ficava de pé e apoiava seu papel na bancada onde se abrem os catálogos. Passei a manhã sentado no chão e a tarde de pé, ante a bancada. Almoçamos bolinhos de aveia molhados que compramos na loja da aldeia. Jogamos batalha-naval o dia inteiro, e ninguém quis usar o telefone. Não consigo lembrar quem ganhou. No final da tarde o tempo clareou, e caminhamos de volta para o albergue. Abaixei o capuz, e meu cabelo estava seco; o de Oliver ainda estava encharcado. Abriu o sol e Oliver passou o braço pelo meu. Vimos uma senhora no jardim da sua casa. Oliver cumprimentou-a com uma reverência e disse: "Veja, madame, o monge seco e o pecador molhado." Ela olhou intrigada, e nós seguimos adiante a passo firme e de braço dado.

    Levei Gillian para ver Oliver poucas semanas depois de nos conhecermos. Tive de explicar primeiro um pouco como ele era, porque, por me conhecer, ela não seria obrigatoriamente capaz de dizer como seria o meu melhor amigo, e Oliver sabe como irritar as pessoas. Eu disse que ele tinha vários hábitos e gostos ligeiramente excêntricos, mas que, se ela os ignorasse, chegaria rapidamente a conhecer o verdadeiro Oliver. Falei que ele provavelmente teria as cortinas abaixadas e sua casa recenderia a incenso, mas, se ela se comportasse como se nada daquilo fosse extraordinário, tudo estaria bem. Pois muito bem, ela se comportou mesmo como se não houvesse coisa alguma fora do comum, e comecei a suspeitar que Oliver ficara um pouco aborrecido. Em última análise, Oliver realmente gosta de causar um pouco de sensação. De apreciar as reações que causa.

    – O seu amigo não é tão estranho como você disse que era – disse Gillian quando nos retiramos.

    – Ótimo.

    Não expliquei que Oliver tinha sido, de modo nada característico, bem-comportado.

    – Gosto dele. É engraçado. É bem bonito. Ele usa maquiagem?

– Não que eu saiba.
– Então deve ter sido a luz – disse ela.
Mais tarde, durante um jantar *tandoori*, tomei minha segunda cerveja e alguma coisa, não sei o quê, deu na minha cabeça. Achei que podia fazer perguntas, achei que ela não se incomodaria.
– *Você* usa maquiagem? – Tínhamos estado conversando sobre outra coisa, e eu disse isto de repente, mas na minha cabeça foi como se ainda estivéssemos falando de Oliver, e o modo como Gil respondeu, como se também achasse a mesma coisa e não tivesse havido uma pausa na conversação, mesmo que houvéssemos tratado de um bocado de assuntos diferentes nesse meio-tempo, me fez sentir muito animado.
– Não. Você não sabe distinguir?
– Não sou muito bom em distinguir.
Havia uma *tikka* de galinha meio comida em frente a ela e um cálice de vinho branco pela metade. Entre nós, destacava-se uma vela vermelha grossa, cuja chama estava começando a se afogar numa poça de cera, e uma violeta-africana púrpura, de plástico. À luz daquela vela, eu examinei o rosto de Gillian, apropriadamente, pela primeira vez. Ela... bem, você a viu com seus próprios olhos, não viu? Reparou naquele minúsculo sinal na sua face esquerda? Reparou? De qualquer modo, naquela noite seu cabelo estava puxado para cima sobre as orelhas e preso atrás com dois clipes de tartaruga, seus olhos não poderiam parecer mais escuros e eu não consegui desviar meus olhos dela. Continuei fitando-a, enquanto a chama lutava com a cera e projetava uma luz trêmula no seu rosto, e simplesmente não consegui deixar de fitá-la.
– Eu também não – falei, finalmente.
– Também não o quê? – Desta vez ela não pegou automaticamente o fio da meada.
– Uso maquiagem.
– Ótimo. Você se incomoda se eu usar tênis com 501S?
– Você pode usar o que quiser, no que me diz respeito.
– Trata-se de uma declaração temerária.

– Estou me sentindo temerário.

Mais tarde, eu a levei até o apartamento onde morava e me encostei numa grade enferrujada enquanto ela procurava as chaves. Então deixou que eu a beijasse. Beijei-a delicadamente, depois olhei para ela e beijei-a delicadamente de novo.

– Se você não usa maquiagem – sussurrou ela – não pode sair.

Abracei-a. Passei meus braços em torno dela e a abracei, mas não a beijei de novo porque achei que podia chorar. Então abracei-a outra vez e empurrei-a pela porta, porque achei que se demorasse mais *eu ia chorar*. Fiquei ali em pé na escada, fechando os olhos com força. Inspirando, expirando.

Trocamos famílias. Meu pai morrera de ataque do coração havia alguns anos. Minha mãe parecia estar enfrentando bem a situação – na verdade, parecia quase alegre. Aí apareceu com câncer, em toda parte.

A mãe de Gillian era francesa – é francesa, melhor dizendo. Seu pai era um professor que passou em Lyon um ano como parte do seu treinamento e voltou com Mme. Wyatt a reboque. Gillian tinha 13 anos quando o pai fugiu com uma de suas alunas, que deixara a escola no ano anterior. Ele com 42, ela com 17 anos. Havia boatos de que tinham tido um caso quando ela era sua aluna, quando então teria 15 anos; havia boatos de que a garota estava grávida. Teria sido um escândalo terrível se tivesse havido alguém presente para se escandalizar. Mas eles simplesmente sumiram, desapareceram. Deve ter sido horrível para Mme. Wyatt. Foi como se o marido morresse e a tivesse deixado por outra mulher ao mesmo tempo.

– Como foi que isto afetou você?

Gillian fitou-me como se aquela fosse uma pergunta idiota.

– Doeu. Sobrevivemos.

– Mas 13 anos... Não sei não, uma idade horrível para ser deixada.

– Dois anos é uma idade ruim – disse ela. – E cinco. Dez também. Quinze é péssima.

– Só quis dizer que, pelos artigos que li...
– Quarenta não seria tão ruim – disse ela, numa voz clara, quase implacável, que eu nunca ouvira antes. – Se ele não sumisse até eu fazer 40 anos, acho que podia ser melhor. Talvez devessem fazer esta regra.
Pensei: não quero que volte a acontecer uma coisa dessas com você. Ficamos em silêncio, de mãos dadas. Dos nossos pais, só havia um entre nós. Dois mortos, um desaparecido.
– Eu gostaria que a vida fosse que nem o banco – falei. – Não digo que seja fácil. Tem uma parte incrivelmente complicada. Mas no fim a gente pode entender, se se esforçar bastante. Ou há alguém, em algum lugar, que compreende, mesmo que só depois, quando já é tarde demais. O problema com a vida, segundo me parece, é que pode ser tarde demais e a pessoa ainda não entendeu nada. – Notei que ela estava me fitando cuidadosamente. – Desculpe por ser tão melancólico.
– Você tem todo o direito de ser melancólico. Já que é animado a maior parte do tempo.
– OK.
Nós *fomos* animados naquele verão. Ter Oliver conosco ajudou, tenho certeza. A Shakespeare School of English desligara seu anúncio de néon por dois meses, e Oliver não tinha o que fazer. Fingia que não, mas eu sabia que sim. Saíamos juntos. Bebíamos em pubs, jogávamos em máquinas caça-níqueis, íamos dançar, víamos filmes, fazíamos coisas tolas impulsivamente, se nos dava vontade. Gillian e eu estávamos nos apaixonando, e você pensaria que teríamos preferido permanecer sozinhos o tempo todo, olhando nos olhos um do outro, de mãos dadas e dormindo juntos. Bem, é claro que fizemos tudo isto, mas também saíamos com Oliver. Não era como se poderia pensar – não queríamos uma testemunha, não queríamos exibir o nosso amor; é que ele era uma companhia agradável.
Fomos para o litoral. Era uma praia ao norte de Frinton, onde tomamos sorvete, comemos açúcar-cande, alugamos espreguiça-

deiras, e Oliver fez com que escrevêssemos nossos nomes em letras enormes na areia e tiramos retratos junto deles. Depois vimos os nomes desaparecerem quando a água do mar veio e sentimo-nos tristes. Todos gememos um pouco e fungamos como crianças e representamos, mas só representávamos porque realmente nos sentíamos tristes ao ver nossos nomes desaparecerem, levados pelo mar. Então Gillian disse aquilo sobre Oliver falar como um dicionário, ele representou sua cena na praia, e todos rimos.

Oliver foi diferente, também. Normalmente, quando ele e eu estávamos com garotas, ele se mostrava competitivo, mesmo que sua intenção não fosse esta. Mas suponho agora que ele nada tinha a ganhar ou perder, e isto fazia tudo mais fácil. Algo em nós três sabia que aquilo era um fato único, que aquele era um verão primeiro e único, porque não haveria outra ocasião em que Gillian e eu estivéssemos nos apaixonando – estaríamos então apaixonados, ou sei lá o quê. Foi único aquele verão; todos nós sentimos isto.

GILLIAN Comecei o treinamento em serviço social depois que me graduei na universidade. Não durou muito tempo. Mas me lembro de algo que uma conselheira disse em um dos cursos. Ela disse: "Você tem de se lembrar que cada situação é única e que cada situação também é comum."

O problema de falar sobre você mesma do jeito que Stuart está fazendo é que faz com que as pessoas tirem conclusões apressadas. Por exemplo, quando as pessoas descobrem que meu pai fugiu com uma estudante, invariavelmente me olham de um jeito diferente, o que significa das duas uma, se não ambas. A primeira é: se o seu pai fugiu com alguém só uns dois anos mais velha que você, isto provavelmente significa que ele *realmente* queria fugir com você. E a segunda: trata-se de fato bem conhecido que garotas cujos pais fogem tentam frequentemente compensar mantendo casos com homens velhos. É o que você está querendo?

Ao que eu responderia, primeiro, que a testemunha não está diante da corte e não foi reinquirida sobre a questão e, segundo, que só porque uma coisa é "um fato bem conhecido" não a torna um fato bem conhecido sobre *mim*. Toda situação é comum, e toda situação também é única. Pode-se dizer do modo que se preferir. Não sei por que Stuart e Oliver estão fazendo isto. Deve ser outra de suas brincadeiras. Como Stuart fingindo nunca ter ouvido falar de Picasso e Oliver fazendo de conta que não é capaz de entender qualquer máquina inventada depois da máquina de fiar de fusos múltiplos. Mas esta não é uma brincadeira que eu queira brincar, muito obrigada. Brincadeiras são para a infância, e às vezes penso que perdi minha infância muito cedo.

Tudo o que eu diria é que não concordo inteiramente com a descrição que Stuart fez daquele verão com Oliver. Sim, passamos um bocado de tempo juntos, começamos a ir para a cama e tudo o mais e, sim, éramos sensatos o bastante para saber que, quando se está ficando apaixonado, não se pode viver inteiramente nos braços um do outro. Só que isto não significava, necessariamente, do meu ponto de vista, que tivéssemos de andar com Oliver. Claro que eu gostava dele – não se pode deixar de gostar de Oliver, uma vez que se passe a conhecê-lo – mas ele tendia a monopolizar as coisas. Quase nos dizendo o que fazer. Não estou me queixando, na verdade. Só estou fazendo uma pequena correção.

Este é o problema de discutir uma coisa detalhadamente deste jeito. Nunca parece absolutamente certo para a pessoa de quem se está falando.

Conheci Stuart. Apaixonei-me. Casei com ele. Qual é a história?

OLIVER Fui brilhante naquele verão. Por que insistimos em dizer "aquele verão"? Foi apenas o *último* verão, afinal. Acho que é porque foi como uma nota perfeitamente sustentada, uma cor exata e translúcida. É como parece ter sido na memória; e cada um de nós entendeu assim subcutaneamente, na época, *il me semble*. Além do que, eu fui brilhante.

As coisas estavam um tanto melancólicas na Shakespeare Schooll antes de ela fechar suas portas para as férias. Surgira uma certa crepuscularidade de espírito, cortesia de um mal-entendido com o qual eu não me dera ao trabalho de perturbar o saltitante Squire e sua Milady; não seria justo, em seu estado de espírito, pensei. Mas eu descobrira um dos problemas, uma das causas de minhas rugas mais fundas, relacionadas com meus alunos estrangeiros: eles não falam inglês muito bem. Foi esta a causa. Quer dizer, lá estava ela balançando a cabeça e sorrindo para mim, e Ollie, o pobre e estúpido Ollie, com o seu cérebro sem vida, chegou a concluir apressadamente que aqueles tiques comportamentais eram indicadores confiáveis de uma atração recíproca, que, de um modo que no meu entender não foi de espantar, gerou o mal-entendido ele que, embora em última análise lamentável, não teve culpa o desafortunado instrutor. E a ideia de que resisti ao desejo dela de dar o fora do meu apartamento, de não me ter comovido quando se desfez em lágrimas – como poderia eu, um aficionado de óperas, deixar de reagir ao choro? –, é um exagero ridículo. O Diretor, um horroroso pedaço de lava de um vulcão há muito extinto, chegou a insistir que eu desistisse das aulas em domicílio, permitiu com um sorriso afetado que a suja expressão *molestar sexualmente* pairasse no ar entre nós e deu a entender que no curso do recesso estival ele podia reconsiderar os termos e condições do meu emprego. Repliquei que, no que me dizia respeito, seus termos e condições de emprego seriam mais bem empregados como um implante retal, preferencialmente sem o benefício de anestésicos, o que o fez sugerir que o assunto todo talvez fosse melhor servido se entregue à aparatosa autoridade da Justiça de Sua Majestade, através do trabalho da polícia, ou, no mínimo, a algum tribunal comum, desses investidos do direito de embromar os *contretemps* surgidos entre patrões e empregados. Retruquei que, sem dúvida, uma decisão dessas era inteiramente de sua prerrogativa, mas em seguida me deixei cair em contemplação e me esforcei por relembrar algo que Rosa me perguntara na semana anterior sobre os costumes sociais ingleses. Era normal, indagara ela, que cavalheiros idosos fazendo investigações trimestrais sobre o seu progresso acadêmico, a fim de indicar onde você deve se sentar para a entrevista, coloquem a mão em cima do sofá e depois, quando você se senta, se esqueçam de retirar a mão? Dei a conhecer ao Diretor do que respondera a Rosa: dissera que era menos uma questão de modos que de fisiologia, e que a extrema decrepitude e senilidade com frequência faziam murchar o bíceps e o tríceps, o que por sua vez causava a interrupção da cadeia de comando do quartel-general cerebral ao dedo galanteador. Somente mais tarde, disse eu ao agora trêmulo Diretor, somente mais tarde, depois que Rosa se fora, é que veio à minha memória que uma ou duas das outras garotas tinham me feito a mesma pergunta nos últimos doze meses. Eu não me lembrava direito de suas identidades, mas, estivessem elas atualmente em *statu pupillare* e fossem reunidas em um ambiente *décontractée* – vale dizer, uma fileira de reconhecimento policial –, eu tinha certeza de que tudo aquilo poderia ser discutido como um apêndice à aula semanal que elas tinham e que era denominada "A Grã-Bretanha nos anos 1980". O Diretor tornara-se, a esta altura, quase tão fluorescente quanto o anúncio de néon na parte externa de sua academia, e nós nos encaramos – olho no olho – num clima a que faltava inteiramente qualquer espírito de camaradagem. Achei que podia ter perdido meu emprego, mas não tive certeza. Meu bispo bloqueara sua rainha; o bispo dele fizera o mesmo com a minha rainha. Seria um sinal de empate ou de destruição mútua?

Todas essas coisas precisam ser levadas em conta quando se avalia o meu brilho naquele verão. Como já disse, não perturbei Stu e Gillie com meu tropeço profissional: na minha experiência, um problema compartilhado não é um problema dividido ao meio, mas sim um problema divulgado nas poderosas asas da fofoca. Alguém aí deseja evacuar de uma grande altura sobre o pesaroso Ollie?

Relembrando o que houve, pode realmente ter ajudado o fato de eu estar um pouco triste. Eles terem reservado para mim um lugar na primeira fila da tenda principal do circo de sua felicidade ajudou a engolir o desalento. E que modo mais prático de pagar-lhes que assegurar que sua sementinha de *bonheur* tivesse tempo para brotar e crescer, deitar raízes e se desenvolver? Com a minha dançante presença, mantive as pragas longe. Fui seu spray contra pulgões, seu remédio contra lesmas, seu equipamento vaporizador.

Bancar o Cupido, é preciso que você saiba, não é apenas uma questão de voar em torno de Arcádia e sentir o coraçãozinho bater mais forte quando os amantes finalmente se beijarem. É trabalhar com horários e mapas urbanos, sessões de cinema e menus, dinheiro e organização. É preciso ser ao mesmo tempo um enérgico chefe de torcida e um psiquiatra delicado. Requer a habilidade dupla de estar ausente quando presente e presente quando ausente. Jamais me diga que o alcoviteiro do Amor, com suas covinhas, não faz jus a suas pesetas.

Vou contar uma teoria minha. Você sabe que o pai de Gillian levantou acampamento com uma nereida quando a filha não tinha senão 10 anos, ou 12, ou 15, ou qualquer coisa – em outras palavras, quando estava numa idade falsamente denominada de "impressionável", como se todas as idades não pudessem ser caracterizadas deste modo. Eu ouvi dizer nos abafados covis do freudianismo que a cicatriz psicológica infligida por este ato de deserção paterna frequentemente induz a filha, quando chega à idade de começar a namorar, a buscar um substituto para o arquétipo desaparecido. Ou seja, elas transam com homens mais velhos. Na verdade, sempre considerei isto um comportamento beirando o patológico. Para começar, você já olhou algum dia para os velhos, o tipo de velho que seduz mulheres jovens? A passada larga brincalhona, o bronzeado trepa comigo, as abotoaduras resplandecentes, o cheiro forte e desagradável da lavagem a seco. Eles estalam os dedos como se o mundo fosse seu garçom. E exigem, esperam. É asqueroso. Sinto muito, tenho cisma com isto. Imaginar mãos cheias de manchas de senilidade agarrando seios juvenis e empinados me faz sair correndo para o vomitorium! E o outro ponto que escapa à minha compreensão: se você foi abandonada pelo papai, então por que reagir indo para a cama com substitutos-do-papai, concedendo *la fleur de l'âge* a uma fileira de velhos passadores de mão? Ahá, retrucam os livros, você não está entendendo: o que a garota está fazendo é procurar um substituto para a segurança que lhe foi rudemente retirada; está procurando um pai que *não* a abandone. Bastante justo, mas *minha* opinião é a seguinte: se você for mordido por um cachorro vira-lata e a ferida infeccionar, será um comportamento sensato continuar metido com cachorros vira-latas? Eu diria que não. Compre um gato, arranje um periquito, mas não me apareça com cachorros vira-latas. Mas o que faz a garota? Justo o contrário. Isto, tenho que admitir, é um compartimento obscuro da psique feminina que ainda tem de se beneficiar do desengordurador de fornos da Razão. E, além do mais, acho isso abominável.

Como, você poderia perguntar, esta minha teoria se aplica ao caso em questão? Concedo que meu esteatopígico coleguinha não seja da idade do acima mencionado Lothario de cabelos de prata, que sumiu ao pôr do sol com um pedaço de mulherzinha de menor amarrada no bagageiro, isto é, o papai de Gill. Mas, ao contemplar Stuart, a pessoa é forçada a concluir que, mesmo que ele não seja atualmente *d'un certain âge*, bem que podia ser. Encaremos os fatos. Ele é o proprietário de quatro ternos cinzentos, dois escuros-médios e dois escuros-escuros. É empregado, fazendo o que quer que seja, de um banco cujos interessados *dirigeants* usam cuecas listradas e tomarão conta dele até que se aposente. Contribui para o fundo de pensão e tem um seguro de vida. Também tem metade de uma hipoteca de 25 anos mais um empréstimo no valor máximo. É modesto em seus apetites e (poupando os seus rubores) de sexualidade um tanto atenuada. Tudo o que o impede de ser aceito na grande maçonaria dos que têm mais de 50 anos é o fato de ele ter 32. E isto é o que Gillian sente, é o que ela sabe que quer. O casamento com Stu não promete pirotecnias boêmias. Gillian arranjou para si nada mais nada menos que o mais jovem velho que pôde encontrar.

Mas teria sido justo apontar tudo isto enquanto eles focinhavam um no outro em alguma *plage* inglesa e eu fingia que não estava notando? Não é para isto que existem amigos. E, além do mais, eu estava satisfeito por Stuart, cujo *derrière*, volumoso e pênsil como fosse, não passara muito de sua existência na *beurre*.

Ele segurava na mão de Gillian com gratidão alarmante, como se antes as garotas tivessem sempre insistido em que ele usasse luvas de forno. Ele parecia perder um pouco da sua falta de jeito quando estava ao lado dela. Chegava inclusive a dançar melhor. Quer dizer, Stu nunca alcançaria algo mais que uma espécie confusa de *bop*, mas naquele verão ele acrescentou uma certa vivacidade descuidada ao negócio da dança. Quanto a mim, nas ocasiões em que Gillian enfeitava meu carnê de dança, eu me continha, procurando generosamente não provocar comparações desanimadoras. Não teria sido, em certas ocasiões, incaracteristicamente *gauche* enquanto dançava a jiga no parquê? Talvez. Cada um deve decidir por si.

Assim éramos nós, naquele verão. Pesares não estavam em nossa agenda. Em Frinton, jogamos num bandido de um só braço por duas horas barulhentas e jamais conseguimos alinhar três frutas na mesma fila – mas ficamos desanimados? Eu me lembro, contudo, de um momento de profunda tristeza. Estávamos numa praia e alguém – provavelmente eu mesmo, atuando como chefe de torcida – sugeriu que gravássemos nossos nomes em letras grandes na areia, e depois um de nós subiria até a calçada e tiraria uma foto do escrito mais o escritor. Um clichê já no tempo de Beowulf, eu sei, mas não se pode estar inventando sempre brincadeiras novas. Quando chegou a minha vez de ser fotografado, Gillian subiu até a calçada com Stuart. Provavelmente ele precisava de ajuda com o foco automático. Era fim de tarde, o vento leste estava abrindo o seu caminho pelo Mar do Norte, o sol ia perdendo seu calor, e a maioria das pessoas tinha ido embora para casa. Fiquei sozinho na praia perto das elaboradas itálicas de *Oliver* (os outros tinham preferido letras de imprensa, claro), ergui a cabeça na direção da câmera, Stuart gritou "Cheese!", e Gillian gritou "Gorgonzola!", e Stu gritou "Camembert!", e Gillian gritou "Dolcelatte!", e de repente eu tive um acesso de choro. Fiquei ali olhando para cima e me debulhei em lágrimas. O sol entrou nas minhas lágrimas e não pude ver nada, só uma ofuscante espuma colorida. Achei que talvez fosse continuar chorando para sempre, quando então Stu gritou "Wensleydale!", e me limitei a uivar um pouco mais, como um chacal, como um patético cão vira-lata. Sentei-me na areia e chutei o *r* de *Oliver* até que eles vieram e me salvaram.

Pouco depois eu estava me sentindo alegre de novo, e eles também. Quando as pessoas se apaixonam, desenvolvem esta súbita capacidade de recuperação, já notou? Não é só que nada possa magoá-las (essa velha ilusão tão agradável), mas sim que nada pode magoar quem quer que seja de quem gostem. *Frère* Ollie? Ataque de choro na praia? Colapso enquanto era fotografado pelos amigos? Não, não é nada, mandem embora os homens de vestes brancas, devolvam o furgão confortável e acolchoado, nós temos o nosso próprio kit de primeiros socorros. Chama-se amor. Vem em todos os tipos de embalagem. É uma bandagem, um esparadrapo, uma compressa, um creme. Olhe só, vem inclusive com um spray anestésico. Vamos experimentar um pouco em Ollie. Veja, ele caiu e quebrou o cocuruto. Spray, spray, sopra, sopra, pronto, está melhor. Ollie, de pé você fica sozinho.

E eu me levantei. Me levantei e fiquei contente de novo. Ollie, o divertido Ollie, nós o remendamos, aí está o que o amor é capaz de fazer. Quer alguma coisa, Ollie? Um último trago?

Levaram-me para casa aquela noite no carro rebarbativamente comum de Gillian. Definitivamente, não um Lagonda. Saltei, e eles saltaram também. Dei um beijo rápido no rosto de Gillie e ericei o pelo de Stu, que sorria sua preocupação comigo. Assim, subi com passos de Nureyev a escada da frente e fluí porta adentro num movimento único de Yale e Chubb. Então me deitei na minha cama compreensiva e rompi em choro.

4: Agora

STUART É agora. É hoje. Nós nos casamos mês passado. Amo Gillian. Sou feliz, sim, sou feliz. Finalmente deu certo para mim. Agora é *agora*.

GILLIAN Eu me casei. Parte de mim pensava que eu jamais me casaria, parte de mim desaprovava, parte de mim estava um pouco assustada, para dizer a verdade. Mas me apaixonei, e Stuart é uma boa pessoa, uma pessoa bondosa, e me ama. Estou casada agora.

OLIVER Oh, merda. Oh merda merda merda merda MERDA. Estou apaixonado por Gillie, acabo de descobrir. Estou apaixonado por Gillie. Estou atônito, estou apavorado, estou aterrorizado, estou fodidamente apaixonado. Também estou com medo até a raiz dos cabelos. O que vai acontecer agora?

5: Tudo começa aqui

STUART Tudo começa aqui. É o que fico repetindo para mim mesmo. Tudo começa aqui.

Fui apenas mediano na escola. Nunca fui encorajado a pensar que deveria tentar a universidade. Fiz um curso por correspondência de economia e direito comercial e depois fui aceito pelo banco como estagiário geral. Trabalho no departamento de moeda estrangeira. É melhor não mencionar o nome do banco, para o caso de não gostarem. Mas você terá ouvido falar deles. Deixaram perfeitamente claro para mim que eu jamais voarei muito alto, mas toda companhia precisa de gente que não voe alto, e isto está ótimo para mim. Meus pais eram do tipo que parece ficar sempre levemente desapontado com o que quer que seja que você faça, como se você constantemente os desiludisse com coisas pequenas. Acho que é por isto que minha irmã foi embora, mudou-se para o Norte. Por outro lado, eu podia entender o ponto de vista dos meus pais. Eu *era* mesmo um pouco desapontador. Inclusive para mim mesmo. Tentei explicar antes não ser capaz de relaxar na companhia de pessoas de quem gostava, não ser capaz de fazer com que vissem as virtudes que eu tinha. Agora que penso nisto, a maior parte de minha vida foi assim. Eu não podia fazer as outras pessoas verem o que interessa em mim. Mas aí aparece Gillian e tudo começa aqui.

Oliver deve ter dado a você a impressão de que eu era virgem quando me casei. Sem dúvida ele usou uma linguagem refinada para falar a respeito desta sua hipótese. Bem, eu gostaria que você soubesse que não é verdade. Eu não conto tudo a Oliver. Aposto como você também não contaria. Quando ele está animado, sua língua voa e, quando está deprimido, pode ser perverso. Assim sendo, é uma questão de bom-senso não deixar que entre em todas as áreas da sua vida. Muito ocasionalmente, saímos em encontros duplos, mas estes encontros foram, sem exceção, completos desastres.

Para começar, Oliver sempre arranjava as garotas e eu o dinheiro, embora naturalmente eu tivesse de botar sua metade dentro da mão dele com antecedência para que as garotas não soubessem quem estava realmente pagando. Uma vez ele fez com que eu lhe passasse *todo* o dinheiro, para parecer que estava pagando tudo sozinho. Então íamos a um restaurante, e Oliver mostrava-se ditatorial.

– Não, você não pode pedir *isto* como seu prato principal. Tem cogumelos e creme na sua entrada. – Ou erva-doce e Pernod. Ou qualquer coisa com qualquer coisa. Você algum dia já achou que o mundo está ficando interessado *demais* em comida? Quer dizer, ela sai pela outra extremidade muito pouco tempo depois. Não se pode armazenar, não por muito tempo. Não é como dinheiro.

– Mas eu *gosto* de cogumelos e creme.

– Então fique com esse prato principal e a entrada de berinjela.

– Não gosto de berinjela.

– Ouviu esta, Stu? – ela se encolheu ante a visão da lustrosa berinjela. – Pois muito bem, vamos tentar fazer com que mude de opinião esta noite.

E assim por diante. Aí tinha o negócio sobre o vinho com o garçom. Às vezes, neste ponto, eu costumava sair para fazer um xixi. Oliver começava dirigindo-se à mesa: "Devemos talvez experimentar um Hunter River Chardonnay *ce soir*?"

E, tendo conseguido nossa aprovação em teoria, ele começava a torturar o pobre garçom: "Você aconselharia o Show Reverse? Você diria que a garrafa é bastante velha? Gosto dos meus Chardonnays encorpados e macios, mas não *demais*, você compreende. E veja se é amadeirado. Sempre acho que os colonos se entusiasmam excessivamente no uso do carvalho, você não acha?"

Na maioria dos casos, o garçom contemporizava com aquilo sentindo que Oliver era um desses frequentadores que, apesar de todas as indagações, não desejava nenhum conselho, e era só uma questão de ter paciência com ele, como quando se puxa um peixe pelo anzol. O pedido acabava por ser feito, mas não era o fim das minhas ansiedades. Oliver tinha de se encarregar de aprovar o vinho que ele próprio escolhera. Houve uma época em que isto envolvia goladas barulhentas, gargarejos e muitos segundos de mística contemplação, com os olhos semicerrados. Depois ele leu um artigo em algum lugar que dizia que essa história de provar o vinho antes de ser servido não é para ver se você gosta ou não, e sim para verificar se não está estragado devido à rolha apodrecida. Se não gostar do sabor, azar o seu, porque foi você mesmo quem escolheu. O que se deve fazer – se você for sofisticado – é somente dar uma balançada no cálice e cheirar, o que lhe dirá se o vinho está avinagrado ou não. Foi isto então que ele passou a fazer, reduzindo sua performance a uma série de ruidosas inalações seguidas de um abrupto balançar de cabeça. Às vezes, se achava que uma das garotas não sabia o que estava fazendo, dava uma longa explicação do motivo pelo qual não provara o vinho.

Devo dizer que Oliver pediu alguns vinhos horrorosos nesse tempo em que eu saía com ele. E não me surpreenderia se alguns estivessem com gosto de rolha.

Mas o que isto importa agora? Tanto quanto se eu era ou não virgem quando conheci Gillian? Eu não era, como digo, mas não me iludo querendo me convencer de que esta área de minha vida, que eu mantinha oculta de Oliver, era a história de um triunfo após outro. Era mediana, seja o que for que isto signifique em tal contexto. Às vezes agradável e divertida, às vezes um tanto difícil, e outras vezes eu tinha de lembrar a mim mesmo para não começar a pensar em outras coisas no meio do caminho. Mediana, como se pode ver. Então apareceu Gillian, e tudo começa aqui. Agora.

Adoro esta palavra. Agora. Agora é agora; não é mais *então*. *Então* já passou. Não importa se desapontei meus pais. Não importa que eu tenha desapontado a mim mesmo. Não importa que eu jamais tenha conseguido me relacionar com outras pessoas. Isso foi então, e já passou. Agora é *agora*.

Não estou querendo dizer que passei por uma súbita transformação. Não sou um sapo que foi beijado por uma princesa ou seja o que for que conste do conto de fadas. Não me tornei de repente incrivelmente espirituoso e bonito – você teria notado, não é mesmo? – ou um sujeito ambicioso, com uma família imensa e que leva Gillian para o seio desta família. (Estas famílias existem? Na televisão a gente está sempre vendo casas cheias de excêntricas tias velhas, crianças meigas e adultos interessantemente variados, que podem ter seus altos e baixos, mas que basicamente são unidos e que "estão do lado da família", seja o que for que isto signifique. A vida nunca me parece ser assim. Todo mundo que conheço vem de uma família pequena, fragmentada: às vezes pela morte, às vezes pelo divórcio, geralmente por discordância ou tédio. E *ninguém* que eu conheça tem qualquer sentido de "família". O que há é uma mãe de quem se gosta e um pai a quem se odeia, ou vice-versa, e as excêntricas tias velhas que conheci eram excêntricas apenas porque secretamente eram alcoólatras e fediam como cachorros precisando de banho ou então porque sofriam da doença de Alzheimer ou algo assim.) Não, o que aconteceu foi o seguinte. Continuei o mesmo que era antes, mas agora está bem que eu seja como era.

A princesa beijou o sapo e ele não se transformou num príncipe bonito, mas está tudo bem, porque ela gostou dele como sapo. E se eu tivesse me transformado num príncipe bonito, Gillian provavelmente teria posto a ele – a mim – porta afora. Ela não gosta de príncipes, Gillian.

Fiquei um pouco nervoso na hora de conhecer a mãe dela, admito. Engraxei os sapatos e não me enganei quanto à data. Uma sogra (era como eu já a via), uma sogra *francesa* que fora abandonada por um inglês ia agora ser apresentada pela filha ao inglês com quem esta filha queria se casar? Suponho que imaginei que ou ela seria fantasticamente fria, inamistosa, e se deixaria ficar sentada numa dessas cadeirinhas douradas com um espelho do mesmo estilo atrás ou então seria muito gorda, de rosto vermelho, e viria da cozinha com uma colher de pau e me daria um abraço apertado cheirando a alho e gordura. Tudo avaliado, eu definitivamente teria preferido a última versão, mas é claro que não tive nem uma nem outra (como costumam ser as famílias). A Sra. ou Mme. Wyatt usava sapatos envernizados e um elegante costume marrom, com um broche de ouro. Foi polida, mas não se mostrou mais amável do que deveria; olhou para os jeans de Gillian com desaprovação, mas sem comentário. Tomamos chá e conversamos sobre tudo, exceto as duas coisas que me interessavam: o fato de que eu estava apaixonado pela sua filha e o fato de que seu marido tinha fugido com uma estudante. Ela não perguntou quais eram minhas perspectivas, ou quanto eu ganhava, ou se eu estava dormindo com sua filha – três assuntos que eu havia imaginado como possíveis temas de conversa. Ela era – é – o que se costuma chamar de uma mulher vistosa, uma expressão que sempre me pareceu um tanto condescendente. (O que quer dizer? Quer dizer algo assim: surpreendentemente atraente, do ponto de vista sexual, mesmo que isto não seja socialmente OK para mulheres atraentes naquela idade. Mas talvez alguém se sentisse – se sinta – atraído por Mme. Wyatt. Gosto de pensar assim.) Em outras palavras, tinha os traços firmes e bem delineados, o cabelo possivelmente pintado mantido sob controle constante e se comportava como se tivesse tido uma época em que fazia virar todas as cabeças e esperava que você tomasse conhecimento disto também. Olhei muito para ela durante aquele chá. Não só por delicadeza e atenção, como também tentando descobrir como Gillian seria no futuro. Este deve ser um momento-chave, não é mesmo? Encontrar-se com a mãe da sua mulher pela primeira vez. Ou você sai correndo ou cai para trás de felicidade: oh, sim, se ela ficar *assim* eu posso aguentar numa boa. (E as sogras em perspectiva devem ter consciência de que é isto que se passa na cabeça do rapaz, não devem? Pode ser que às vezes elas se façam deliberadamente de terríveis para afugentá-lo.) Com Mme. Wyatt eu não tive nenhuma dessas reações. Olhei seu rosto, examinei o formato do queixo e a curva da testa; detive-me olhando para a boca da mãe da garota cuja boca eu não me cansava de beijar.

Olhei e olhei; e embora visse semelhanças (a testa, os olhos), embora pudesse entender que outras pessoas pudessem tomá-las por mãe e filha, não funcionou para mim. Não fui capaz de ver Gillian se transformando em Mme. Wyatt. Era completamente improvável e por uma razão: Gillian não ia se transformar em *ninguém*. Ela mudaria, claro. Não sou tão idiota nem estou tão apaixonado que não saiba disto. Ela vai mudar, mas sem se transformar em outra pessoa, e sim passando a ser uma outra versão de si própria. E eu estaria por perto para ver acontecer.

– Como foi? – perguntei, quando nos afastávamos. – Eu passei?

– Você não estava sendo examinado.

– Oh – me senti um pouco desapontado.

– Não é assim que ela funciona.

– Como é que ela funciona?

Gillian fez uma pausa, mudou a marcha do carro, comprimiu os lábios, que eram e não eram iguais aos da mãe, e disse: "Ela espera."

Não gostei de ter ouvido aquilo. Mais tarde, contudo, achei bastante justo. Eu também posso esperar. E posso esperar até que Mme. Wyatt me veja como sou, até que compreenda o que Gillian vê em mim. Posso esperar pela aprovação dela. Posso esperar até que entenda como sou capaz de fazer Gillian feliz.

– Feliz? – perguntei.

– Mmm. – Ela conservou os olhos no trânsito, tirou a mão da alavanca de marcha por um instante, deu uma palmadinha na minha perna e retirou a mão para trocar de marcha. – Feliz.

Íamos ter filhos, você sabe. Não, não estou querendo dizer que ela esteja grávida, embora não me incomodasse muito se estivesse. É um plano de longo prazo. Ainda não discutimos a questão, para ser sincero; mas eu a vi com crianças uma ou duas vezes, e me pareceu que se dava bem com elas instintivamente. Parecia estar na mesma frequência de onda. O que quero dizer com isto é que ela não parece se surpreender com o modo como as crianças se comportam e como reagem às coisas; parece que acha normal e aceita.

EM TOM DE CONVERSA 55

Sempre gostei de crianças, mas nunca consegui entendê-las direito. Por que se comportam assim, fazendo uma tremenda confusão por causa de coisinhas pequenas e ignorando o que é muito mais importante? Elas caem no cantinho onde fica o aparelho de televisão e você pensa que quebraram a cabeça, mas se limitam a sair pulando; no momento seguinte, sentam-se muito delicadamente sobre seus traseiros, estofados com o que parece ser umas quinze fraldas, e caem no choro. O que acontece? Por que não têm senso de proporção? Ainda assim, quero filhos com Gillian. Parece-me a coisa natural. E estou certo de que ela vai querer também, quando chegar a hora apropriada. Isto é uma coisa que as mulheres sabem – quando chega a hora apropriada? Já fiz dos filhos que vamos ter uma promessa. Não vou ser como os meus pais. Vou tentar entender o seu lado, qualquer que seja ele. Vou apoiar você. Seja o que for que você queira fazer está bem para mim.

GILLIAN Suponho que eu realmente tenha uma preocupação com Stuart. Às vezes estou trabalhando aqui em cima no estúdio – o nome é um tanto pretensioso para a sala, que é um quadrado com três metros e meio de lado, mas vá lá que seja –, e o rádio está tocando música, e eu estou mais ou menos no piloto automático. De repente, eu penso: tomara que ele não fique desapontado. Pode parecer uma coisa estranha para se dizer quando você está casada apenas há um mês, mas é verdade. É uma coisa que sinto.

Geralmente não comento que já fui assistente social. É outra coisa sobre a qual as pessoas costumam fazer comentários estúpidos ou, de alguma forma, ilações idiotas. Por exemplo, é perfeitamente óbvio que o que tentava fazer pelos meus clientes era consertar suas vidas e seus relacionamentos do modo como não fora capaz de fazer pelos meus pais. Perfeitamente óbvio para todo mundo, não é? Exceto para mim.

E mesmo que eu estivesse, de algum modo, tentando fazer isto, com toda a certeza não tive êxito. Aguentei 18 meses antes de desistir e neste meio-tempo vi uma porção de gente desapontada. A maior parte do tempo via pessoas com imensos problemas emocionais, sociais e financeiros – algumas vezes autoinfligidos, quase sempre simplesmente colocados em suas vidas. Coisas que as famílias lhes tinham feito, pais, maridos; coisas das quais nunca iriam se recuperar.

Havia também os outros, os desapontados. Estes tinham um dano real, irreversível. Começavam com enormes esperanças nesse mundo, depois punham sua fé em psicopatas e visionários, investiam sua confiança em cachaceiros e espancadores. E continuam por muitos anos com inacreditável perseverança, acreditando quando não têm a menor razão para acreditar, quando é loucura acreditar. Até que um dia simplesmente desistem. E o que poderia a assistente social estagiária Gillian Wyatt, com seus 22 anos, fazer por essas pessoas? Acredite em mim, profissionalismo e entusiasmo não têm a menor importância nestes casos.

As pessoas vão à falência em espírito. Era isto que eu podia enfrentar. E me veio à cabeça mais tarde, quando comecei a amar Stuart, este pensamento: por favor, não deixe que ele se desaponte. Eu nunca tinha me sentido deste modo com ninguém. Preocupar-me com o futuro de outra pessoa a longo prazo, com aquilo em que ela se transformaria. Preocupar-me com o que poderia pensar quando finalmente olhasse para trás.

Escute, não estou jogando este... jogo. Mas também não adianta ficar sentada num canto com um lenço enfiado na boca. Direi o que tenho de dizer, o que sei.

Saí com um bocado de rapazes antes de conhecer Stuart. Estive quase apaixonada, fui pedida em casamento umas duas vezes; por outro lado, fiquei uma vez um ano sem homem, sem sexo – ambos pareciam trabalho demasiado. Alguns dos homens com quem saí tinham "idade bastante para ser seu pai", como se costuma dizer; por outro lado, muitos outros não tinham. Então, onde isto nos deixa? Uma informação mínima, e lá vêm as pessoas com suas teorias. Casei com Stuart porque achei que ele não ia me abandonar do jeito que meu pai abandonara? Não, casei com ele porque o amava. Porque o amo, respeito e desejo. Não o desejava a princípio, não particularmente. Não tiro conclusões disto tampouco, exceto que isso de desejar é um negócio complicado. Lá estávamos nós naquele hotel, com cálices de *sherry* nas mãos. Era um mercado de gado? Não, era um grupo sensato de pessoas tomando uma providência sensata a respeito de suas vidas. Aconteceu de dar certo para nós dois, tivemos sorte. Mas não foi só "sorte". Ficar sentado num canto sentindo pena de si próprio não é uma boa maneira de conhecer gente.

Acho que na vida você tem de descobrir aquilo que sabe fazer bem, reconhecer o que não sabe fazer, decidir o que quer, lutar pelo que deseja e tentar não se lamentar depois. Meu Deus, que coisa mais ridiculamente convencional. Nem sempre as palavras acertam o alvo, não é mesmo?

Esta talvez seja uma das razões pelas quais amo o meu trabalho. Não há palavras envolvidas. Sento no meu quarto, no alto da casa, com meus palitos com algodão e solventes, pincéis e pigmentos. Só eu e um quadro na minha frente, a música do rádio se preciso e nada de telefone. Realmente não gosto que Stuart venha muito aqui. Quebra o encanto.

Às vezes o quadro em que se está trabalhando responde ao seu empenho. É a parte mais excitante, quando você tira o excesso de tinta e descobre que há algo debaixo. Não acontece com muita frequência, claro, o que faz com que seja ainda mais agradável quando acontece. Por exemplo, uma quantidade incrível de seios foi recoberta no século XIX. Aí você pode estar limpando o retrato do que deveria ser uma dama da nobreza italiana e ir gradualmente descobrindo um bebê mamando. A dama se transforma em uma Madonna diante dos seus olhos. É como se você fosse a primeira pessoa em muitos anos a quem ela contasse o seu segredo.

No outro mês, eu estava trabalhando numa paisagem de floresta e encontrei um javali que tinha sido recoberto. Mudou completamente o quadro. Parecia representar cavaleiros num pacífico passeio – quase participantes de um piquenique – até eu descobrir o javali, quando tornou-se perfeitamente claro que tinha sido o tempo todo uma cena de caçada. O javali ficou escondido mais ou menos por um século debaixo de uma moita grande e nada convincente. Então, lá em cima, no meu estúdio, sem que uma só palavra tivesse sido pronunciada, tudo voltou claramente a ser visível. Só porque removi um pouco de excesso de tinta.

OLIVER Oh, *merda*.
Foi o rosto dela. Seu rosto, do lado de fora do cartório, com aquele grande relógio municipal atrás, marcando os primeiros momentos resplandecentes do êxtase nupcial. Ela estava usando um conjunto de linho da cor de uma sopa rala de agrião, com a bainha da saia logo acima do joelho. Linho, todos nós sabemos, amarrota tão facilmente como o amor tímido se deixa esmagar; ela parecia à prova de esmagamento. Seu cabelo estava arrumado para trás só de um lado, e ela sorria na direção geral de toda a raça humana. Não estava agarrada ao esteatopígico Stu, embora segurasse seu braço, é verdade. Transpirava, resplandecia, estava integralmente ali e, no entanto, ausente, retraída para algum domínio privado naquele momento tão público. Acho que só eu reparei nisto, o resto pensou que estivesse simplesmente feliz. Mas eu sabia. Levantei-me, dei-lhe um beijo e murmurei felicitações na única orelha (sem lóbulo) visível. Ela reagiu, mas quase como se não estivesse ali, de modo que fiz alguns gestos diante do seu rosto – Sinaleiro Fazendo Sinal para Parar o Expresso Fugitivo, esse tipo de coisa –, com o que por um segundo ficou atenta em mim e riu, para logo voltar ao seu secreto esconderijo nupcial.

Você parece uma joia – falei, mas ela não respondeu. Pode ser que se tivesse respondido as coisas tivessem sido diferentes, não sei. Mas, porque não respondeu, olhei-a mais ainda. Estava toda de verde-claro e castanho, com um brilho de esmeralda no pescoço; meu olhar percorreu seu rosto, da curva cheia da testa à covinha do queixo; as faces, sempre tão pálidas, estavam pintadas com o rosa de um alvorecer de Tiepolo, mas, se o pincel era externo e estava guardado em segurança na sua bolsa ou se era interno e manejado pelo êxtase, eu não sabia ou não podia adivinhar; sua boca fora assediada por um meio sorriso que parecia eterno; os olhos eram seu lustroso dote. Eu *percorri* seu rosto, está ouvindo?

E não pude suportar o modo como estava ali e não estava, o modo como eu estava presente diante dela, e ainda assim não estava. Lembra-se dos esquemas daqueles filósofos segundo os quais só existimos se somos percebidos como existentes por alguma coisa ou alguém que não nós mesmos? O Velho Ollie, ante o oscilante reconhecimento da noiva, sentiu-se todo inseguro, em perigo existencial. Se eu piscasse, podia desaparecer. Talvez tenha sido por isto que me transformei numa espécie de alegre Diane Arbus, empunhando a máquina de retrato e pinoteando jovialmente em busca de um ângulo que deixasse em evidência o papo de Stuart. Uma atividade substituta. Puro desespero, como se pode ver, medo do esquecimento. Claro que eles nunca adivinharam.

Foi culpa minha e não foi culpa minha. Você entende, eu queria um casamento religioso. Queria ser o padrinho. Eles não foram capazes de entender na época, nem eu. Nenhum de nós tinha o menor senso religioso, não havia parentes fundamentalistas a tranquilizar: a ausência de um sujeito num hábito branco cheio de babados não teria sido a causa do *suppuku* da deserdação. Mas Ollie precisava ser previdente. Disse que eu queria ser o padrinho, disse que queria um casamento religioso. Não parei de falar nisto. Comecei a gritar. Comecei a recitar Hamlet. Estava bêbado, se quer saber.

– Oliver – disse Stu após algum tempo. – Você está atrapalhando. É o nosso casamento. Já pedimos a você para ser nossa testemunha.

Lembrei a ambos a força da cerimônia antiga, as linhas pré-históricas da sorte nupcial, os sulcos dourados do texto sagrado.

– Vamos – instei, para terminar –, casem-se na igreja.

O rosto gorducho e pequeno de Stuart adquiriu uma expressão dura, na medida em que isto lhe era possível fisicamente.

– Oliver – disse ele, caindo quase parodicamente no vocabulário bruto do mercantilismo, naquele momento solene –, pedimos a você para ser nossa testemunha, e esta é a nossa oferta final.

– Vocês se arrependerão – gritei, um capitão de indústria de Mitteleurop esmagado pela Comissão de Monopólios. – Vocês se arrependerão.

O que referi quando falei em ser previdente foi o seguinte: se tivéssemos tido um casamento religioso, ela teria feito o número da renda-branca-com-bordados e véu-grinalda-e-cauda. Eu teria olhado para ela do lado de fora da igreja e visto apenas outra noiva saída da linha de montagem. E então podia nunca ter acontecido. Foi o rosto dela que fez. Eu não soube na hora. Achei que estava apenas exagerando um pouco, como todos os outros. Mas eu caíra, afundara. A mudança inimaginável acontecera. Caíra como Lúcifer; caíra (esta é para você, Stu) como o mercado de ações de 1929. Eu também me perdera no sentido de que me transformara, não era mais o mesmo. Conhece aquela história do homem que acorda e descobre que se transformou numa barata? Eu era a barata que acordou e vislumbrou a possibilidade de ser um homem.

Não que os órgãos de percepção tivessem dado pela coisa quando ela aconteceu. Quando nos sentamos para o banquete do casamento, apeguei-me à crença prosaica de que aquela coisa barulhenta jogada a meus pés não passava dos selos metálicos das garrafas de champanhe. (Tive de insistir em abrir pessoalmente o pequeno número de garrafas que Stuart comprara no atacado. Hoje em dia, ninguém sabe como abrir champanhe, nem mesmo os garçons, especialmente os garçons. A ideia, eu vivo dizendo, não é fazer a rolha *saltar* alegremente e assim provocar uma *mousse* ejaculatória na garrafa. Não, a ideia é abri-la sem mais que um peido de freira. Segurar a rolha e inclinar a garrafa, eis aí o segredo. Quantas vezes tenho de repetir? Esqueça o floreio com o enorme guardanapo branco, esqueça os dois polegares na coroa da rolha, esqueça a pontaria nas lâmpadas embutidas no teto. Basta segurar a rolha e inclinar a garrafa.) Não, o que roçava nos meus tornozelos naquela noite não era senão a pele abandonada do meu antigo ser, minha carapaça de barata, meus sombrios acessórios despidos.

Pânico, foi a primeira reação ao que quer que fosse que tinha acabado de acontecer. E piorou quando me dei conta de que não sabia onde eles estavam indo passar a *lune de miel*. (Que bobagem, por falar nisso, franceses e ingleses usarem a mesma expressão. Seria de pensar que um dos dois povos corresse a procurar uma expressão nova, em vez de aceitar artigos linguísticos de segunda mão. Ou talvez seja isso mesmo: a frase é a mesma porque a experiência é a mesma. [*Lua de mel*, a propósito, para o caso de que você não possa se abster da mostarda etimológica, é uma expressão que apenas em época recente passou a designar um período nupcial de férias envolvendo a compra de artigos isentos de impostos e a insistência em tirar muitas fotos coloridas exatamente da mesma paisagem. O Dr. Johnson, no seu *Dicionário* intermitentemente cômico, não estava querendo fazer graça quando deu a seguinte definição: "O primeiro mês após o casamento, quando tudo é ternura e prazer." Voltaire, uma figura integralmente mais simpática, que, a propósito, costumava se servir do melhor borgonha enquanto fornecia a seus convidados *vin ordinaire*, observou em um de seus contos filosóficos que *la lune de miel* é seguida no mês seguinte pela *lune de l'absinthe*.])

Você entende, de repente achei que não podia suportar não saber onde eles iam passar as três e meia semanas seguintes (embora em retrospecto eu tenha dúvidas de se a localização do noivo me teria perturbado tanto). Assim, quando já mais para o fim da refeição Stuart levantou-se cambaleando e informou à mesa – por que este impulso confessional sobrevém em tais ocasiões? – que só estava "indo verter água" (as frases horríveis que essa gente inventa: de que gerente idiota o meu amigo roubou esta?), esgueirei-me da minha cadeira sem uma palavra, chutei para longe os detritos da minha vida anterior e segui-o até o banheiro dos homens.

Ali estávamos nós, lado a lado, diante daquelas bacias de porcelana da altura dos quadris, tanto um quanto o outro olhando fixamente e muito sério para algum pelotão de fuzilamento mexicano, do jeito como costumam fazer os ingleses, nem um dos dois abaixando os olhos para uma espiada no equipamento do outro. Ali estávamos nós, dois rivais ainda não inteiramente cônscios de nossa rivalidade, cada um agarrando seu *membrum virile* – devo oferecer ao noivo algumas dicas quanto ao seu emprego? – e urinando em cima do cubinho violeta de desodorante de banheiro. (Como minha vida mudaria se eu tivesse muito dinheiro? Retorno constantemente a dois luxos: ter alguém para lavar meu cabelo todas as manhãs e fazer xixi em cima de gelo picado.)

Nós parecíamos estar urinando mais do que podíamos ter bebido. Stuart puxou um pigarro envergonhado, como se quisesse dizer: "Não sei quanto a você, mas ainda não estou nem na metade." Parecia o momento de indagar sobre a localização planejada do arranca-rabo conjugal. Mas tudo o que consegui em resposta foi um sorrisinho afetado e o sibilar da urina.

– Não, realmente – insisti um minuto depois, enquanto lavava as mãos, e Stuart, desnecessariamente, raspava o crânio com um pente fétido de plástico. – Onde vocês estão indo? Você sabe, só para o caso de ter que entrar em contato.

– Segredo de Estado. Nem mesmo Gillie sabe. Eu só lhe disse para levar roupas leves.

Ele ainda estava sorrindo, de modo que presumi que queria que eu me entregasse a uma adivinhação juvenil. Arrisquei vários destinos tipicamente capazes de ser escolhidos por Stuart, como Flórida, Bali, Creta e Turquia Ocidental, cada um deles saudado por um gesto negativo. Tentei todas as Disneylândias do mundo e uma seleção de ilhas dotadas de aeroportos. Prestigiei-o com Marbella, aplaudi-o com Zanzibar e tentei ir diretamente ao ponto com Santorini. Não consegui nada.

– Escute, alguma coisa pode acontecer... – comecei.

– Envelope selado com Mme. Wyatt – replicou ele, colocando um dedo não característico sobre o nariz, como se fosse aquele o motivo pelo qual ele frequentara a escola de espiões.

– Não seja tão malditamente burguês – berrei. Mas ele não quis me dizer. De volta à mesa, fiquei emburrado por alguns minutos, mas depois retornei à tarefa de divertir os convidados do casamento.

No dia seguinte ao dia em que eles partiram para a lua de mel, telefonei para Mme. Wyatt e adivinhe o quê? A velha *vache* não quis me dizer. Alegou não ter aberto o envelope. Eu disse que sentia falta deles, queria telefonar. Era verdade, eu sentia mesmo falta deles. Podia até ter chorado dentro do telefone, mas Mme. Dragão não cederia.

E quando chegou a hora da volta (sim, era Creta: eu adivinhara, mas o canalha de duas caras nem sequer piscara), eu sabia que estava apaixonado. Recebi um cartão-postal tipo sol-e-sexo de Heraklion, calculei o dia em que estariam retornando, telefonei para todas as linhas aéreas possíveis e fui encontrá-los em Gatwick. Quando o quadro de avisos exibiu a informação BAGAGEM NO HALL ao lado do número do voo deles, uma multidão de sineiros no meu estômago puxou suas cordas ao mesmo tempo, e o terrível clangor que causaram no meu crânio só pôde ser silenciado por dois tragos no bar. Então fui esperar na barreira, todo o meu corpo pulsando boas-vindas.

Eu os vi antes que me vissem. Stuart, tipicamente, escolhera um carrinho com uma roda trancada e emergiu do zeloso escrutínio dos *douaniers* em uma curva cômica, sua rota incerta celebrada pelo cântico do indulgente riso de Gillian e pelo rinchar da roda do carrinho. Ajustei o boné de motorista que tinha arranjado, levantei um cartaz toscamente redigido que dizia "Sr. e Sra. Stewart Hughes" (o erro de grafia foi um golpe de mestre), respirei fundo e me preparei para enfrentar o reluzente turbilhão em que minha vida se tornaria. Enquanto a observava antes de ela perceber a minha presença, sussurrei para mim mesmo: tudo começa aqui.

6: Afaste a doença de Alzheimer

STUART É realmente horrível, você sabe. Não posso deixar de sentir pena de Oliver. Não quero dizer que não devesse – não, tenho uma porção de motivos agora –, é só que me sinto desconfortável com isso. Não é o que eu deveria sentir por ele. Mas sinto. Você já viu aqueles relógios de cuco que têm uns homenzinhos do tempo como parte do mecanismo? O relógio marca a hora, o cuco sai e grita *cuco*, e então uma portinha se abre e o homem do bom tempo sai, todo sorridente e vestido para o sol, ou então é a outra porta que abre e sai o homem do mau tempo, de guarda-chuva, capa e cara fechada. A questão é que apenas um dos dois pode sair de cada vez, não só porque de outra forma o tempo seria impossível, mas porque os dois bonequinhos são unidos por uma barra de metal. Um tem de ficar para o outro poder sair. É assim que tem sido comigo e com Oliver. Tenho sido sempre o tipo de guarda-chuva e capa, forçado a ficar sem sair, no escuro. Mas agora é a minha vez de aproveitar o sol, e isto parece significar que Oliver vai ter de se divertir menos por algum tempo.

Ele estava realmente péssimo no aeroporto, e não creio que tenhamos ajudado. Tínhamos passado três supersemanas em Creta – tempo maravilhoso, hotel bom, natação, tudo realmente ótimo – e, mesmo que o voo tivesse atrasado, estávamos ainda num excelente estado de espírito quando chegamos a Gatwick. Esperei no carrossel, Gillie foi pegar um carrinho, e quando ela voltou as malas já tinham aparecido. Carreguei o carrinho, mas quando ela tentou empurrar descobriu que apanhara um com roda torta. O carrinho não andava em linha reta e guinchava, como se quisesse chamar a atenção dos funcionários da alfândega para a pessoa que o empurrava: "Ei, deem uma olhada nas malas desse cara." Era isto o que eu estava pensando que o carrinho parecia fazer quando entramos pelo canal verde. A esta altura eu passara a ajudar com a coisa, já que Gillian viu que não era capaz de fazer as curvas sozinha.

Assim, não foi realmente motivo de surpresa que não tivéssemos reconhecido Ollie quando entramos no saguão de desembarque. Ninguém sabia que estávamos naquele voo, e só tínhamos olhos um para o outro, para falar a verdade. Assim, quando um sujeito emergiu daquele mar de motoristas esperando diversos voos e abanou um cartaz na nossa cara, quase cheguei a empurrá-lo. Não olhei para ele, embora tivesse sentido imediatamente o cheiro de álcool no seu bafo, o que me fez pensar que sua firma não ia durar muito, se continuasse mandando motoristas bêbados para apanhar os clientes. Mas era Oliver, com um boné de motorista na cabeça e carregando nossos nomes escritos. Fingi que estava alegre por vê-lo, mas o meu primeiro pensamento foi que Gill e eu não estaríamos sozinhos no trem para Victoria. Teríamos Oliver conosco? Não é uma indelicadeza? Entende o que digo quanto a sentir pena dele?

E ele estava em péssimo estado. Parecia ter perdido peso, estava muito pálido e abatido e seu cabelo, que ele normalmente conserva bem penteado, estava de qualquer jeito. Bem, lá estava Oliver, parado, e depois que o reconhecemos atirou-se sobre nós dois, abraçando-nos e beijando-nos. Não foi um comportamento típico, de modo algum, porque foi mais patético que uma recepção de boas-vindas. E ele estava cheirando mesmo a bebida. Que história era aquela? Oliver disse que nosso voo atrasara e ele esperara no bar, acrescentando depois, pouco convincentemente, que uma mulher insistira em "oferecer-lhe Phaeton com bebida", conforme ele colocou, mas havia um tom falso no seu jeito de falar, e não creio que nem Gil nem eu tenhamos acreditado naquilo por um momento que fosse. Outra coisa: não nos perguntou sobre a lua de mel. Só muito tempo depois. Não, a primeira coisa que fez foi arengar sobre como a mãe de Gillian não tinha querido lhe contar onde estávamos. Cheguei a pensar se deveríamos deixar que dirigisse, tendo em vista seu estado. Mais tarde descobri a causa de tudo aquilo. Você não vai adivinhar nunca: Oliver perdera o emprego. Conseguira ser despedido da Shakespeare School of English. Isto tinha de ser uma coisa muito difícil. Não sei o quanto Oliver lhe falou sobre Shakespeare School, mas pode acreditar em mim que aquilo é o tipo de lugar de mau gosto; nem me atrevo a pensar como conseguiu a licença de funcionamento. Fui lá uma vez só. Fica no que foi, evidentemente, uma bela casa, estilo vitoriano dos primeiros tempos ou algo assim, com grandes colunas grossas sustentando as varandas e balaustradas e com uma escada dando no porão. Mas toda aquela área estava terrivelmente decadente. As cabines telefônicas tinham sido todas cobertas com os números de telefones de prostitutas, os varredores de rua não apareciam por ali provavelmente desde 1968 e havia restos de hippies nos sótãos tocando música louca o tempo todo. Você pode imaginar o tipo de região. E a Shakespeare School fica no porão. E o Diretor parece um assassino. E Ollie conseguiu ser chutado de um lugar desses.

Ele não quis falar a respeito e resmungou qualquer coisa sobre ter pedido demissão devido a uma questão de princípios, concernente ao horário do ano seguinte. Assim que falou, não acreditei. Não que fosse impossível – na verdade, seria até o tipo de coisa de que Oliver seria capaz –, mas de algum modo eu tinha cessado de acreditar em quase tudo o que ele dizia. Não é horrível? É o meu amigo mais antigo. E não melhora nada ficar sentindo pena dele. Um ano ou dois atrás eu teria acreditado, e talvez a verdade viesse à tona uns meses depois. Mas então eu pensei, instintivamente, Oli, não, Ollie, você do pediu demissão, você foi posto para fora. Suponho que tenha algo a ver com o fato de eu estar feliz, casado, sabendo onde me encontro: posso ver as coisas mais claramente agora do que antes.

Assim, quando me vi sozinho com Ollie, falei baixinho: "Olha, você pode me dizer – você não pediu demissão, não é mesmo?" Ele ficou muito quieto, bem diferente do seu normal, e admitiu que tinha sido chutado. Quando perguntei por que, ele deu um suspiro triste e uma espécie de sorriso amargurado, me olhou no olho e disse: "Molestar sexualmente." Parece que uma garota, portuguesa ou espanhola, creio, estava tendo aulas particulares com Ollie, em seu apartamento, ele se interessou por ela, tinha tomado duas cervejas, achou que era apenas tímida e tentou beijá-la, e é a velha e sórdida história, não é? Acontece que a garota não era só uma católica devota que estava interessada apenas em melhorar seu inglês, como também filha de um industrial importante com muitas conexões na embaixada... A garota contou ao pai, e com um telefonema dele Oliver estava na sarjeta, no meio do lixo e sem nenhum pagamento pela rescisão do contrato. Ele foi ficando cada vez mais quieto à medida que a história se desenrolava, e eu acreditei em cada palavra. Não foi capaz de me encarar. Quase no fim, percebi que estava chorando. Quando terminou, ergueu os olhos e as lágrimas escorriam pelo seu rosto, e ele me disse: "Me empresta uma libra, Stu."

    Exatamente como na escola. Pobre Oliver. Desta vez eu simplesmente preenchi um cheque decente e disse para não se preocupar com o pagamento.

    – Oh, mas eu vou pagar. Tenho que pagar.

    – Bem, a gente conversa sobre isto outra hora.

    Ele passou a mão no rosto, pegou o cheque e seu polegar molhado borrou a minha assinatura. Meu Deus, senti pena dele.

    Você vê, considero agora minha obrigação cuidar dele. É como se estivesse pagando por ter tomado conta de mim na escola. Naquele tempo, após termos passado a ser amigos fazia uns dois meses (e ele já me tinha pedido um bocado de dinheiro a essa altura), confessei-lhe que estava sendo perseguido por um mau elemento chamado Dudley, Jeff Dudley. O *Edwardian* informou recentemente que esse tal de Dudley foi nomeado adido comercial de uma de nossas embaixadas na América Central. Talvez isto signifique que hoje em dia ele seja um espião. Por que não? Na escola seu forte era mentir, furtar, extorquir, chantagear e liderar gangues. Era uma escola bastante civilizada, de modo que a gangue de Dudley consistia em apenas duas pessoas: ele próprio e "Pés" Schofield. Eu teria estado bem mais seguro se fosse melhor nas brincadeiras ou mais esperto. Não tinha um irmão mais velho que me protegesse: só tinha uma irmã menor. Também usava óculos e não parecia capaz de lutar jiu-jítsu. Assim, Dudley me escolheu como vítima. As coisas usuais – dinheiro, serviços, humilhações fora de propósito. Não contei a Oliver no princípio porque achei que fosse me desprezar. Não desprezou; ao contrário, resolveu o problema com eles em exatamente duas semanas. Primeiro disse que se afastassem de mim e, quando os dois zombaram e perguntaram o que ia acontecer se não se afastassem, limitou-se a responder: "Uma série de desgraças inexplicáveis." Muito bem, não é assim que garotos de escola falam, de modo que eles zombaram mais e esperaram que Oliver os desafiasse para uma briga formal. Mas Oliver nunca agia de acordo com as regras. Uma série de desgraças realmente inexplicáveis, nenhuma das quais evidentemente imputável a Oliver, ocorreu então. Um professor encontrou cinco maços de cigarro na carteira de Dudley (um maço já era motivo para se apanhar naquele tempo). O material esportivo de Schofield foi encontrado meio queimado no incinerador da escola. Os selins das bicicletas dos meus algozes desapareceram um dia, na hora do almoço, e eles tiveram de ir para casa, como Oliver disse, "em desconforto próximo ao perigo". Pouco tempo depois, Dudley tentou emboscar Oliver após as aulas e provavelmente estava prestes a sugerir que se encontrassem atrás dos abrigos de bicicletas armados de soqueiras de ferro, ao meio-dia, quando Oliver o socou no pescoço. "Outra desgraça inexplicável", disse ele, com Dudley caído no chão, sem poder respirar. Depois os dois me deixaram em paz. Agradeci a Oliver e cheguei a sugerir uma reformulação do perfil da sua dívida, mas ele nem quis ouvir falar. É o tipo de coisa que Oliver faz.

O que terá acontecido com "Pés" Schofield? E onde terá arrumado este apelido? Tudo o que consigo lembrar é que não tinha nada a ver com os seus pés.

GILLIAN Você não sabe exatamente quando se apaixona por alguém, sabe? Não há aquele momento repentino, quando a música para e um olha nos olhos do outro pela primeira vez, ou algo assim. Bem, talvez seja assim para algumas pessoas, mas não para mim. Tive uma amiga que disse que se apaixonou por um rapaz quando ela acordou um dia e percebeu que ele não roncava. Não parece grande coisa, não é? Só que parece verdade.

Suponho que você olha para trás e escolhe um momento em particular entre vários e se fixa nele. Maman sempre dizia que se apaixonou por papai quando viu como seus dedos eram precisos e delicados ao encherem o cachimbo. Eu só acreditava nela pela metade, mas sempre falou isto com muita convicção. E todo mundo tem de ter uma resposta, não é? Eu me apaixonei por ele *então*, eu me apaixonei por ele *por causa*. Uma espécie de necessidade social. Não fica bem dizer: Oh, esqueci. Ou Não foi óbvio. Não se pode dizer isto, pode?

Stuart e eu saímos juntos diversas vezes. Eu gostava dele, e ele era diferente dos outros rapazes, não era atrevido demais, exceto na dose em que achava que fosse me agradar, suponho, mas mesmo assim tinha um modo doce de ser – me fazia querer dizer Tudo bem, não se atormente tanto, estou me divertindo perfeitamente, fique calmo. O Vá com calma não era no sentido de Não vá depressa demais fisicamente. Neste campo, o oposto era mais o caso. A tendência dele era parar de me beijar primeiro.

O que estou tentando contar é o seguinte. Ele se ofereceu para preparar um jantar para mim um dia. Eu disse que achava ótimo. Fui para o seu apartamento por volta de 8:30 e havia um ótimo cheiro de carne assando, velas na mesa, que estavam acesas embora ainda não estivesse escuro, uma tigela com aquelas coisinhas indianas para beliscar antes e flores sobre a mesinha de centro. Stuart estava com a calça do terno, mas trocara de camisa, e envergava um avental por cima. Seu rosto parecia dividido em dois: a parte de baixo, toda sorridente e satisfeita por me ver, e a parte de cima franzida de ansiedade por causa do jantar.

– Eu não cozinho muito – disse ele –, mas queria cozinhar para você. Tivemos perna de carneiro, ervilhas e uma guarnição de batatas assadas. Disse que gostei das batatas.

– Você escalda – disse ele, solenemente –, depois raspa com um garfo e aí elas ficam com sulcos e a gente consegue pedaços mais tostadinhos. – Deve ter sido algo que ele vira a mãe fazer. Tivemos uma garrafa de um belo vinho, e sempre que servia ele colocava a mão em cima da etiqueta que esquecera de tirar. Pude ver que estava fazendo aquilo deliberadamente, que achava que deveria ter tirado o preço. Entende o que quero dizer, que ele estava se *esforçando*? Depois não me deixou ajudar a tirar a mesa. Foi para a cozinha e voltou com uma torta de maçã. Era uma noite quente de primavera e aquela comida era de inverno, mas tudo bem. Comi uma fatia de torta e em seguida ele pôs a chaleira no fogo para fazer café e foi ao lavabo. Eu me levantei e levei os pratos de torta para a cozinha. Quando estava deixando tudo na pia, vi um pedaço de papel preso na prateleira dos temperos. Sabe o que era? Um horário:

  6:00 Descascar batatas
  6:10 Massa da torta
  6:20 Acender forno
  6:20 Banho

e continuava assim...

  8:00 Abrir vinho
  8:15 Verificar batatas
  8:20 Água para ervilha
  8:25 Acender velas
  8:30 G./chega!!

Voltei depressa para a mesa e me sentei. Estava tremendo. Sentia-me culpada, também, porque sabia que Stuart ia pensar que eu andara espionando. Mas aquilo me comoveu, cada item mais que o outro. *8:25 Acender velas.* Tudo bem, Stuart, pensei, eu não teria me incomodado se você tivesse deixado para acendê-las depois que eu chegasse. E, então, *8:30 G./chega!!*. Os dois pontos de exclamação realmente me abalaram.

Ele voltou, e eu tive de me conter para não lhe dizer o que eu lera e que aquilo não me parecera bobo, neurótico, inadequado nem nada assim, apenas muito atencioso e comovente. Claro que eu não disse nada, mas devo ter reagido de algum modo que passou para ele, porque me pareceu mais relaxado deste ponto em diante. Passamos um longo tempo no sofá naquela noite, e eu teria passado a noite lá se ele tivesse pedido, mas não pediu. O que também não fazia mal.

Stuart se preocupa à beça. Realmente quer as coisas direitas. Não só para si próprio, como para nós. Atualmente, está muitíssimo aborrecido por causa de Oliver. Não sei o que aconteceu. Ou melhor, sei. Ele tentou molestar alguma pobre garota na Shakespeare School e foi posto para fora. Bem, isto é o que está nas entrelinhas do que Stuart me contou. Stuart esforçou-se para entender as coisas do ponto de vista de Oliver. Esforçou-se tanto que tivemos uma briga ridícula. Stuart disse que a garota devia ter provocado Oliver de algum modo, eu disse que ela era provavelmente tímida e ficara aterrorizada com os avanços do seu professor, até que nos demos conta de que nenhum de nós tinha posto os olhos na garota ou soubera o que acontecera. Estávamos apenas adivinhando. Mas só adivinhar já era o suficiente para eu não querer saber de Oliver. Não aprovo exatamente relações professor-aluna, por motivos que não vêm ao caso esclarecer. Stuart disse que deu algum dinheiro a Oliver, o que considerei totalmente desnecessário, embora não tenha dito nada. Afinal de contas, Oliver é um rapaz saudável com um diploma universitário. Pode arranjar outro emprego. Por que deveria receber parte do nosso dinheiro?

Ainda assim, é verdade que ele anda péssimo. Foi horrível no aeroporto. Só nós dois. Lembro de ter pensado, quando estávamos no saguão de bagagens, que aquilo era um pouco como o resto da vida. Nós dois em meio a uma grande massa de estranhos, e inúmeras coisas para fazer que você tem que fazer direito, como seguir avisos e apanhar a bagagem; em seguida, tem de passar pela fiscalização da alfândega, e ninguém se importa particularmente com quem você é ou com o que está fazendo, e assim os dois têm de animar um ao outro... Sei que provavelmente parece sentimental, mas foi assim que me senti naquela hora. E então passamos pela alfândega, e nós dois rindo por estarmos de volta sãos e salvos, e de repente aquele bêbado de boné de motorista se joga em cima de nós, quase fura meu olho com uma tabuleta e ainda por cima esmaga meu pé. Adivinhe quem era? Oliver. Parecia um defunto. Evidentemente pensava que o que estava fazendo era engraçado, mas não era, em absoluto. Era patético. Este é o problema com pessoas do tipo de Ollie, acho eu: quando conseguem o resultado que querem são boa companhia, mas em caso contrário erram por um quilômetro. Nada no meio.

De qualquer forma, nós nos reunimos e fingimos estar satisfeitos por vê-lo; ele nos levou de volta a Londres dirigindo como um louco, falando sem parar coisas sem nexo, o que, após algum tempo, parei de escutar. Recostei a cabeça no banco e fechei os olhos. A primeira coisa de que me lembro depois é de parar na frente de casa com um solavanco e ouvir Oliver perguntando num tom de voz estranho: *A propos de bottes*, como foi a *lune de miel*?

OLIVER Tem um cigarro? Não fuma? Sei que você não fuma – já me disse. Sua desaprovação ainda cintila em luzes de néon. Sua cara fechada é digna da sogra de *Katya Kabanova*. Mas tenho uma notícia muito interessante para você. Li no jornal hoje de manhã que se você fumar será menos propenso a desenvolver a doença de Alzheimer. Que tal? Vamos, acenda um cigarro, defume seus pulmões e mantenha intacto o seu cérebro. A vida não é engalanada por tantas contradições? Justo quando você pensa que tudo vai correndo bem, lá vem o Bobo com sua bexiga de porco e bate com ela no seu nariz.

A propósito, não sou idiota. Sabia que Gillian e Stuart não ficaram entusiasmados por me verem no aeroporto. Posso sentir um *piccolo faux pas* quando dou um. Ollie, meu velho, falei com meus botões, sua confraternização canina não deu certo. Largue esse casal imediatamente e pare de lamber seus rostos. Claro, não houve nada parecido com a alegria de um filhote de cachorro nem nada particularmente fraternal. Fui esperá-los só porque estou apaixonado por Gillian. Tudo o mais foi apenas representação.

Foi estranha aquela viagem de volta para Londres. Estranha? Melhor dizendo, espetacularmente *sui generis*. Gillian recostou-se e logo dormiu. Todas as vezes que eu olhava pelo espelho – e posso ser um motorista *muito* cuidadoso quando quero – via uma lânguida noiva com os olhos fechados e o cabelo ao vento. Seu pescoço apoiou-se na curva superior do encosto e isto entreabriu-lhe a boca, como se estivesse prestes a beijar. Continuei olhando toda hora para o espelho, mas não, se você me entende, por questões de trânsito. *Percorri* seu rosto, seu rosto adormecido.

E lá estava o gorducho, plácido e eroticamente esvaziado Stuart ao meu lado, parecendo tão desgraçadamente... *jubiloso*, fingindo que tinha sido bom ser esperado no aeroporto e provavelmente imaginando como ia poder reclamar uns Danegeld pela metade do valor dos seus *billets* de Gatwick a Victoria. Stuart, estou avisando a você, pode ser um tremendo miserável. Quando vai para o exterior sempre compra uma passagem de volta para o aeroporto: a) porque acha que isto vai lhe economizar três milissegundos em uma quinzena; b) porque sabe que vai voltar; e c) pode ser que as tarifas subam no intervalo. Oliver sempre compra só a ida. Quem pode predizer que rainha do carnaval brasileiro vai cruzar o seu caminho? Quem se importa com uma possível fila daqui a uma semana no guichê de Gatwick? Li uma vez um caso, num jornal, de um homem que saltou na frente de um trem do metrô. No inquérito, disseram que provavelmente ele não tencionava se matar, pois tinha no bolso um bilhete de volta. Bem, me desculpe, M'Lud, mas há outras explicações. Ele podia ter comprado uma passagem de volta porque sabia que inserindo uma centelha de dúvida no caso pouparia os sentimentos dos que lhe eram próximos. Outra possibilidade é que ele talvez fosse tipo Stuart. Se Stuart resolvesse dar a um motorista de trem seis semanas de licença de luto ou o que seja, compraria um bilhete de volta. Pensaria ele: e se eu, no final das contas, não me matasse? E se eu desistisse no último minuto? Pense só naquelas filas horríveis diante das máquinas de bilhetes em Tottenham Court Road. Sim, levarei um bilhete de volta como medida de precaução.

Acha que não estou sendo justo? Escute, tem muita coisa esquentando a minha cabeça nos últimos tempos. Estou precisando de um antitérmico. O cerebelo positivamente está fervendo com o excesso de atividade. Imagine: para começar eu me sentia um pouco furioso, o objeto do meu amor estava aninhado no meu espelho retrovisor, o corpulento noivo – meu melhor amigo –, que tinha passado três semanas agradando-a ao sol helênico, estava sentado ao meu lado com um tinido de *duty-free* entre as barrigas das pernas, eu perdera meu emprego e os outros motoristas na estrada estavam todos treinando para a Fórmula 1. Eu podia querer ser calmo? Justo?

Em tais circunstâncias, o que fiz foi disparar uma algaravia característica sobre *jes ne sais quoi*, fazendo com que Stu ficasse dando uns risinhos idiotas sem acordar Gillian. De vez em quando, eu tinha de agarrar o volante com toda a força, porque o que eu queria realmente era calar a boca, parar o carro no acostamento, virar para o meu passageiro e dizer: "A propósito, Stuart, estou apaixonado pela sua mulher."

É isto o que direi? Estou aterrorizado, estou assombrado, estou fodidamente apaixonado. Terei de dizer algo assim antes que se passe muito tempo. Como direi a ele? Como direi a *ela*?

Você pensa que conhece as pessoas, não pensa? OK, você tem um melhor amigo, ele se casa, e o dia em que ele casa você se apaixona pela mulher dele. Como o seu melhor amigo reagirá? Não há muitas possibilidades favoráveis, acho. "Oh, posso entender o seu ponto de vista" não é uma reação a ser considerada. Empunhar a Kalashnikov é mais provável. O banimento é a sentença mínima da lei. Gulag Ollie, eis como me chamarão. Mas não serei banido. Está entendendo? Não serei banido.

O que tem de acontecer é o seguinte: Gillian tem de perceber que me ama. Stuart tem de cair fora. Oliver tem de entrar no seu lugar. Ninguém pode ser ferido. Gillian e Oliver têm de ser felizes pelo resto de suas vidas. Stuart vai ter de ser seu melhor amigo. É o que tem de acontecer. Como você classificaria minhas chances? Com um número baixo ou alto? Alto como o olho de um elefante? (Esta alusão cultural é para você, Stu.)

Oh, *por favor*, não faça este ar de desaprovação. Não acha que terei uma dose suficiente de desaprovação nas semanas e meses e anos à frente? Dê uma chance. Ponha-se nas minhas *pantoufles*. Você renunciaria a seu amor, sairia graciosamente de cena, tornar-se-ia um pastor de cabras e tocaria uma música pesarosamente consoladora na sua flauta de Pã o dia todo, enquanto seu rebanho, indiferente, ia pastando a suculenta grama? As pessoas não *fazem* isto. Nunca fizeram. Escute, se você bate em retirada e se transforma num pastor é porque nunca amou. Ou amou mais o gesto melodramático. Ou as cabras. Talvez fingir se apaixonar tenha sido apenas uma manobra inteligente na sua carreira, permitindo que você diversificasse o seu pasto. Mas você não a *amava*.

Estamos imobilizados. Isto detalha e resume a questão. Estamos imobilizados dentro daquele carro, na estrada, nós três, e alguém (o motorista! eu!) descansa o cotovelo no botão central do sistema de trancamento das portas. Assim, nós três estamos aqui até que isto esteja resolvido. E *você* também. Desculpe, tranquei as portas, você não pode sair, estamos nisto juntos. *Agora*, que tal aquele cigarro? Estou fumando e não me surpreenderia se Stuart logo, logo me acompanhasse. Vamos, pegue um cigarro. Afaste a doença de Alzheimer.

7: Olha só que coisa engraçada

STUART Olha só que coisa engraçada. Eu estava indo para o trabalho hoje de manhã. Provavelmente não expliquei que há dois caminhos a percorrer até a estação. Um me leva pela St. Mary Villas e Barrowcloud Road, passa pelos antigos banhos municipais, o novo centro DIY [Faça Você Mesmo] e o comércio atacadista de tintas; enquanto o outro significa cortar Lennox Gardens, pegar aquela rua de que sempre esqueço o nome para entrar na Rumsey Road, passar pela série de lojas e voltar à High Street. Já cronometrei ambos e a diferença não ultrapassa vinte segundos. Assim, vou alternando um caminho com o outro. Eu mais ou menos tiro a sorte quando saio de casa para ver que direção tomar. Estou contando isto como informação de fundo.

Assim, hoje de manhã, desci Lennox Gardens, peguei a Rua Sem Nome e entrei na Rumsey Road. Eu estava olhando um bocado em torno de mim. Você vê, esta é uma das muitas diferenças desde que Gill e eu estamos juntos: comecei a notar coisas que nunca havia notado antes. Você sabe como se pode caminhar ao longo de uma rua de Londres e não levantar nunca os olhos acima do teto de um ônibus? Você vai indo e olha para as outras pessoas, as lojas, o trânsito, e nunca olha para cima, não realmente *para cima*. Sei o que vai dizer, que se olhasse para cima pisaria num cocô de cachorro ou atropelaria um poste, mas estou falando sério. Sério. Levante os olhos um pouco mais e você vai descobrir alguma coisa, um telhado esquisito, um bonito detalhe de decoração vitoriana. E também mais baixo, na verdade. Outro dia, na hora do almoço, por sinal, eu estava subindo a Farrington Road e reparei numa coisa pela qual devia ter passado dezenas de vezes. Uma placa presa na parede, à altura da canela, pintada de creme, com as letras em preto. Diz o seguinte:

> Este Edifício
> Foi Totalmente Destruído
> por um
> ATAQUE DE ZEPPELIN
> Na Grande Guerra
> a
> 8 de setembro de 1915

Reconstruído em 1917
John Phillips
Diretor

Achei aquilo interessante. Pensei: por que teriam posto a placa tão baixo? Ou talvez tivesse sido deslocada. Você a encontrará no número 61, a propósito, se quiser verificar. Do lado da loja que vende telescópios.

De qualquer modo, o que estou tentando dizer é que, cada vez mais, olho à minha volta. Eu devo ter passado centenas de vezes por aquela loja de flores na Rumsey Road e nunca olhei para ela e muito menos para o seu interior. Mas desta vez olhei. E o que foi que vi? Qual foi minha extraordinária recompensa às 8:25 da manhã de uma terça-feira? Lá estava Oliver. Não pude crer. Entre tanta gente, logo Oliver. Sempre foi um bocado difícil conseguir que Oliver viesse a este setor da cidade – ele alegava jocosamente que precisaria de passaporte e intérprete. Mas lá estava ele, andando de um lado para o outro, acompanhado por uma garota que ia apanhando braçadas de flores.

Bati na vitrina, mas nenhum dos dois se virou, de modo que eu entrei. Eles estavam agora junto do balcão, e a garota preparava a conta. Oliver puxara a carteira.

– Oliver – exclamei, e ele ficou realmente surpreso. Chegou inclusive a ficar um pouco ruborizado, o que me deixou um tanto sem graça – eu nunca o vira se envergonhar antes –, de modo que decidi arriscar uma piada. – Então é assim que você gasta todo o dinheiro que eu lhe emprestei – e, você sabe, ele realmente ruborizou-se com isto. Ficou completamente escarlate. Até mesmo suas orelhas ficaram vermelhas, brilhantes. Pensando melhor, agora vejo que talvez não tenha sido uma coisa muito gentil para dizer, mas ele realmente reagiu de modo estranho. Estava, evidentemente, com problemas.

– *Pas devant* – disse ele, finalmente, apontando para a garota na loja. – *Pas devant les enfants.* – A garota estava nos olhando, querendo saber o que estaria se passando. Achei que o melhor a fazer era poupar os rubores de Oliver, e por isto murmurei algo a respeito de ter que trabalhar.

– Não – disse ele, e me pegou pela manga. – Não. – Olhei para ele, mas ele não disse mais nada. Com a mão livre, começou a sacudir a carteira até que o dinheiro começou a cair em cima do balcão. – Depressa, depressa – disse para a garota.

Ele continuou segurando meu terno enquanto ela somava a despesa (deu um total de mais de £20, não pude deixar de reparar), pegava dinheiro, dava o troco, embrulhava as flores e enfiava debaixo do braço dele. Ele pegou a carteira com a mão livre e meio que me rebocou na direção da porta.

– Rosa – disse, quando pisamos na calçada. Então largou minha manga, enquanto confessava o que tinha de confessar.

– Rosa? – Ele fez que sim, mas não pôde olhar para mim. Rosa era a garota da Shakespeare School, a tal que fora a causa da sua demissão. – São para ela?

– Ela está morando aqui perto. Seu Pater a pôs para fora de casa. Tudo culpa de Olivi, como sempre.

– Oliver. – De repente me senti muito mais velho do que ele. – Isto será sensato? – O que diabo estava acontecendo? O que a garota ia pensar?

– Nada é *sensato* – disse ele, ainda sem olhar para mim. – Sua barba pode crescer enquanto espera fazer algo *sensato*. Grupos de

macacos com máquinas de escrever trabalhando um milhão de anos não pareceria com nada de *sensato*.
— Mas... você vai lá a esta hora da manhã?
Ele me deu uma olhada e baixou os olhos de novo.
— Fui lá ontem à noite.
— Mas, Oliver — falei, tentando dar algum sentido à história e, ao mesmo tempo, tentando fazer um pouco de graça —, não é tradicional dar flores à garota quando se chega, em vez de depois de ir embora?
Lastimavelmente, também não pareceu ter sido a coisa certa para dizer. Oliver agarrou as flores com força suficiente para quebrar-lhes as hastes.
— Uma terrível mancada — disse finalmente. — Estraguei tudo. Ontem à noite. Foi como tentar enfiar uma ostra num parquímetro.
Eu não sabia se queria continuar escutando, mas Oliver agarrou minha manga de novo.
— Nosso corpo pode ser um traidor hediondo — disse ele. — E as raças latinas são comprovadamente menos acostumadas ao nervosismo da primeira noite. Assim sendo, estão do lado que não perdoa.
Aquilo era um bocado embaraçoso, visto de uns seis ângulos diferentes. À parte qualquer outra coisa, eu estava a caminho do trabalho. E aquela era o último tipo de confissão que eu jamais esperara ouvir de Oliver. Mas acho que se você perder seu emprego e sua dignidade... e ele provavelmente andava exagerando na bebida, o que dizem que não ajuda. Oh, meu Deus, as coisas pareciam estar indo realmente mal para Oliver.
Eu não sabia o que fazer ou dizer. Não achei que devesse sugerir um médico, assim sem mais aquela, ali em pé na calçada. Oliver acabou por soltar minha manga.
— Tenha um bom dia no escritório, querido — disse ele, e sumiu.
Nem peguei no meu jornal no trem, naquela manhã. Fiquei pensando em Oliver. Que receita para o desastre — primeiro voltar para a espanhola que causara sua demissão, depois... Eu não sei. Oliver e garotas — o assunto sempre foi mais complicado do que

ele gosta de fazer parecer. Mas desta vez parece que Oliver atingiu o fundo do poço.

OLIVER *Ouf! Paf! Bof!* Uau! Chame-me de Grande Especialista em Fugas. Chame-me de Harry Houdini. Ave Thalia, Musa da Comédia. Puxa vida, preciso de uma salva de palmas. Puxa vida, preciso encher os pulmões com muita fumaça de Gauloise. Você não pode me negar um, depois daquilo. OK, OK, eu me sinto um pouco mal, mas o que você teria feito? Eu sei que para começar você não estaria lá. Mas eu estava, e isto sempre vai fazer uma bruta diferença entre nós, não é mesmo? Mesmo assim, você admite a minha vivacidade, a minha *verve*? O meu *panache*? Reconheço o meu mérito, sinceramente reconheço. E que tal o detalhe de puxar a manga no melhor estilo Velho Marinheiro? Funcionou realmente bem, não foi? Eu sempre falei que, se você quiser passar a perna num inglês, basta tocá-lo quando ele não quiser ser tocado. Mão no braço mais confissão emocional. Os anglos não conseguem suportar isso, se apavoram, tremem e engolem seja o que for que você lhes diga. "Como tentar enfiar uma ostra dentro de um parquímetro." Viu o rosto de Stuart quando o deixei? Que exibição de terna preocupação.

Não estou me vangloriando; bem, somente um *soupçon*, estou mais aliviado. É assim que acontece comigo. E eu provavelmente não deveria estar lhe contando tudo isto se quisesse contar com a sua compreensão. (Será que eu a conquistei? Difícil dizer, claro. Eu a desejo? Sim, sim, sim!) Só que estou envolvido demais no que está acontecendo para querer iludir alguém – pelo menos, para iludir você. Estou determinado a levar adiante o que tenho de fazer e espero que no processo não incorra na sua desaprovação terminal. Prometa não virar o rosto: se *você* deixar de me perceber, então eu realmente *deixarei* de existir. Não me mate! Poupe o pobre Olivi, e pode ser que ele divirta você!

Desculpe por ter exagerado um pouco de novo. *E aí. E aí* estou em uma *terra incógnita* chamada Stoke Newington, que Stuart me assegura ser o próximo bairro a exibir os preços das casas em alta, mas que por ora é habitado por gente modesta. E por que estou aqui? Porque tenho de fazer algo bastante simples. Tenho de visitar a mulher de um homem – um homem! meu melhor amigo! – a quem acabo de deixar se encaminhando, com seu jeito tão antigo, para a estação do metrô; tenho de visitar sua mulher de seis semanas e dizer-lhe que a amo. Daí esta macega de flores azuis e brancas debaixo do meu braço esquerdo, cujas hastes ineptamente embrulhadas orvalharam minha *pantalon* de um modo que dá a impressão de vestígios de micção. Que coisa mais adequada: quando o sininho da porta da loja anunciou o zeloso bancário, cheguei a pensar que fosse me urinar.

Andei de um lado para o outro um pouco para deixar minha calça secar e ensaiei o que ia dizer quando Gillian abrisse a porta. Deveria esconder as flores nas costas e exibi-las como um mágico? Deveria deixá-las na soleira da porta e sumir antes que ela atendesse à campainha? Talvez uma ária fosse apropriada – *Deh vieni alia finestra...*

Assim, saí caminhando por entre as cabanas que protegiam aqueles agentes do comércio largamente distribuídos, esperando que o calor do dia secasse a umidade da minha calça 60/40 seda/viscose. É assim que eu próprio me sinto, e com bastante frequência, se está querendo saber: 60% de seda e 40% de viscose. Brilhante, mas amarrota muito. Já Stuart é um homem feito 100% de fibras artificiais: não amarrota, fácil de lavar, bom de secar sem enrugar, as manchas simplesmente desaparecem. Somos cortados em tecidos diferentes, Stu e eu. E no *meu* tecido, se eu não me apressasse, as manchas de água logo iriam ser substituídas por manchas de suor. Deus, eu estava nervoso. Precisava de um chá de valeriana; ou, então, de um Manhattan monstro. Um antitérmico ou um megatrago, um ou outro. Não, eu precisava de um monte de betabloqueadores. Conhece esse tipo de remédio? Uma de suas alcunhas é Propranolol. Desenvolvido para pianistas de concertos que sofrem dos nervos. Controla as palpitações sem interferir na performance. Acha que daria certo para o sexo? Pode ser que Stuart me arranje uns, agora que soube da minha *nuit blanche* com Rosa. Seria bem típico de Stuart salvar meu coração partido com produtos químicos. Mas *eu* precisava deles para poder entregar meu coração, rubro e inteiro, à mulher que abrirá a porta do número 68. Há um vendedor meio escondido, encostado preguiçosamente num portal com um sorriso astuto e a palma da mão aberta? 40 mg de propranolol, meu amigo, e depressa com isso, aqui está minha carteira, aqui está meu Rolex Oyster, leve tudo... não, as flores são *minhas*. Leve tudo, menos as flores.

Mas agora as flores são dela. E quando *le moment suprême* fulgiu (deixe-me traduzir rapidamente para o stuartês: quando a decisão se concretizou), não houve dificuldade. Você pode achar Olivi meio barroco, mas é apenas fachada. Entre – fique um pouco com o guia turístico à mão – e encontrará algo calmamente neoclássico, algo sabiamente proporcionado. Você está no interior de Santa Maria della Presentazione, ou Le Zitelle, como o folheto de informações prefere. A Giudecca, Veneza, Palladio, Ó turistas de minh'alma. É assim que sou por dentro. Qualquer exterior tumultuado que eu ofereça é apenas para atrair as multidões.

O que aconteceu, então, foi o seguinte: toquei a campainha, com as minhas flores atravessadas sobre ambos os antebraços estendidos. Não queria parecer um simples entregador. Mais exatamente, eu era um simples e frágil suplicante, ajudado apenas pela deusa Flora. Gillian abriu a porta. Pronto. Ali estava.

– Eu amo você – falei.

Ela me fitou, e o alarme pôs-se ao mar nos seus olhos tranquilos. Para acalmá-la, entreguei o buquê e repeti baixinho: "Eu amo você." Em seguida, fui embora.

Eu consegui! Eu consegui! Estou extravasando do meu crânio de tanta felicidade. Estou contente, apavorado, aterrorizado, fodidamente apaixonado.

MICHELLE (16) Tem gente que é realmente desconcertante. Este é o problema com o serviço. Não são as flores, e sim as pessoas que compram as flores.

Como hoje de manhã. Se ao menos ele não tivesse aberto a boca. Quando entrou eu pensei: você pode me levar para dançar qualquer dia da semana. Realmente gostoso, cabelo comprido preto, brilhante, terno também brilhante. Um pouquinho que nem Jimmy White, se entende o que quero dizer. Gosto de fazer esta brincadeira comigo mesma, tanto eu quanto Linzi brincamos disto, você decide quão sexualmente atraente um cara é. Se não for muito, você diz: "Ele é apenas uma terça-feira", querendo dizer que, se ele convidasse você para sair, guardaria apenas uma noite da semana para ele. O melhor é chamar alguém de "Sete dias da semana", o que significa que você guardaria para ele todos os dias da semana se ele quisesse. Assim, esse rapaz está olhando as íris e eu estou preparando a nota de compra de uma encomenda, mas também olhando para ele com o canto do olho e pensando: "Você é de segunda a sexta."

Então ele me faz percorrer a loja e escolhe só flores azuis ou brancas, nada mais. Aponto uns goivos cor-de-rosa lindos, e ele sacode o ombro e faz "Uuuuuuuugggh". Quem pensa que está impressionando? Igual a esses sujeitos que vêm comprar uma única rosa, como se ninguém jamais tivesse feito isto. Um deles me deu uma rosa, e eu perguntei: o que foi que você fez com as outras quatro, deu para suas outras garotas?

Aí a gente está no balcão e ele se inclina todo metido, chega a pegar no meu queixo e diz: "Por que tão desanimada, belezinha?" Apanho a tesoura, porque estou sozinha na loja, e se ele me tocar de novo vai sair daqui sem algo com que entrou, quando o sino da porta toca e entra outro rapaz de terno, tipo yuppie chato. O primeiro cara fica morto de vergonha, porque o outro o conhece e acaba de surpreendê-lo tentando passar uma cantada numa garota dentro de uma loja, não é do seu feitio, absolutamente, e ele fica todo ruborizado, escarlate, até as orelhas, reparei nas orelhas.

Depois ele fica quieto e joga um pouco de dinheiro para mim e diz que me apresse e mal pode esperar para levar o outro para fora da loja. Eu bem que me demoro, não pergunto se ele quer embrulho de celofane e vou logo embrulhando, bem devagar, e no fim digo que errei na nota de venda. E o tempo todo estou pensando: para que você foi abrir a boca? Era um Segunda a Sexta, até que abriu a boca. Agora não passa de um chato. Gosto de flores. Mas não vou ficar aqui por muito tempo. Linzi também não. Não aguentamos as pessoas que compram flores.

GILLIAN Algo estranho aconteceu hoje. Algo muito estranho. E não acabou depois de ter acontecido, se entende o que estou querendo dizer. Continuou sendo estranho a tarde inteira e a noite também.

Eu estava sentada diante do meu cavalete mais ou menos às quinze para as nove, fazendo uns testes preliminares para o quadrinho de uma igreja; a Rádio 3, ao fundo, tocava um desses Bach que não são Bach. Aí a campainha tocou. Enquanto estava guardando o cotonete, a campainha tocou de novo, direto. Provavelmente garotos, pensei, são os únicos a tocar desse jeito. Querendo lavar o carro. Ou isto ou estão querendo saber se há alguém em casa antes de dar a volta até os fundos e arrombar a casa.

E assim fui atender a porta ligeiramente irritada e o que vejo? Uma imensa braçada de flores, todas brancas e azuis, embrulhadas em celofane. "Stuart!", pensei – quer dizer, pensei que vinham de Stuart. Quando vi Oliver segurando-as, continuei achando que era a explicação mais provável: Stuart mandara Oliver com as flores.

– Oliver! – exclamei. – Que surpresa. Entre.

Mas ele continuou ali, tentando dizer alguma coisa. Branco como uma folha de papel e com os braços rígidos como uma prateleira. Seus lábios se mexiam, e saíam uns ruídos da sua boca, mas não consegui entender. Era como nesses filmes em que a pessoa tem um ataque do coração – murmura um negócio que parece muito importante, mas ninguém consegue entender. Dei uma espiada em Oliver e achei que ele estava realmente sofrendo. As flores tinham molhado toda a sua calça, o rosto estava assustadoramente pálido e seus lábios pareciam estar colando um no outro enquanto ele falava.

Pensei que talvez ajudasse se eu pegasse as flores, e foi o que fiz, com todo o cuidado, segurando os caules longe de mim. Puro instinto, porque eu estava com a minha roupa de pintura e um pouco de água não faria mal algum.

– Oliver – falei. – O que é isso? Quer entrar?

Ele continuou parado, com os braços esticados, como um garçom-robô sem uma bandeja para carregar. De repente, e muito alto, ele disse: "Eu amo você."

Assim. Sem mais nem menos. Bem, eu ri, claro. Eram quinze para as nove, e fora Oliver quem dissera aquilo. Ri – não por sarcasmo ou algo assim, mas como se tivesse sido uma piada que eu entendera só pela metade.

Eu estava esperando pela outra metade, quando Oliver sumiu. Simplesmente girou nos calcanhares e sumiu. Estou falando sério. Saiu correndo e me deixou ali plantada com aquela enorme braçada de flores. Parecia não haver outra coisa a fazer senão levá-las para dentro e colocá-las na água. Havia muitas flores, e acabei enchendo três jarros e duas canecas de cerveja de Stuart. E voltei a trabalhar.

Terminei a parte dos testes e comecei a limpar o céu, que é por onde sempre começo. Não precisava de muita concentração, e durante toda a manhã fui interrompida pela lembrança de Oliver parado ali sem poder abrir a boca e depois praticamente gritando o que gritou. Estava definitivamente muito nervoso no momento.

Suponho que seja porque sabíamos que ele andava tão esquisito ultimamente – seu comportamento peculiar no aeroporto, para começar – que levei mais tempo do que devia para analisar adequadamente o que acontecera. E descobri que eu não conseguia me concentrar nem um pouco no trabalho. Ficava imaginando as conversas que teria de noite com Stuart.

– Olha que é um bocado de flores.

– Mmm.

– Temos agora um admirador secreto, não temos? O que estou dizendo é que são *muitas* flores.

– Foi Oliver quem trouxe.

– Oliver. Quando foi que ele trouxe?
– Mais ou menos dez minutos depois de você sair para o trabalho. Vocês praticamente se cruzaram.
– Mas por quê? Quer dizer, por que ele nos deu todas estas flores?
– Não são para nós, são para mim. Ele diz que me ama.
Não, eu não poderia ter esta conversa. Não podia ter nada parecido com esta conversa. Neste caso, eu teria de me livrar das flores. Minha primeira ideia foi jogá-las no lixo. Mas e se Stuart fosse jogar alguma coisa no lixo? O que iria pensar se encontrasse tudo entulhado de flores frescas? Pensei então em atravessar a rua e jogá-las na caçamba – só que ia parecer muito esquisito. Não temos ainda amigos na vizinhança, mas troco obas e olás com algumas vizinhas e, francamente, não ia querer que me vissem jogando todas aquelas flores numa caçamba.
    E assim acabei por enfiar tudo no triturador da pia. Peguei as flores de Oliver e enfiei-as no triturador a partir das pétalas. Em poucos minutos, reduzira o seu presente a uma lama que a água fria fez descer pelo cano da pia. Desprendeu-se um forte cheiro por algum tempo, mas aos poucos foi desaparecendo. Fiz uma bola com o celofane, fui até a lixeira e coloquei dentro de uma caixa de cereais que tínhamos jogado fora. Em seguida, lavei e enxuguei os dois canecos de cerveja e os três jarros e recoloquei nos lugares normais, como se nada tivesse acontecido.
    Achei que tinha feito o necessário. Era bem possível que Oliver estivesse tendo uma espécie de colapso nervoso, e neste caso precisaria de nós dois ao seu lado. Um dia contarei a Stuart sobre as flores e o que fiz com elas e espero que, então, possamos dar umas boas risadas, assim como Oliver.
    Voltei então para o meu quadro e trabalhei até a hora de começar a preparar o jantar. Algo fez com que eu me servisse um copo de vinho antes que Stuart retornasse à sua hora usual, 6:30. Estou contente por isto. Ele falou que pensara em me telefonar o dia todo, mas não queria interromper meu trabalho. Disse que

encontrara Oliver na florista da esquina. Disse que Oliver tinha ficado extremamente envergonhado, como devia ter ficado mesmo, porque estava comprando flores a fim de fazer as pazes com a garota com quem fora para a cama na noite anterior e diante da qual se mostrara impotente. E, mais ainda, a garota em questão era a espanhola que fora o motivo de sua demissão da Shakespeare School. Parece que ela foi expulsa de casa pelo pai e está morando perto de nós. Ela o convidara na noite anterior, e as coisas não tinham saído em absoluto como ele esperara. Isto foi o que Stuart disse que Oliver dissera.

Não creio que eu tenha reagido do jeito que Stuart esperava. Provavelmente não dei a impressão de estar concentrada. Tomei uns goles do meu vinho e continuei com o jantar. Em determinado momento, fui até a estante e peguei uma pétala que ficara esquecida ali. Uma pétala azul. Enfiei-a na boca e engoli.

Estou totalmente confusa. E isto é para só usar meias palavras.

8: OK, então vamos para Boulogne

OLIVER Eu tenho um sonho. Eu teeeeeeeeenho um soooooooooonho. Não, não tenho. Tenho um plano. A transfiguração de Oliver. O filho pródigo não se banqueteará mais com meretrizes. Estou comprando uma máquina de remar, uma bicicleta ergométrica, uma plataforma de esqui. Não, não estou, mas estou fazendo o equivalente. Estou planejando uma megavirada, de acordo com a publicidade. Sem Pensão aos 45? Qual é o Seu Tipo de Calvície? Envergonhado por Não Saber Falar? Vou receber a tal pensão, adquirir o tal entrelace capilar. E não sinto vergonha do jeito como falo, de modo que temos aí menos um incitador de *cafard*. Mas em todos os outros aspectos, é o plano de transformação de vida de 30 dias. Experimente só tentar me impedir.

A *triste* verdade é que tenho me comportado tolamente. A gente até que pode fazer isto por algum tempo, até que finalmente entende que não fazer nada não é uma profissão. Para com isso, Ollie. Entra em forma. Hora de decisão.

Primeiro, vou deixar de fumar. Correção: já deixei de fumar. Está vendo só como estou levando a coisa a *sério*? Por quantos e quantos anos não me caracterizei ou pelo menos me enfeitei com as fragrâncias da folha de tabaco? Dos primeiros abjetamente pequeno-burgueses Embassy de tantos anos atrás ao predizível apelo dos monogramas dos Balkan Sobranie, passando pelas posturas do mentol e a austeridade repelente dos baixos teores, através da autenticidade Rive Gauche dos enrolados à mão (com ou sem adições aromáticas) e seu rude equivalente mecânico (aquelas calandras stakhanovitas, aquela desengonçada espreguiçadeira de borracha que nunca fui capaz de dominar inteiramente), tudo levando ao atual platô de confiança, a *équilibré* tragada de Gauloise e Winston, temperada ocasionalmente pelo violento motor de partida de uns suecos cujo nome homenageia o *hoi polloi's* alsaciano, o Príncipe. Ufa, ufa! E estou abandonando tudo isso. Não, já abandonei. Agora mesmo, um momento atrás. Nem mesmo perguntei a ela. Apenas suspeito que gostaria de que eu deixasse de fumar.

Segundo, vou arranjar um emprego. Posso arranjar, claro. Não abandonei aquela tóxica Shakespeare School of English sem antes surrupiar uma certa quantidade do seu desavergonhadamente chauvinista papel timbrado, e agora disponho de uma série de magníficos testemunhos de minha capacidade, cada um deles na medida certa para fazer cócegas nas gônadas dos mais diferentes empregadores em perspectiva. Por que me demiti? Ai de mim, minha mãe morreu e tive de orientar a descoberta de um lugar especial para o meu pai. E se alguém for insensível o bastante para investigar uma história dessas, então eu não ia querer trabalhar para este alguém. Minha mãe está sempre morrendo, tem sido de grande utilidade através dos anos, e o pobre Papa frequentemente requer uma mudança do seu panorama geriátrico. Como ele anseia contemplar melancolicamente o terreno ondulado recoberto de florestas! Como adora rememorar o tempo antes do besouro holandês atacar o olmo inglês, antes das regiões montanhosas ficarem rodeadas de árvores de Natal! Através desta janela panorâmica, Pater espia o passado. *Tap-tap-tap*, lá vai o velho lenhador com seu machado enferrujado, fazendo runicamente um corte no tronco nodoso para avisar a seus colegas lenhadores da existência de um cogumelo venenoso que cresce por ali. E veja! Como o urso-pardo se diverte brincando num barranco recoberto de eterno limo! Nunca foi assim, e meu pai era um Velho Bastardo, se você está a fim de saber. Lembre-me de falar um dia a respeito dele.

Terceiro, eu vou pagar a Stuart. Guglielmo, o Traídor, eu não sou. Simplicidade e probidade serão minhas oferendas. Minha máscara de palhaço não mais esconde um coração partido, por isto ao lixo com ela. Vou deixar de lado minha roupa de palhaço, se é isto o que se deixa de lado. Em outras palavras, vou parar de fazer palhaçadas por aí.

STUART Estive pensando. Temos de tentar ajudar Oliver de algum modo. É nosso dever. Ele faria o mesmo por nós se estivéssemos com problemas. Foi realmente patético encontrá-lo naquela casa de flores. Ele está sem emprego. Está sem confiança – e Oliver, desde os tempos de criança, sempre foi alguém que teve confiança em si. Ele enfrentava qualquer um – inclusive aquele pai. Suponho que aí esteja a causa de tudo. Se você é um garoto de 15 anos com um pai daqueles e o enfrenta, por que então o mundo o assustaria agora? Mas assusta Oliver. Esta história terrível com a espanhola. O antigo Oliver jamais teria tido qualquer... problema desses e, se tivesse, não teria dado a mínima. Teria inventado alguma brincadeira ou conseguido tirar alguma vantagem. O que ele não teria feito seria sair e comprar montes de flores para a garota na manhã seguinte e ser apanhado por mim durante a compra. É como dizer Por favor, não conte, por favor, não irradie para o mundo, posso sair ferido. Ele nunca teria se comportado deste jeito nos velhos tempos. E o modo patético como se expressou: "Cometi uma terrível mancada ontem à noite." Falando como se fosse uma criança de escola. As rodas estão saindo do trilho, é o que penso, se quer saber. Temos de procurar ajudá-lo.

GILLIAN Não estou segura a respeito de nada nisto tudo. Sinto-me profundamente apreensiva. Stuart chegou em casa ontem à noite com a sua animação habitual, me deu um beijo, passou o braço pelos meus ombros e me fez sentar como se tivesse algo importante a dizer.
– Que tal umas férias? – ele perguntou.
Sorri.
– Seria bom. Claro, acabamos de voltar da nossa lua de mel.
– Isto foi anos atrás. Quatro semanas, pelo menos. Cinco. Férias?
– Mmmm.

– Pensei que podíamos levar Oliver conosco. Animá-lo.

Não respondi nada, a princípio. Deixe-me dizer-lhe por quê. Eu tinha uma amiga – bem, ainda tenho, só que estamos temporariamente sem contato – chamada Alison. Ela foi a Bristol comigo. Sua família era decente, morava em Sussex, uma família de classe média normal numa cidade do interior. Eles se amavam; o pai *dela* nunca tinha fugido. Alison casou-se assim que saiu da universidade. Tinha apenas 21 anos. Sabe o que a mãe dela lhe disse na noite da véspera do casamento? Sua mãe lhe disse, com toda a seriedade, como se fosse um conselho passado de mãe para filha desde tempos imemoriais: "Sempre é uma boa ideia mantê-los desprevenidos."

Na hora eu ri, mas aquilo ficou comigo. Mães dizendo para as filhas como controlar os maridos. Verdades necessárias passadas de mulher para mulher através dos séculos, e a que se resume a sabedoria acumulada? "Sempre é uma boa ideia mantê-los desprevenidos." Aquilo me deprimiu. Pensei: oh, não, quando eu me casar, se vier a me casar, as coisas vão ter de ser direitas, escancaradas. Não vou recorrer a estratagemas ou ter segredos. Mas parece que já está acontecendo. Talvez seja inevitável. Você acha que a instituição não funcionaria de outra forma?

O que eu deveria ter feito? Se estivesse querendo agir direito, teria contado a Stuart a aparição de Oliver na porta de casa e o que fiz com as flores. Mas teria contado também que Oliver telefonou no dia seguinte e perguntou se eu tinha gostado das flores? Que eu disse a Oliver que as jogara fora e o telefone ficou em silêncio, e que, quando eu finalmente perguntei se ele tinha desligado, limitou-se a responder: "Eu amo você" e desligou. Deveria ter contado a Stuart tudo isto?

Não, presumivelmente não. Assim, fiz uma piada a respeito da sugestão de férias. "Já cansado da minha companhia?" – o que, não surpreendentemente, Stuart entendeu mal. Ele pensou que eu tinha me zangado e ficou nervoso e começou a me dizer o quanto me amava, o que também não era o que eu queria ouvir, embora, é claro, de certo modo seja uma coisa que quero ouvir sempre.

Fiz uma piada do acontecido. Ri do conselho da mãe da minha amiga, mas estou fazendo piada das coisas. Tão cedo?

STUART Não acho que Gillian tenha recebido bem minha sugestão para que os três saíssemos de férias juntos. Eu já ia explicar, quando ela me interrompeu. Nada que tenha dito, só o modo como se virou ligeiramente, fez outra coisa e não respondeu tão depressa quanto poderia. É engraçado, mas parece que conheço esse pequeno hábito desde sempre.

Assim, a ideia das férias foi abandonada. Ou melhor, modificada. Transformou-se num fim de semana prolongado, só nós dois. Levar o carro para Dover na manhã de sexta-feira bem cedo e ir até a França. Segunda era feriado, de modo que teríamos praticamente quatro dias. Arranjar um hotelzinho em algum lugar, ver as primeiras cores do outono, ir a um mercado e comprar montes de réstias de alho, que vai começar a mofar antes que possamos usar todo. Sem ter de planejar nada – e eu sou uma pessoa que gosta de planejar tudo, ou melhor, fico preocupado quando não há planos. Talvez isto seja um sinal do efeito que Gill causa em mim – o fato de hoje em dia eu ser capaz de dizer algo como "Por que não pegamos simplesmente o carro e vamos?". E não é *longe*, eu sei, nem será por muito tempo, e as chances de todos os hotéis do norte da França estarem lotados são muito poucas, de modo que não estou realmente preocupado. Mesmo assim, é um começo para mim. Um começo. Estou começando a ser espontâneo. O que, a propósito, é uma piada.

Oliver pareceu transtornado quando lhe falei. O que mostra como está mesmo frágil atualmente, suponho. Fez uma cara triste, como se eu o estivesse abandonando. Quis acrescentar que não seria por muito tempo ou algo assim, mas não se diz exatamente isto a um amigo, diz?

Ele não disse nada a princípio e depois perguntou onde ficaríamos.

– Não sei. Vamos encontrar um lugar qualquer.

Com isto ele pareceu voltar à vida e tornou a ser o antigo Oliver. Pôs a mão na minha testa, como se eu estivesse com febre.
— Está se sentindo bem? — perguntou. — Será você mesmo? Por que este novo espírito de aventura? Corra à farmácia e compre um antitérmico.

Este tipo de caçoada prolongou-se por algum tempo. Ele quis saber que *ferry* íamos tomar, se íamos via Calais ou Boulogne, que direção seguiríamos, quando voltaríamos etc. etc. Não me pareceu particularmente estranho na ocasião, mas, rememorando a cena, acho que ele devia ter nos desejado uma boa viagem.

Quando nos separamos, eu disse:
— Vou lhe trazer uns Gauloises livres de imposto.
— Não precisa — disse ele.
— O que está querendo dizer? Não dá o menor trabalho.
— Não precisa — repetiu ele, num tom quase impertinente.

OLIVER Jesus, tive um ataque de pânico. Encontramo-nos num pub, uma toca penumbrosa de que Stuart é frequentador regular e onde podemos nos acomodar alegremente no canto da lareira (imitação de Norman Shaw) e sorver sua cerveja como seus ancestrais escreventes vêm fazendo desde a Antiguidade. Deus, eu odeio pubs. Odeio pubs especialmente depois que deixei de fumar (o abandono do vício, aliás, passou completamente despercebido do nosso amigo Stuart). Oh, eu também odeio a palavra penumbrosa. Acho que vou deixar de usá-la por algum tempo. Faça-me um sinal se eu me esquecer, está bem?

E assim estávamos sentados lá, naquele lugar horrível em que o "copo de branco" é ainda mais nocivo que a cerveja dos antigos escreventes e onde a seleção dos maltes das montanhas da Escócia não pode ser classificada como das mais finas, eu recebendo essas baforadas da nicotina dos outros a me perfurar o pâncreas (golpeie-me com um mata-rato, vamos, faça-me isto — eu seria capaz de trair minha pátria por um Silk Cut, venderia meus amigos por um Winston), quando Stuart, com uma expressão horripilantemente presunçosa, anuncia de repente:

– Vamos viajar, sabe.
– O que é que você está querendo dizer?
– Vamos sair na sexta-feira. Dover. Primeiro *ferry* e depois sumimos.
Entrei em pânico, admito. Achei que ele a estivesse levando embora para sempre. Eu os vi seguindo em frente toda a vida. Estrasburgo, Viena, Bucareste, Istambul, sem parar, sem olhar para trás. Eu a vi com os cachos recém-feitos balançando ao vento, enquanto seguia para leste no cupê aberto, afastando-se de Ollie... Consegui levantar de novo minha fachada jocosa, mas por dentro estava em pânico. Ele podia levá-la embora, pensei, podia fazer simplesmente isto, tinha esse poder para me magoar, aquela peluda criatura das sombras dos pubs que nem sequer notara que eu abandonara a erva. Ele agora tinha a capacidade, dada por mim, de realizar tamanha crueldade.

Mas é claro que no fim o alegre *estivant* estava planejando o que sem dúvida chama de Pausa de Fim de Semana. *Aestivate*, usado *esp*. em relação a animais, passar o verão em estado de torpor. E o outono. E a maior parte da vida. Ele tem todo esse poder de ferir, aquele Stuart.

Ele prometeu me mandar um cartão. Prometeu mandar uma droga de um cartão-postal ilustrado.

GILLIAN Foi assim que a conversa transcorreu.
– Podemos ir fazer compras um dia desses?
– Fazer compras? Claro. O que você quer comprar?
– Quero comprar coisas para você.
– Para mim?
– Roupas.
– Não gosta das que uso, Oliver? – Tentei manter o tom de voz alegre.
– Quero vestir você.
Pensei que o melhor a fazer, antes que aquilo fosse longe demais, seria ser brusca.

– Oliver – falei, tentando parecer sua mãe (ou pelo menos a minha) –, Oliver, não seja ridículo. Você ainda nem arranjou um emprego.

– Oh, eu sei que não posso me dar ao luxo de *pagar* – disse ele, sarcasticamente. – Sei que não tenho dinheiro, como Stuart. – Houve então uma pausa e seu tom de voz mudou. – Eu só quero vesti-la, mais nada. Quero ajudar. Quero levá-la para fazer compras.

– Oliver, é muita gentileza sua – falei. E depois, brusca de novo.

– Vou me lembrar disto.

– Eu amo você – disse ele.

Bati o telefone na cara dele.

É isto que vou fazer, o que decidi fazer. Ser brusca, polida e desligar o telefone. É ridículo. Obviamente ele está em péssimas condições. E, provavelmente, sem saber, é claro, com ciúmes de nossa felicidade. Saíamos juntos, nós três, mas Stuart e eu nos casamos e ele se sente excluído. Em vez de três, agora somos dois mais um, e ele se ressente. É bastante normal, de certo modo, suponho. Estou certa de que ele vai se recuperar.

Em quaisquer outras circunstâncias eu não teria me incomodado de ir fazer compras com Oliver. Stuart não adianta muita coisa, para ser sincera, não porque não goste de fazer compras, mas porque aprova tudo o que eu experimento. Diz que fico linda com todas as cores e estilos. Se eu saísse da cabine de provas vestindo um saco de batatas e com um abajur na cabeça, ele diria que estava me caindo muito bem. O que é doce e comovente, como você pode imaginar, mas não realmente de muita utilidade prática.

OLIVER Não estou sendo extravagante. Por esta vez. Sem dúvida você estava imaginando o que seriam minhas fantasias sobre as vestimentas de Gillian: uma capa de zibelina de *Boris Godounov*, cores por Rimsky, leves estampas de verão por Rossini, alegres acessórios por Poulenc... Não, sinto muito. Nem estou salivando de ansiedade para assinar cheques (como poderia?), nem sou um andarilho orquiotomizado; acontece que sei que meu olho, minha visão das cores, meu *nous* sobre fazendas é muito superior ao de Stuart e Gillian juntos. Ao quadrado, ao cubo. Pelo menos, a julgar pelos resultados. Mesmo as pessoas que não se importam com roupas têm melhor aparência se vestem algo cortado adequadamente. E mesmo as pessoas que dizem não ligar para sua aparência claro que ligam. Todo mundo liga. É só que há quem pense que está com sua melhor aparência quando não poderia estar pior. É uma espécie de arrogância, claro. Estou com uma aparência de merda porque minha cabeça está voltada para coisas mais altas, porque estou tão ocupado que não tenho tempo de lavar meu cabelo, porque se você realmente me amar também me amará deste jeito. Não que Gillian possa ser enquadrada nesta categoria. Ao contrário. É só que eu gostaria de *reformá-la*.

Reformar. Remodelar. Uma expressão abrangente, que faz lembrar outra expressão do mundo termítico dos negócios e das finanças. *Traspassar*: transferir a propriedade (de um objeto, título) para outra pessoa. Verbo transitivo.

STUART Tivemos uma maravilhosa pausa de fim de semana. Metemos o carro na estrada a partir de Calais. Viramos à esquerda quando nos deu na telha, descobrimos que estávamos num lugar qualquer perto de Compiègne. Paramos numa aldeia quando estava escurecendo. Um hotel familiar com estrutura de madeira, os quartos com uma sacada de madeira que rangia e acompanhava dois lados de um pátio. Claro que fomos a um mercadinho e claro que compramos duas réstias trançadas de alho, que vai mofar antes que consigamos consumir. Então o melhor será dar um pouco. O tempo estava um pouco úmido, mas quem se importa?

Não foi senão quando estávamos no barco que dirigi a Oliver um pensamento, para ser sincero. Lembrei-me dele e sugeri que comprássemos uns Gauloises para ele. Gillian me disse que ele deixara de fumar. Que coisa mais estranha. E tão pouco típica.

GILLIAN Não sei por onde começar. Também não sei onde isto vai terminar. O que está acontecendo? Não é minha culpa, mas me sinto culpada. Sei que a culpa não foi minha, de jeito algum, mas ainda assim me sinto culpada. Também não sei se fiz a coisa certa. Talvez não devesse ter feito nada. Talvez tenha feito o que pode ser considerado um ato de cumplicidade ou algo assim. Pode ser que tudo – não que houvesse alguma coisa – devesse ter sido esclarecido naquele ponto. Por que não? E no entanto... tínhamos tido uns dias tão bons, que acho que quis que continuasse assim.

Só parou de chover quando estávamos no *ferry* de volta, em Boulogne. Foi irônico. De certa forma foi o que fez acontecer.

Na ida, atravessamos de Dover para Calais. Pegamos a estrada e seguimos em frente. Escolhemos uma saída da estrada principal de modo quase aleatório. A mesma coisa com a aldeia em que resolvemos parar – foi a aldeia aonde chegamos quando a noite estava caindo. Saímos após o café da manhã na segunda-feira e paramos para almoçar perto de Montdidier. Daí para Amiens, com os limpadores do para-brisa funcionando enquanto passávamos por celeiros e vacas encharcadas. Em algum ponto depois de Amiens, lembrei como era o cais de automóveis em Calais. Primeiro eles mandam você dar uma volta por toda a cidade e depois o processam num sistema juntamente com milhares de outras pessoas, e a gente simplesmente não tem a impressão de ter dirigido um carro até uma cidade na costa para tomar um barco. Quer dizer, é assim que a gente deveria se sentir, não é? Assim, sugeri a Stuart que em vez de irmos para Calais fôssemos para Boulogne. Ele foi um pouco contra a princípio, porque o número de *ferries* em Boulogne é menor. Por outro lado, nos pouparia viajar 30 quilômetros na chuva e, de qualquer modo, eu disse que se chegássemos lá e tivéssemos de esperar muitas horas por um *ferry* sempre poderíamos seguir para Calais. Do jeito que descrevi, pode ter parecido que houve uma discussão, mas não foi nada disto. Foi um alegre bate-boca e depois uma decisão fácil. É como são as coisas conosco. Stuart nunca demonstrou sentir orgulho ao fazer uma coisa sugerida por mim ou por ele. O que me atraiu desde o princípio. Se você propõe uma modificação de um plano, a maioria dos homens toma – mesmo que inconscientemente, o que quase sempre é pior – como algum tipo de insulto ou crítica. Não aceitam que você possa ter ideias diferentes sobre coisas relativamente sem importância. Mas, como eu digo, Stuart não é assim. "OK, então vamos para Boulogne", disse ele, quando outro Renault passava voando e enchendo o nosso para-brisa de água suja.

A questão é a seguinte: *ninguém* sabia que tínhamos ido. *Ninguém* soube onde decidimos ficar. Saímos, paramos em qualquer lugar, demos umas voltas, mudamos de planos e conseguimos atravessar de volta a partir de um porto que não era aquele a que havíamos chegado. E Oliver estava no barco.

Chovia. Na verdade choveu forte e não parou enquanto entrávamos na fila para o *ferry*. Dentro do barco, tudo também parecia molhado, escadas e amuradas. Sentamo-nos num daqueles salões que fazem parte de uma imensa área de bar, e as janelas estavam cobertas de condensação; quando se esfregava o vidro, não se podia ver muita coisa por causa da chuva que continuava a cair. Mais ou menos na metade do Canal, um homem de impermeável voltou para uma mesa próxima e anunciou que a chuva finalmente tinha parado – para a nossa sorte, acrescentou. Quando Stuart e eu ouvimos aquilo, levantamos e procuramos a saída mais próxima. Você sabe como é nos *ferries* – a gente fica um pouco desorientada, nunca se sabe se está no convés A ou B ou onde você vai dar quando passa por uma porta: se na proa, na popa ou nas laterais. Assim, escolhemos qualquer saída, e pisei num alizar alto, desses que presumivelmente servem para não deixar a água do mar entrar no salão. Estávamos no meio de um dos lados da embarcação, e quando olhei para a esquerda vi Oliver a uns cinco metros de distância, olhando fixamente o Canal. Vi-o de perfil. Ele não estava olhando para o meu lado.

Virei-me imediatamente e esbarrei em Stuart.

— Desculpe — falei, entrando de novo. Ele me seguiu. Eu disse que de repente tinha me sentido enjoada. Ele perguntou se eu não precisava de ar fresco. Eu disse que fora o ar fresco que me enjoara. Sentamos de novo. Ele foi muito solícito. Eu disse que estava tudo bem. Fiquei meio de olho naquela saída.

Após uns poucos minutos, quando pensou que eu estava legal, Stuart se levantou.

— Aonde você vai? — perguntei. Tive uma horrível premonição. Tinha de impedir que ele fosse ao convés.

— Acabo de me lembrar de comprar uns Gauloises para o Oliver — respondeu ele. — Sem pagar imposto.

Eu não sabia se era capaz de controlar minha voz.

— Ele não fuma — falei. — Deixou de fumar.

Stuart me deu um tapinha no ombro.

— Então vou comprar gim — disse, afastando-se.

— Oliver não fuma — murmurei sem querer, depois que ele saiu.

Fiquei de olho na porta. Esperei que Stuart voltasse. Tínhamos de escapar dali sem ser vistos. Sentia-me como se nossa felicidade dependesse disto. Criei um caso para ser a primeira da fila que descia para os conveses de carros. A escada estava tão molhada e perigosa quanto na hora em que tínhamos chegado. Stuart comprara Gauloises assim mesmo. Disse que ia guardá-los algum tempo e daria para Oliver quando ele voltasse a fumar.

O que está acontecendo?

OLIVER Levei-os para casa em segurança. Era tudo o que eu queria. Será que você previu algum encontro marítimo barulhento, com fortes rajadas de sudoeste e a embarcação dilacerada simbolicamente entre uma onda e outra? Mas, de qualquer modo, o mar estava calmo, e eu os levei para casa em segurança. Levei *Gillian* para casa em segurança.

9: Eu não amo você

STUART Alguma coisa aconteceu ultimamente com meu amigo Oliver. Ele diz que voltou a correr; diz que deixou de fumar; diz que está planejando pagar o dinheiro que lhe emprestei. Não acredito realmente em nada, mas o próprio fato de ele dizer já significa que aconteceu alguma coisa com ele.

Essa história dos telefones, por exemplo. De repente, uma noite dessas, começa a me fazer perguntas sobre todos os novos modelos de telefones móveis existentes no mercado – como funcionam, qual é seu alcance, quanto custam. Suponho que esteja planejando instalar um telefone naquela lata-velha que dirige. É a última coisa que eu esperava de Oliver. Ele é tão... retrô. Não penso que você tenha se dado conta de quão retrô ele é. Provavelmente ele é visto como rebuscado e um tanto descuidado, mas é muito pior que isto. Não penso que esteja preparado para a era moderna, com toda a franqueza. Não entende de dinheiro, negócios, política ou máquinas; acha que os LPs de vinil têm um som melhor que os CDs. O que é que se pode fazer com alguém assim?

OLIVER Eu tenho de estar perto dela, entende? Tenho que ganhá-la, tenho que conquistá-la, mas primeiro tenho que estar perto dela.
Penso que sei como se sentem essas pessoas que perseguem obstinadamente a aprovação popular, como resistem à penosa caminhada que termina por levar aos bancos de couro verde do Palácio de Westminster e ao direito de cuspir insultos um no outro. De casa em casa, como o vendedor do pincel Fuller ou como os limpadores de chaminés de outrora. Só que essas criaturas desapareceram há muito tempo de nossas ruas, juntamente com o vendedor de bolinhos

com seu pregão de tirolês, o taciturno amolador de facas e o sorridente Lobinho oferecendo exatamente o que se deseja. Como essas pitorescas profissões antigas, os bandos de Famílias Felizes estão fenecendo. Quem vem bater à sua porta hoje em dia? Somente o ardoroso ladrão, buscando sua ausência; os irascíveis fundamentalistas exigindo sua conversão antes do dia do Juízo Final; a dona de casa de liberdade contida e tênis, assaltando o envelope com um maço de folhetos oferecendo descontos de dez *penny*, uma amostra miniatura de condicionador de tecidos e o cartão de algum motorista de táxi não confiável; além disso tudo, o MP – Membro do Parlamento – em perspectiva. Posso contar com seu voto? Cai fora, seu bunda-mole. Oh, que interessante. Se você tivesse um momento, eu adoraria explicar o ponto de vista do nosso partido sobre o assunto. Bam! Batem a porta, mas ele segue para a casa ao lado, onde aceitam espertamente um pôster que jogam no lixo assim que o candidato vira as costas; e depois a outra, onde o apoio pedido é prometido apenas se seu partido em troca garantir que vai perseguir, prender e preferencialmente executar certas categorias de pessoas cuja pele não seja branca. Como fazem isso? Por que continuam?

Pelo menos o eleitorado no qual busco ser eleito é pequeno e a variedade de humilhações disponíveis, limitada. Fui recebido como um ladrão, um estuprador bem-educado, um lavador de carros destituído de balde, cobrador de janelas de vidro duplo, para não mencionar o corrupto informante de que algumas telhas estão soltas. Madame, por acaso estamos aqui perto com uma escada grande, por que não deixarmos tudo por 80 libras? No entanto, eu não era mais que um modesto suplicante de alojamento. Apenas um quarto para uso ocasional por uns poucos meses, pagamento em dinheiro adiantado, é claro, desculpe, sem ama-seca. Uns dois olhares esquisitos depois e percebi que tinha também que evitar a ideia de que eu queria alugar uma garçonnière onde executaria um punhado de vítimas de cabeça oca. Escritor de roteiros de cinema, entende, exigências do estúdio, absoluta solidão é essencial, entrar e sair quando eu quiser, muitas vezes não estarei presente, excentricidades de gênio e seu jeito errante, diversas referências falsificadas assinadas por diretores de faculdades de Oxbridge, da Shakespeare School, e até mesmo uma em papel timbrado da Casa dos Comuns. Não um vadio, não um ladrão, só um outro maldito Orson Welles, esta é a pessoa a quem a senhora estaria ajudando, *Missus*, e acho que não vou precisar do telefone nunca. Quase deu certo no número 67, que teria sido ideal. Mas ela me ofereceu um belo quarto ensolarado sob o beiral do fundo. Assim, fingi que me intimidei com os raios tipo furadeira elétrica do Sr. Sol. Meu tenro talento precisava da ajuda da luz do norte. Qualquer chance na frente...? Mas não. E, assim, prossegui minha diligente caminhada até o número 55, onde havia uma araucária-do-chile no jardim da frente e as janelas sofriam doloridamente de glaucoma – o portão coberto rangeu, deixando sua incômoda assinatura de ferrugem na minha mão (Vou consertá-lo, Madame!) e a campainha da porta não tocava de jeito nenhum, a menos que pressionada obliquamente por um polegar na direção nor-noroeste. A Sra. Dyer era pequenininha: sua cabeça se acomodava sobre a coluna como um girassol na haste; e seu cabelo passara da fase alva e exibia agora a cor de um dedo manchado de Gitanes. O quarto dela era voltado para o norte: antigamente gostava de ver "as fitas", mas depois sua vista ficou muito fraca; não queria nenhum dinheiro de adiantamento. Metade de mim queria dizer Não confie em mim, você não me conhece, é perigoso acreditar nas pessoas pelo que dizem, você é tão frágil, eu tão robusto; a outra metade queria dizer Eu amo você, venha comigo, sente-se no meu colo, sempre me lembrarei de você. Você é tão cheia do seu passado, eu tão cheio do meu futuro.

Em vez disso, falei:

– Consertarei seu portão, se quiser.

– Não há nada de errado com ele – replicou firmemente, e eu senti uma indizível ternura por ela.

E assim aqui estou eu, uma semana mais tarde, no alto da copa da minha araucária, com os olhos fixos na rua sombria, esperando que meu amor chegue em casa. Logo ela estará aqui com seu

estoque de toalhas de papel para a cozinha em padrão xadrez, leite e manteiga, geleias e picles, pães e peixes; com seu verdejante detergente líquido e um pacote jumbo do repugnante cereal do desjejum de Stu, cuja caixa ele sacode lepidamente todas as manhãs, como um par de maracas. *Sh-chug-a-chug. Sh-chug-a-chug-chug.* Como poderei me conter? Como impedir-me de me lançar através dos galhos da araucária para ajudar a descarregar seu carrinho?
    Pães e peixes. Aposto como Stuart a vê basicamente como uma boa compradora. Mas para mim ela opera milagres.

GILLIAN Eu estava descarregando o automóvel quando o telefone tocou. Pude ouvi-lo dentro de casa. Eu tinha uma saca em cada mão, o pão debaixo do braço, as chaves da casa na boca e as do carro ainda no bolso. Fechei com o pé a porta do carro, larguei uma saca no chão, tranquei o carro, apanhei de novo a saca, corri até a porta, parei, deixei o pão, não consegui encontrar a chave da porta, lembrei que estava na boca, abri, corri para dentro e o telefone parou.
    Não me importei muito. O que antes costumava me irritar já não me irrita tanto, e até coisas tediosas, como fazer compras, são quase divertidas. Vamos experimentar isto? Será que Stuart gosta de batata-doce? E assim por diante. Coisas comuns.
    O telefone tocou de novo. Atendi.
    – Desculpe.
    – Alô?
    – Desculpe. Oh, aqui é Oliver.
    – Alô, Oliver. – A pequenina Srta. Brusca de novo. – De que você está pedindo desculpas?
    Houve um silêncio, como se eu tivesse feito uma pergunta profunda. Até que ele disse.
    – Oh, bem, é que achei que você devia estar ocupada. Sinto muito.
    De repente houve um estalido na linha e certa vibração. Ele parecia estar muito longe. Achei que estava ligando para se desculpar pelos outros telefonemas.
    – Oliver, onde você se encontra?

De novo, um longo silêncio.
– Oh, eu poderia estar em qualquer lugar. De repente eu tive uma visão dele tomando uma overdose e telefonando para dizer adeus. O que eu pensaria disso?
– Você está bem?
Aí sua voz ficou clara de novo.
– Estou ótimo – disse. – Melhor do que tenho me sentido há muito tempo.
– Ótimo. Stuart tem andado preocupado com você. Nós temos.
– Eu amo você. Sempre a amarei. Isto não vai parar nunca.
Desliguei o telefone. O que você faria?
Fiquei tentando pensar se algum dia eu o encorajara. Nunca tive qualquer intenção. Por que me sinto culpada? Não é justo. Não fiz nada.
Fiz com que ele desistisse da ideia de ir fazer compras comigo. Ou melhor, disse que não estava a fim. Agora ele diz que quer vir me ver trabalhando. Eu falei que ia pensar. Vou ser muito firme, direta e impessoal com Oliver de agora em diante. Aí ele verá que não adianta insistir com essas brincadeiras e fingir que está apaixonado por mim. Mas não contarei a Stuart. Ainda não, decidi, talvez nunca. Acho que ele ficaria... desapontado. Ou pensaria demais sobre isto. E se Oliver quer me ver – o que pode ser uma boa ideia, se eu conseguir enfiar um pouco de bom-senso naquela cabeça – só será possível depois de eu limpar a barra com Stuart.
Pronto. Aí está. É o que farei. Esta é a minha decisão.
Mas eu sei por que me sinto culpada. Talvez você tenha adivinhado. Eu me sinto culpada porque acho Oliver atraente.

SRA. DYER Ele é um rapaz muito simpático. Gosto de ter gente jovem em casa. Gosto de um pouco de movimento. Está escrevendo qualquer coisa para o cinema, é o que diz. Prometeu me arranjar uma entrada de graça para a estreia. Eles têm suas vidas para viver, os jovens, é o que gosto neles. Ofereceu-se para consertar o portão, mas não adianta. Este portão me verá partir.

Estava voltando das compras outro dia quando o vi saltando do carro. Eu estava na Barrowclough Road, perto dos banhos. Ele saltou, trancou o carro e saiu na minha frente. Quando cheguei em casa, já estava no seu quarto, assobiando animadamente. Gostaria de saber por que deixa o carro em Barrowclough Road. Fica a dois quarteirões e há muitas vagas aqui perto de casa. Talvez tenha vergonha do carro. Até eu pude ver que está se desmanchando de ferrugem.

OLIVER Parecia que eu tinha tomado uma droga hipnótica, mas isto era porque eu estava aterrorizado. Ainda assim, consegui!
Levei-os para jantar na minha residência principal, tendo preparado um *tagine* de carneiro com damascos que incrementei com um robusto shiraz australiano do rio Mudgee. Uma combinação com um bocado de vida – mais do que Stu e Gill, sem dúvida. Ante uma mistura tão estimulante, tive acessos de minimalismo, o que tornou as coisas um tanto tensas. Senti-me como Eugene Onegin ouvindo aquele cansativo Príncipe tecendo loas à sua Tatyana. Aí Gillian deu com a língua nos dentes e disse a Stuart que eu queria ir vê-la trabalhando.
– Silêncio, meu tesouro – pedi. – *Pas devant!*
Mas Stuart anda tão efervescente, tão malditamente *méthode champenoise*, que eu poderia ter me ajoelhado aos pés da sua mulher e ele aceitaria minha explicação de que estava prendendo a bainha do seu vestido.
– Esplêndida ideia – disse ele. – Eu mesmo sempre quis fazer isto. Muito gostosa essa carne – prosseguiu (não estava se referindo à suculenta Gill). – É vitela?
Depois do café anunciei que estava ansioso por me atirar nos braços de Morfeu e eles deram o fora. Dei-lhes uma dianteira de três minutos e bogartianamente acelerei meu calhambeque. (Na verdade tive que adular e acariciar uma relutante centelha do seu motor rabugento e mesquinho. Mas a vida não é exatamente igual à mecânica?) Agora, não sei se você sabe, Stuart é rançosamente

orgulhoso de saber encontrar seu caminho através da cidade sem jamais cruzar com uma linha de ônibus – seus itinerários só têm atalhos e pequenos mergulhos em ruas secundárias cheias de policiais adormecidos. Já Ollie descobriu, por acaso, que não há essa coisa de atalho em Londres; todas as ruas secundárias são obstruídas por peritos em mapas da cidade, como Stu, aficionados automobilísticos de curvas e buracos que viram seus Oldsmobiles Mantras em prudentes curvas em U, como instrutores em rinques de patinação. Tudo isso foi antecipado por Ollie, que conduz o seu lento calhambeque (definitivamente não é um Lagonda!) pela Bayswater Road, sobe Piccadilly e até mesmo se dá ao luxo de reduzir a velocidade na vazia Euston Road para dar uma chance à competição.

Tive tempo para fazer uma palestra para a Sra. Dyer sobre as obras menores de Norman Wisdom antes de me enfiar no meu quarto, assobiando, como que tomado por uma súbita inspiração noturna. Em seguida apaguei a luz e me ajeitei na janela em meio à copa da árvore. Onde estavam eles? Onde estavam? Teria a tartaruga emborcado em algum beco sem saída? Se ele... Mas, ah, lá está o brilho cinza-chumbo que procuro. E lá está o perfil dela, tão dolorosamente inocente...

O carro parou. Stuart saltou e correu com passos miúdos e gordos até a porta de Gillian. Quando ela saltou, ele aninhou-se nos seus braços, como um animal selvagem procurando a toca.

Uma visão para liquefazer as tripas. Zombei um pouco de mim mesmo quando peguei o carro e fui para casa naquela noite.

GILLIAN Ele estava muito calmo. Eu, muito nervosa. Suponho que eu estivesse na expectativa de que fosse pular em cima de mim ou algo semelhante. Ele viu o rádio em cima do banquinho e me perguntou se eu o ligava enquanto trabalhava. Eu disse que sim.

– Ligue-o, então – ele disse, baixinho.

Estava tocando uma sonata como as de Haydn, um piano delicado subindo e descendo em padrões que quase dava para anteci-

par, mesmo que não se tivesse ouvido aquela peça antes. Comecei a relaxar um pouco.
— Diga-me o que está fazendo.
Parei e me virei para ele.
— Não — disse ele. — Vá falando enquanto faz.
Voltei ao quadro. Era uma pequena cena de inverno — o Tâmisa congelado de uma margem à outra, gente patinando e crianças brincando de roda em torno de uma fogueira acesa em cima do gelo. Bastante alegre e bastante imundo, tendo ficado pendurado no salão de banquetes de uma guilda na City durante séculos. Expliquei os testes que eu tinha de fazer sob a linha da moldura. Falei sobre como começava com um pouco de saliva num cotonete minúsculo e depois prosseguia com vários solventes, até descobrir o solvente adequado para o embaçado da superfície. Como esta superfície pode variar no mesmo quadro. Como alguns pigmentos saem mais facilmente que outros (os vermelhos e pretos sempre parecem mais solúveis quando estou limpando com amônia). Como procuro começar com as partes maçantes, como o céu, e depois me concedo a recompensa de pegar um trecho interessante, como um rosto ou um pedaço de branco. Como todo o prazer está na limpeza e quase nenhum no retoque (isto o surpreendeu). Como a tinta velha se cura, de modo que uma pintura do século XVII é, na verdade, muito mais fácil de limpar que uma do século XIX (isto também o surpreendeu). E o tempo todo em que falei estava passando meus cotonetes de um lado para o outro no Tâmisa congelado.

Após algum tempo, as perguntas cessaram. Continuei trabalhando. A chuva caía serenamente na janela. O piano lançava ao ar os seus acordes. A resistência do aquecedor elétrico soava de vez em quando. Oliver permaneceu sentado atrás de mim, em silêncio, observando.

Foi muito pacífico. E nem uma só vez ele disse que me amava.

STUART Acho que é realmente uma boa ideia Oliver ver Gillie assim ocasionalmente. Ele precisa de alguém para acalmá-lo. Espero

que seja capaz de falar com ela de um modo que não consegue falar comigo.
— Suponho que ele venha para cá depois de ter ido ver Rosa — falei.
— Quem?
— Rosa. A garota por causa da qual ele foi demitido. — Gill não replicou. — Quer dizer, ele não conversa sobre ela com você? Eu achava que era isto que ele fazia.
— Não — disse ela. — Ele não me fala sobre Rosa.
— Bem, você devia perguntar. Provavelmente ele quer falar, mas está sem jeito.

OLIVER É maravilhoso. Vou para lá e me sento no local onde ela trabalha. O olho faminto suga seu pote volumoso de pincéis, as garrafinhas de solventes — xileno, propanol, acetona —, os frascos de pigmento e o algodão em rama especial para restauradores, que com instigante banalidade era simplesmente a Embalagem Econômica de Pretty. Ela se senta numa curva suave à sua prancheta, limpando delicadamente três séculos de um feio céu londrino. Três séculos de quê? De verniz amarelado, fumaça de lenha, gordura, cera de vela, fumaça de cigarro e cocô de mosca. Não estou brincando. O que achei que fossem uns pássaros pontilhando o céu com uma rápida torção do pulso mostrou-se não passar de... cocô de mosca. Os solventes listados acima, pode ser que lhe interesse saber, não têm ação sobre excremento de *mouche*, de modo que, quando confrontado por este problema na sua vida privada, use saliva ou amônia, e, se falhar, retire os pontinhos com um escalpelo.

Eu tinha imaginado que a limpeza seria uma tarefa de rotina e o trabalho de retoque uma fonte de alegria, mas aparentemente é *vice-versa* e *tête-bêche*. Sondei Gillian quanto às fontes de sua satisfação profissional.

— Descobrir algo que você não sabia que estava ali, quando retira o excesso de tinta, é o melhor. Observar algo bidimensional tornando-se gradualmente algo tridimensional. Como quando emerge a modelagem e um rosto começa a surgir. Por exemplo, estou ansiosa por fazer *este* pedaço. – Com a ponta do cotonete ela indicou a figura de uma criança deslizando no gelo e agarrando agitadamente uma cadeira.

– Faça, então. *Aux armes, cytoyenne.*

– Ainda não fiz por merecer.

Está vendo só como hoje em dia tudo faz sentido, como tudo ressoa neste mundo? É a história da minha vida. Você descobre o que não sabia que estava ali. Duas dimensões dão lugar a três. Você aprecia a modelagem nos rostos. Mas você tem que fazer por merecer tudo isso. Pois muito bem, vou me esforçar por merecer.

Perguntei como sabia quando todo aquele trabalho com os cotonetes e o algodão em rama tirado da embalagem econômica teria terminado sua tarefa de purificação.

– Oh, isto deverá me tomar mais ou menos uns quinze dias.

– Não, quero dizer como você pode *dizer* que terminou?

– Você pode mais ou menos dizer.

– Mas tem que haver um ponto... quando você já retirou toda a porcaria, o verniz e o excesso de tinta, e quando suas essências da Arábia já fizeram o seu trabalho e você chega ao ponto em que *sabe* que o que está vendo é o que o sujeito que pintou o quadro teria visto quando deu a última pincelada, séculos atrás. As cores exatamente como ele deixou.

– Não.

– Não?

– Você sempre pode ter ido um pouco além ou um pouco aquém. Não há como saber *exatamente*.

– Quer dizer então que, se você cortar em quatro esta pintura – o que seria nitidamente um ato em favor da vida, se quer minha opinião – e der cada pedaço a quatro diferentes restauradores, cada um deles vai parar num ponto diferente?

– Sim, quer dizer, obviamente todos eles irão mais ou menos até o mesmo nível. Mas a hora de parar é uma decisão mais artística que científica. É algo que você sente. Não há aí embaixo uma pintura "real" esperando para ser revelada, se é a isto que você quer se referir.

E é, oh, é. Não acha maravilhoso? Oh fulgurante relatividade! *Não há uma pintura "real" aí embaixo esperando para ser revelada.* É o que eu sempre disse a respeito da vida. Podemos raspar e cuspir e esfregar, até o ponto em que declaramos que a verdade jaz, manifesta, diante de nós, graças ao xileno, propanol e acetona. Olhe, sem cocô de mosca! Mas não é assim! É apenas a minha palavra contra a de todo o mundo!

SRA. DYER E outra coisa que ele faz. Fala sozinho no quarto. Eu ouvi. Dizem que essas pessoas criativas podem ser um pouco birutas. Mas ele tem muito charme. Eu disse a ele: ah, se eu tivesse menos 50 anos. E ele me deu um beijo estalado na testa, disse que me guardaria no bolso do colete, para o caso de algum dia resolver subir ao altar.

OLIVER Estou reformulando minha vida, eu já lhe disse. Aquela coisa sobre exercício foi meio papo furado, admito – tenho certeza de que teria um colapso só de calçar meus Nikes. Mas em outros aspectos... Olhe, tenho que fazer duas coisas. Uma, assegurar-me de que todas as minhas tardes, de segunda a sexta, estarão livres, para o caso de ela deixar que eu a procure. Dois, ganhar dinheiro bastante para sustentar tanto meu apartamento babiloniano na zona oeste quanto minha espartana moradia aqui na zona norte. E a solução – *sapristi!* – é: trabalho nos fins de semana. Além do mais, tira a minha cabeça daquele marsupial de Stoke Newington e seu pequeno dormitório.

Mudei de emprego. Agora trabalho no Mr Tim's College of English. Alguma coisa no título desencadeia a suspeita de que o Sr. Tim não seja inglês. Mas eu prefiro a linha humanitária que aceita que o Sr. Tim se engaje em completa simpatia imaginativa com todas as línguas de Babel que se submetam à sua mercê. No entanto, o estabelecimento não é reconhecido oficialmente – o Sr. Tim é tão sobrecarregado de responsabilidades pastorais que sempre deixa de se candidatar à aprovação do Conselho Britânico (até mesmo a Shakespeare tinha conseguido o reconhecimento). Como resultado, as nossas classes não ficam superlotadas de principezinhos sauditas. Sabe como alguns dos garotos conseguem pagar as mensalidades? Andam para cima e para baixo pelas ruas fervilhantes do centro de Londres distribuindo a semelhantes e a *doppelgängers* um volante de propaganda da escola. É o peixe se alimentando da própria cauda. O Sr. Tim, a propósito, não aceita o conceito moderno de laboratório de idiomas; tampouco adere à antiga ideia de uma biblioteca; acredita menos ainda em separar alunos de diferentes capacidades. Você está detectando um toque de fervor moral abrindo caminho na normalmente límpida *Weltanschauung* de Oliver Russell? Pode ser que sim. Talvez eu esteja trocando mais coisas que meu emprego. IIE, a propósito. Ninguém vê a piada. Inglês como idioma estrangeiro. Não? Deixe-me colocar a coisa numa sentença: "Estou ensinando inglês como idioma estrangeiro." Olha, a questão é que, se é assim que está sendo ensinado, não é de espantar que a maioria dos nossos alunos não seja capaz de comprar uma passagem de ônibus para Bayswater. Por que não ensinam inglês como inglês, eis o que eu gostaria de saber.

Desculpe. Eu não tencionava falar tanto. De qualquer modo, só tive de balançar minha referência aromaticamente forjada da Hamlet Academy diante do Sr. Tim e lá estava eu lançado sobre os *virginibus puerisque* recurvados às suas mesas. O Sr. Tim é um grande sovina, £5,50 a hora foi o que destilou relutantemente de sua carteira, contra os £8 da Shakespeare School. Mantida a proporção, o pobre Ollie vai terminar como faxineiro.

Por que, quis saber o Sr. Tim, seu sotaque um suave simulacro de um esquimó mascando uma fita Berlitz, eu queria as tardes de folga? Lá veio o velho Pater mais uma vez em meu socorro. Íntimos como Aquiles e Pátroclo, nós dois (sabia que a péssima qualidade da citação escaparia ao Sr. Tim). Ter de encontrar para ele um lugar especial com a janela panorâmica abrindo-se para a contem-

plação das faias imemoriais, o pequeno vale arborizado, o riacho rumorejante, o relvado verdejante... Que o Velho Bastardo descubra que Bosch não estava exagerando, que seu *Triumph of Death* era um *cartoon* em tom pastel comparado com a coisa verdadeira. Mas não me deixa começar com *isto, por favor.*
E de tarde, quando ela permite, vou e me sento por perto. O esfregar do paninho, o deslizar do pincel, o zumbido do aquecedor (já me sinto tão sentimental acerca daquela resistência elétrica!), as felizes descobertas inesperadas da Rádio 3, e seu perfil, o cabelo preso atrás mostrando uma das orelhas sem lóbulo.
– Não é verdade a respeito de Rosa, é? – perguntou ela ontem.
– O que não é verdade?
– Que ela mora aqui perto e você vai vê-la?
– Não, não é verdade. Eu não a vejo desde... desde quando...
– Não pude falar mais. Senti-me embaraçado – um estado de espírito que, como você talvez tenha observado, transpira na psique de Oliver Russell mais ou menos com tanta frequência quanto a passagem do cometa de Halley. Eu não gostava de rememorar a esquálida *gavotte* de erótica incompreensão que eu dançara um dia, não gostava de comparar – imaginar Gill comparando – eu estar sentado ao lado *dela aqui* com estar ao lado de *outra lá.* Ficava... embaraçado. O que mais posso dizer? Nada, exceto que esta condição surgiu em cena estupidamente porque minha intenção é contar a Gill a verdade sem disfarces. Olhe, sem maquiagem! Pela Honra de Ollie, juro e espero me tornar Guia de Bandeirantes.
É contagioso. Vou lá, me sento no seu estúdio e ficamos muito quietos, nao mexo em nada, nunca fumo, e dizemos a verdade um ao outro. Nn-nn-*nn.* Ouço violinos? O ritmo cadenciado da melodia *zigeuner*, a vendedora de flores que passa, convenientemente, o triste sorriso à luz de velas da vendedora de fósforos, suavemente invejosa? Vamos, embarace-me mais um pouco, Ollie aguenta, está começando a ficar acostumado.
Olhe só, eu tenho a reputação de servir à verdade com algo mais que os tradicionais acompanhamentos britânicos. Duas ver-

duras com molho Oxo não é o meu estilo. Mas com Gillian as coisas são diferentes.

E descobri esta metáfora realmente interessante. O modo de trabalhar no universo da restauração de pinturas – *a moda* neste universo – falo com autoridade recente mas devotada – tende a mudar. Uma hora é uma esponja de Bombril e esfregar, esfregar, esfregar. Outra hora é retocar com um pincel de decorador, encher cada falha com pigmento, e assim por diante. O corrente conceito talismânico é *reversibilidade*. Isto significa (incomoda-se se eu simplificar um tantinho as coisas?) que o restaurador deve fazer sempre apenas o que sabe que poderá ser desfeito mais tarde por outros. É preciso considerar que suas certezas são apenas temporárias, suas conclusões, provisórias. Assim: o seu Ucello foi furado por um sociopata brandindo uma azagaia, convencido de que um item nocivo qualquer da legislação será anulado desde que ele vandalize uma obra-prima. Aqui, no hospital de pinturas, o buraco é remendado, os sulcos são nivelados e o retoque já vai começar. O que deve o restaurador fazer primeiro? Usar um *verniz isolante* para se assegurar de que a tinta que vai aplicar poderá ser removida sem problema mais tarde – quando, por exemplo, a moda for a exibição das vicissitudes históricas da pintura, assim como sua carga estética. Isto é o que entendemos por *reversibilidade*.

Não vê como tudo se ajusta? Não é interessante? Você me ajudará a espalhar a notícia, não ajudará? Texto para hoje: *Desfaremos todas as coisas que não devíamos ter feito, e haverá saúde em nós*. Reversibilidade. Já estou organizando suprimentos de verniz isolador para todas as igrejas e cartórios.

Quando ela me disse que estava na hora de ir, eu falei que a amava.

GILLIAN Isto tem de parar. Não é o que eu pensei que fosse acontecer. Era para ele vir aqui e me contar seus problemas. Mas acontece que sou *eu* quem fala quase o tempo todo. Ele se limita a ficar sentado, muito quieto, me observa trabalhando e espera que eu fale.

Usualmente tenho rádio ligado no fundo. Posso ignorar o rádio, se for preciso me concentrar. Nunca pensei que pudesse trabalhar com uma pessoa como Oliver por perto, mas posso. Às vezes eu tenho vontade de que ele simplesmente ataque. Certo, Oliver, fora daqui, melhor amigo de Stuart, é isto mesmo, *fora*. Mas ele não ataca, e estou cada vez menos convencida de que reagiria assim se atacasse.

Quando ele estava se despedindo hoje, eu o vi abrir a boca e olhar para mim daquele jeito.

– Não, Oliver – falei, a Srta. Brusca. – Não.
– Tudo bem. Eu não amo você. – Sua expressão, contudo, não mudou. – Não amo você. Não adoro você. Não quero estar com você o tempo todo. Não quero ter um caso com você. Não quero me casar com você. Não quero escutar você para sempre.
– Fora.
– Não amo você. Tudo bem. – Ele começou a fechar a porta. – Não amo você.

OLIVER A araucária brande seus dedos cheios de calombos contra o céu da noite. Cai a chuva. Os carros passam zunindo. Fico de pé à janela. Espio e espero. Espio e espero.

10: Não sei se consigo acreditar

STUART Não sei se consigo acreditar. Pra começar, não sei exatamente de que se trata.

É "nada" (como Gill me assegura) ou é "tudo"?

O que dizem eles, esses malditos sabichões cuja sabedoria é passada de geração para geração? O marido é sempre o primeiro a suspeitar e o último a saber.

Aconteça o que acontecer... seja como for, sou eu que vou sair machucado.

A propósito, quer um cigarro?

GILLIAN Os outros dois querem cada um uma coisa, que é eu estar com eles. Eu quero duas coisas. Ou melhor, quero coisas diferentes em ocasiões diferentes.

Meu Deus, ontem olhei para Oliver e tive este pensamento estranho. Quero lavar o seu cabelo. Assim, sem mais nem menos. De repente fiquei embaraçada. O cabelo dele não estava sujo – na verdade estava limpo e bem solto. É maravilhosamente negro o cabelo de Oliver. E eu me vi lavando o seu cabelo, com ele sentado na banheira. Nunca pensei em lavar o cabelo de Stuart.

Sou eu que estou no meio, sou eu que sou espremida diariamente. Sou eu que vou sair machucada.

OLIVER Por que sou sempre eu quem leva a culpa? Ollie, o que parte corações. Ollie, o que acaba com casamentos. Cão vadio, sanguessuga, cobra traiçoeira, parasita, predador, urubu, dingo. Não é assim. Eu vou dizer o que sinto. Não ria. Sou a porra de uma mariposa despedaçando a cabeça na porra de uma vidraça. Bam,

bam, bam. A suave luz amarela que parece tão delicada para você torra minhas tripas.

Bam, bam, bam. Sou eu que vou sair machucado.

11: Amor, & c.

OLIVER Tenho ligado para ela todos os dias para dizer que a amo. Agora parou de desligar o telefone na minha cara.

STUART Você vai ter que ser tolerante comigo. Não tenho o cérebro brilhante do meu amigo Oliver. Tenho que ir passo a passo. Mas no fim eu chego lá.
Você vê, outro dia eu vim do trabalho mais cedo que o comum. E quando virei na nossa rua – *nossa* rua – vi Oliver a distância, vindo na minha direção. Acenei, meio instintivamente, mas ele estava de cabeça baixa e não me viu. Ele estava a uns quarenta metros de distância, e vinha depressa, quando de repente pescou uma chave no bolso e entrou numa casa. Uma casa do outro lado da rua, a que tem uma araucária na frente. É uma velha que mora lá. Quando passei pela altura dessa casa – número 55 –, a porta tinha sido fechada. Continuei meu caminho, entrei em casa, dei o meu habitual grito de caçador – *View Halloo!* – e comecei a pensar.
O dia seguinte era um sábado. Sei que Oliver dá aulas em casa aos sábados. Vesti um paletó esporte, achei uma prancheta e uma esferográfica e atravessei a rua até o número 55. Eu era, você entende, do conselho local, verificando os registros para o novo imposto individual, verificando os moradores de cada residência. A velhinha identificou-se como Sra. Dyer, proprietária.
– Há um... – lendo na minha prancheta – Nigel Oliver Russell morando aqui?
– Eu não sabia que ele se chamava Nigel. Disse que se chamava Oliver.

– E uma Rosa... – papagueei um nome estrangeiro, tentando parecer vagamente hispânico.

– Não, não há ninguém aqui com este nome.

– Oh, sinto muito, devo ter pulado uma linha. Então é só a senhora e o Sr. Russell?

Ela concordou. Comecei a refazer o caminho por onde entrara. A velha gritou: "Não se preocupe com o portão. Ele vai estar aí depois da minha morte."

Tudo bem. Tudo começava aqui. Oliver não ia aparecer no apartamento de Rosa na outra noite. Tínhamos agora de eliminar a outra possibilidade. Na manhã de domingo, Gillian subiu para trabalhar, já que prometera ao museu que entregaria a cena do Tâmisa congelado no final da próxima semana. (Você a viu, por falar nisto? É um bocado bonita, eu acho, exatamente o que um quadro deve ser.) Agora tem uma tomada de telefone no seu estúdio. Deliberadamente não mandamos instalar um aparelho para que ela não fosse perturbada. Embaixo, dois andares de distância, liguei para Oliver. Estava no meio de uma aula de conversação, como ele diz – o que significa que devia estar tomando café com alguma aluna pobre, batendo papo com ela acerca da Copa do Mundo ou algo assim, e aliviando-a de uma nota de dez libras. Não, conhecendo Oliver, eu diria que a Copa do Mundo não. Provavelmente ele pede às alunas para traduzir um guia ilustrado de sexo.

De qualquer modo, vou direto ao ponto, e disse que não tínhamos pensado nisso, que não tínhamos sido nem um pouco hospitaleiros, mas que, quando ele viesse de novo ao nosso cantinho distante para visitar Rosa que tal trazê-la para comer conosco?

– *Pas devant* – veio a resposta –, *C'est un canard mort, tu comprends!* – Bem, não sei mais exatamente o que ele disse, mas sem dúvida foi algo irritante desse tipo. Representei o meu número de Prosaico Velho Stuart, e ele se sentiu obrigado a traduzir. – Não estamos nos vendo com muita frequência atualmente.

– Oh, sinto muito. Falei o que não devia mais uma vez. Bem, então só você, qualquer dia desses?

EM TOM DE CONVERSA 119

– Vou adorar.

Então desliguei. Você já reparou como gente do tipo de Oliver sempre diz *Nós não estamos nos* vendo atualmente? Que frase mais completamente desonesta. Sempre soa como um arranjo civilizado, mas na verdade significa o seguinte: eu a deixei, ela me deu um bolo, de qualquer modo eu estava cheio, ela que vá para a cama com quem bem entenda.

Assim foi completado o Estágio Dois. O Estágio Três seguiu-se no jantar, quando fiz uma série de perguntas sobre o bem-estar do nosso amigo mútuo Oliver, com a implicação de que Gillian o estava vendo um bocado. Então perguntei: "Ele está resolvendo as coisas com Rosa? Estou pensando em convidá-los uma noite dessas."

Ela não respondeu de imediato. Depois disse: "Ele não fala sobre ela."

Deixei passar e, em vez de insistir no assunto, cumprimentei-a pela batata-doce, coisa que Gillian nunca tinha feito antes.

– Eu estava querendo saber se você ia gostar – disse ela. – Ainda bem que gostou.

Depois do jantar fomos tomar café na sala, e eu acendi um Gauloise. Não é uma coisa que faça sempre, e Gillian me dirigiu um olhar indagador.

– É uma pena desperdiçar – falei. – Agora que Oliver deixou de fumar.

– Bem, não faça disto um hábito.

– Você sabia – repliquei – que está estatisticamente provado que os fumantes são menos vulneráveis à doença de Alzheimer que os não fumantes? – Eu me sentia um bocado satisfeito com aquela obscura informação que eu lera ou ouvira em algum lugar.

– Isto é porque os fumantes morrem antes de ficar velhos o bastante para contraírem a doença de Alzheimer – disse Gill.

Bem, eu tive que rir. Hábil e totalmente vencido.

Frequentemente fazemos amor nas noites de domingo. Mas eu não estava a fim por alguma razão. Por uma determinada razão: eu queria pensar.

Assim. Oliver é surpreendido uma manhã bem cedo comprando flores em Stoke Newington para Rosa, com quem tivera um fiasco sexual na noite anterior. Oliver, que está passando um período péssimo, é encorajado a visitar Gillian quando estiver na área visitando Rosa. E assim faz, regularmente. Só que Oliver não está vendo Rosa. Na verdade, não temos prova de que Rosa more aqui. Por outro lado, temos provas de que Oliver mora. Alugou um quarto na casa da Sra. Dyer, no número 55, e vê a mulher de Stuart durante a tarde, quando Stuart seguramente está no trabalho, ganhando dinheiro para pagar a hipoteca.
ONDE É QUE ELES TRANSAM? NA CASA DELE OU NA DELA? SERÁ QUE TRANSAM NESTA CAMA? SERÁ QUE É NESTA CAMA, LOGO NESTA CAMA?

GILLIAN O fato é que, às vezes, eu desligo o telefone e continuo escutando a voz de Oliver no meu ouvido dizendo que me ama, e...
Não, não sei se posso lhe dizer o resto.

STUART Não vou perguntar. Pode não ser verdade. Se não for verdade, será uma coisa terrível de dizer. E se for verdade?
Eu realmente não achava que houvesse algo errado com a nossa vida sexual. Não pensava. Quer dizer, não penso.
Olha, isso é bobagem. É *Oliver* quem diz que tem problemas de sexo. Por que deveria eu presumir – ou mesmo suspeitar – que ele está tendo um caso com a minha mulher? A menos que ele tenha dito que teve um problema de sexo só para eu não ficar desconfiado. E funcionou, não foi? Qual foi aquela peça a que eu e Gillian uma vez fomos assistir, em que um sujeito finge ser impotente, todo o mundo acredita e todos os maridos deixam que visite suas mulheres? Não, isto é ridículo. Oliver não é assim, ele não é calculista. A menos que... como você poderia ter um caso com a mulher do seu melhor amigo sem ser calculista?
Pergunte a ela, pergunte a ela.
Não, não pergunte. Deixe-a em paz. Espere.

Há quanto tempo isto está acontecendo?
Cala a boca.
Só estamos casados há uns poucos meses.
Cala a boca.
E eu lhe dei um cheque grande.
Cala a boca. Cala a boca.

OLIVER Ela tem um pente. Um pente com suas ternas mutilações. Quando Gillian trabalha, primeiro prende o cabelo atrás. Há um pente pequeno que ela conserva em cima do banco onde fica o rádio. Ela pega esse pente, puxa o cabelo para trás das orelhas com ele, primeiro o lado esquerdo, depois o direito, sempre nesta ordem, e termina colocando um prendedor de tartaruga.

Às vezes, quando está trabalhando, um ou dois fios do cabelo se soltam; sem perder a concentração, ela pega instintivamente o pente, solta o prendedor, penteia o cabelo para trás, bota o prendedor de novo e recoloca o pente no banco, tudo sem tirar os olhos da tela.

Este pente tem alguns dentes faltando. Não, sejamos precisos. Este pente tem quinze dentes faltando. Eu contei.

Este pente, com suas ternas mutilações.

STUART Oliver tem tido um bocado de namoradas em todos esses anos, mas, se você quer minha opinião, nunca esteve apaixonado. Oh, ele *dizia* que estava, às vezes, muitas vezes. Fazia comparações piegas entre ele e personagens de ópera, fazia coisas que se espera que as pessoas apaixonadas façam, como lastimar-se um bocado, tagarelar com os amigos e tomar um porre quando as coisas vão mal. Mas nunca acreditei que estivesse *verdadeiramente* apaixonado.

Eu nunca disse nada, mas ele me fazia lembrar essas pessoas que estão sempre reclamando que estão gripadas, quando tudo o que têm é um forte resfriado. "Estou há três dias com essa gripe horrível", dizem. Oh, não, não estão, só estão com um pouco de coriza e dor de cabeça e também uma sensação esquisita no ouvido,

mas não é gripe, só um resfriado. Como na vez anterior. E antes. Nada mais que um forte resfriado.
Espero que Oliver não tenha se gripado.
Cala a boca. Cala a boca.

OLIVER "Pontualidade é a virtude dos chatos." Quem disse isto? Alguém. Um dos meus heróis.

Eu sussurro para mim mesmo, de segunda a sexta, entre 6:32 e 6:38, sentado atrás da copa da minha árvore, quando um esteatopígico Stu chega em casa, caminhando pesadamente. "Pontualidade é a virtude dos chatos."

Não suporto vê-lo chegar em casa. Como se atreve a voltar para casa e terminar com minha felicidade? Claro que não quero que caia debaixo de um trem do metrô (agarrando o bilhete de volta no bolso da capa da chuva!), só não aguento é o desânimo que sinto quando chega em casa de pastinha na mão e um sorriso de importância na cara.

Passei a fazer uma coisa que provavelmente não devia. A culpa é de Stuart, com sua empáfia, todo arrumadinho e bem-vestido, enquanto eu fico sentado aqui em cima no meu quarto, passando por um Orson Welles de Merda. Quando ele vira a esquina, uma hora qualquer entre 6:32 e 6:38, pressiono o número 1 do meu absurdo telefone portátil, preto fosco e com incrustações de couro, e que viveria muito mais feliz naquela pasta gorda do Stu. Tem toda a sorte de recursos inteligentes, este telefone, conforme o vendedor me explicou entusiasmadamente. Um dos mais básicos – que até eu tive capacidade de entender – é chamado de Dispositivo de Armazenamento. Em outras palavras, ele se lembra de números. Ou, no meu caso, se lembra de um número. O dela.

Quando Stuart vira o seu rosto radiante na direção de casa, Oliver pressiona o número 1 e aguarda a voz dela.

– Sim?
– Eu amo você.
Ela desliga.

Stu mete a mão no trinco do portão.

Meu telefone estala, apita e oferece um tom de discar cheio de expectativas no meu ouvido.

GILLIAN Ele tocou em mim hoje. Oh, meu Deus, não me diga que começou. Será que começou? Quer dizer, já tínhamos nos tocado antes. Já peguei no seu braço, despenteei seu cabelo, nós nos abraçamos, nos beijamos no rosto, o usual entre amigos. E isto foi menos, bem menos que qualquer uma dessas coisas, e no entanto foi bem mais.

Eu estava trabalhando. Meu cabelo soltou. Estiquei a mão para pegar o pente que deixo em cima do banco.

– Não se mexa – disse ele, serenamente.

Continuei trabalhando. Senti que ele se aproximava. Tirou o prendedor do meu cabelo, o cabelo se soltou, penteou-o por trás da orelha, recolocou o prendedor, que fechou com um estalido, pôs o pente de novo em cima do banco, voltou para onde estava e se sentou. Só isto, mais nada.

Por sorte, eu estava trabalhando num trecho reto. Continuei automaticamente por uns minutos. Então ele disse: "Eu amo esse pente."

É injusto. As comparações são injustas, eu sei. Eu não devia fazer comparações. Eu nunca tinha pensado naquele meu pente. Sempre o usei. Um dia, pouco tempo depois de nos conhecermos, Stuart esteve no meu estúdio e o viu. Ele disse: "Seu pente está quebrado." Uns dois dias depois ele me deu um pente novo. Foi, obviamente, uma coisa pensada, porque era do mesmo tamanho do outro e também de tartaruga. Mas não o usei. Continuei com o velho. É como se meus dedos tivessem se acostumado com aqueles dentes que estão faltando e soubessem onde estão as falhas.

Agora vem Oliver e simplesmente diz que adora o pente, e eu me sinto perdida. Perdida e achada, tocada em meu íntimo.

Não é justo com Stuart. Digo para mim mesma: "Não é justo com Stuart", mas as palavras não parecem produzir o menor efeito.

OLIVER Quando eu era garoto, O Velho Bastardo costumava comprar *The Times*. Sem dúvida ainda compra. Ele se vangloriava de sua capacidade nas *mots croisés*. Quanto a mim, eu costumava verificar o Obituário e calcular a idade média com que os Velhos Bastardos tinham morrido naquele dia. Em seguida, calculava o tempo de que, estatisticamente, o Velho Bastardo Solucionador de Palavras Cruzadas ainda disporia.

Havia também as Cartas dos Leitores, que meu pai esmiuçava em busca de preconceitos que tivessem a qualidade certa de capim, para alimentar-se. Às vezes o Velho Bastardo soltava um grunhido profundo, quase intestinal, quando algum paquidérmico *déjà pensée* – Repatriem Todos os Herbívoros para a Patagônia – concordava miraculosamente com ele, e eu pensava: "Sim, há realmente uma porção de Velhos Bastardos por aí."

A coisa de que me lembro da Página das Cartas desse tempo era o modo como os VBs assinavam. Havia o Seu fielmente, Seu sinceramente, e tenho a honra de ser, senhor, seu obediente criado. Mas os que eu procurava – e que considerava como sendo a verdadeira marca de um Velho Bastardo – terminavam simplesmente assim: *Seu etc*. E aí o jornal chamava ainda mais a atenção para este tipo de fecho trocando o *etc*. pelo sinal gráfico, assim: *Seu &c*.

Seu &c. Eu costumava ficar cismando sobre isto. O que significaria? De onde viria? Imaginava algum capitão de indústria, de polainas, ditando seus pontos de vista de VB à secretária para serem enviados ao jornal que, sem dúvida, ele chamava, com jocosa familiaridade, por algum apelido, como *"The Thunderer"*. Quando seu arroto oratório estava completo, ele dizia: "Seu etc.", que a Srta. ̶f̶f̶f̶folkes automaticamente transcrevia para "Eu tenho a honra, senhor, de ser um dos distintos Velhos Bastardos que poderiam lhe mandar o rótulo de uma lata de sardinhas, e ainda assim você o imprimiria acima do meu nome", ou qualquer outra coisa, e depois diria: "Despache isto incontinenti para *The Thunderer*, Srta. Fffffolkes."

Mas um dia a Srta. ffffolkes estava fora, tocando uma punheta no Arcebispo de York, de modo que tiveram de arranjar uma temporária. E a temporária escreveu Seu etc., exatamente como ouviu, e *The Times* considerou o capitão de indústria como um poço de inteligência, mas decidiu acrescentar seu toquezinho rococó compactando mais ainda para *&* c, a partir do que outros VBs seguiram a liderança do capitão de indústria que usava polainas, o qual reivindicou todo o crédito para si. Assim, temos: *Seu &* c.

Com o que, como um ardoroso adolescente de 16 anos, passei a usar uma paródia do fecho: *Amor &* c. Nem todas as minhas correspondentes, lamento dizer, percebiam a referência. Uma *demoiselle* acelerou sua des-inscrição do museu do meu coração informando-me com *hauteur* que o emprego da palavra *etc.*, tanto na comunicação oral quanto na prosa escrita, era comum e vulgar. Ao que repliquei, primeiro, que "a palavra" *et cetera* não era uma, e sim duas palavras, e que a única coisa comum e vulgar na minha carta – tendo em vista a identidade da sua destinatária – estava na palavra que precedia o *etc.* Ai de mim, ela não respondeu a esta observação com a serenidade budista que se poderia ter esperado. *Amor etc.* A proposição é simples. O mundo se divide em duas categorias: os que acreditam que o propósito, a função, o pedal do baixo e principal melodia da vida é o amor e que tudo o mais – *tudo o mais* – é tão somente um *etc.*; e os que, homens infelizes, acreditam antes de mais nada no *etc.* da vida – para eles o amor, mesmo que agradável, não passa de uma nuvem passageira da juventude, o rápido prelúdio da fase das fraldas, e que não há nada tão sólido, estável e confiável como, digamos, decoração do lar. Esta é a única divisão entre as pessoas que conta.

STUART Oliver. Meu velho amigo Oliver. O poder das palavras, o poder da mentira. Não é de admirar que ele tenha terminado dando aulas de conversação.

OLIVER Não creio que eu tenha sido claro. Quando fechei a porta noutro dia e tentei escapar do encanto delicioso da fingida severidade de Gillian, disse para ela (oh, eu me lembro, eu me lembro

– há uma caixa-preta na minha cabeça e eu guardo todas as fitas): "Não amo você. Não adoro você. Não quero estar com você o tempo todo. Não quero ter um caso com você. Não quero me casar com você. Não quero escutar você para sempre." Você reconheceu a palavra estranha?

STUART Cigarro?

OLIVER Estou fazendo um exame de AIDS. Isto surpreende você/não surpreende você? Cancele apenas uma afirmação.
Mas não se precipite. Ou, de qualquer forma, não extraia conclusões precipitadas do tipo: agulhas contaminadas, práticas bárbaras, o fator casa de banhos. Meu passado pode, em alguns aspectos, ser mais animado que o do meu vizinho (e como o meu vizinho provavelmente será Stuart Hughes, cavalheiro, bancário e hipotecado, há então a certeza de ser mais animado), mas o momento não é para confissões. Não se trata de *Listen With Mother* mais *Police Five*.

Quero estender minha vida diante dela, não está vendo? Estou começando de novo, estou limpo, sou tábula rasa, não estou mais transando por aí, não estou nem mesmo fumando mais. Não é um sonho? Ou, pelo menos, um de dois sonhos. O primeiro: aqui estou eu completo, inteiro, capaz, maduro, descubra tudo o que quiser em mim, use tudo o que houver. O outro: estou vazio, aberto, nada tenho senão minha potencialidade, faça de mim o que quiser, encha-me com o que desejar. A maior parte de minha vida tem sido gasta despejando substâncias duvidosas nos meus tanques. Agora as estou drenando, escoando, bombeando.

E assim, estou fazendo meu exame de AIDS. Mas pode ser que nem conte para ela.

STUART Cigarro?
Vamos, pegue um.

Veja desta maneira. Se você me ajudar com este maço, fumarei menos e terei menos probabilidade de morrer de câncer do pulmão, conseguindo, talvez, como minha esposa ressaltou, sobreviver o bastante para sucumbir à doença de Alzheimer. Assim, pegue um, é um sinal de que você está do meu lado. Ponha-o atrás da orelha e guarde-o para mais tarde, se quiser. Por outro lado, se não quiser...
Claro que estou bêbado. Você não estaria?
Não muito bêbado.
Só bêbado.

GILLIAN Não quero que ninguém pense que me casei com Stuart por sentir pena dele.
Acontece, eu sei. Já vi acontecer. Eu me lembro de uma garota do colégio, uma garota quieta e determinada chamada Rosemary. Ela estava saindo mais ou menos com Simon, um garoto enorme e magricela, cujas roupas sempre pareciam um tanto esquisitas porque ele tinha de ir comprá-las numa loja especial. High and Mighty, acho que era como se chamava. Simon cometeu o erro de contar isso a alguém, e as garotas costumavam rir dele nas suas costas. Pouca coisa, no princípio. "Então como vai o Sr. High and Mighty, Rosemary?" Às vezes era pior. Havia uma garota de rosto angular e língua ferina que dizia que jamais sairia com ele porque não sabia em *quê* o seu nariz estaria esbarrando a seguir. Na maior parte das vezes ela cooperava, como se também estivesse sendo alvo das brincadeiras. Até que um dia – que não foi nem um pouco pior que os costumeiros – a tal garota de língua ferina disse, muito devagar e dissimuladamente, eu me lembro, "Será que tudo guarda a mesma proporção?". Muitas garotas deram uma boa risada, e Rosemary mais ou menos as acompanhou, mas ela me disse mais tarde que foi naquele exato momento que decidiu se casar com Simon. Até então não tinha se sentido particularmente apaixonada por ele. Ela pensou: "Ele vai receber esse tipo de coisa o resto da vida, e o melhor que faço é me colocar do seu lado." E assim fez. Acabou se casando com ele.

Mas eu não fiz isso. Se você se casar com alguém por piedade, depois provavelmente vai continuar do lado dele ou dela também por piedade. É o meu palpite. Sempre fui capaz de explicar as coisas. Agora nenhuma das explicações parece dar certo. Por exemplo, não sou uma dessas pessoas que ficam automaticamente descontentes com o que têm; nem sou do tipo que só quer o que não pode ter. Não sou esnobe quanto a aparências; se houver alguma coisa neste sentido, é ao contrário – não confio em homens bonitos. Nunca fugi de relacionamentos; em geral fico sustentando um relacionamento tempo demais. E Stuart é o mesmo Stuart por quem me apaixonei no ano passado – não houve nenhuma dessas descobertas desagradáveis que algumas mulheres fazem. E (só para o caso de você estar querendo saber) não há absolutamente nada com nossa vida sexual.

Então, o que tenho de entender é o seguinte: a despeito do fato de amar Stuart, parece que estou me apaixonando por Oliver.

É todo dia agora, toda noite. Queria que parasse. Não, não, não queria. Não posso, de outro modo não atenderia o telefone. É logo depois das seis e meia. Estou esperando que Stuart chegue em casa. Às vezes estou na cozinha, às vezes estou terminando o trabalho no estúdio e tenho que descer a escada correndo. O telefone toca, eu sei quem é, sei que Stuart está quase chegando, mas corro e atendo.

Eu digo "Sim?" e nem falo o número. É como se não pudesse esperar.

Ele diz: "Eu amo você."

E você sabe o que está começando a acontecer? Quando desligo o telefone, percebo que estou molhada. Pode imaginar? Meu Deus, é como pornografia pelo telefone ou algo assim. Stuart enfia a chave na porta e estou molhada por causa da voz de um outro homem. Devo atender o telefone amanhã? Pode imaginar uma coisa dessas?

MME. WYATT *L'Amour plaît plus que le mariage, pour la raison que les romans sont plus amusants que l'histoire.* Como se pode traduzir isto?

O amor é mais agradável que o casamento, do mesmo jeito que os romances são mais agradáveis que a história. Algo assim. Vocês, ingleses, não conhecem bastante Chamfort. Gostam de La Rochefoucauld, consideram-no "muito francês". Acham que um epigrama refinado é o ponto culminante da "mente lógica" dos franceses. Muito bem, eu sou francesa e não gosto tanto assim de La Rochefoucauld. Cinismo demais, e também... polidez demais, se preferir. Ele quer que você veja quanto trabalho teve para parecer que é sábio. Mas sabedoria não é bem assim. Sabedoria tem mais vida, tem mais humor que inteligência. Prefiro Chamfort. Ele também diz o seguinte: *L'hymen vient aprés l'amour, comme la fumée après la flamme.* O casamento vem depois do amor como a fumaça depois do fogo. Não é tão óbvio quanto parece a princípio.

Chamo-me Mme. Wyatt e dizem que sou sensata. Deve-se ao seguinte a minha pequena reputação. De ser uma mulher de certa idade, que depois de ter sido abandonada pelo marido há alguns anos, e nunca tendo se casado de novo, ainda retém sua sanidade e sua saúde, ouve mais do que fala e dá conselhos quando lhe pedem. "Oh, como a senhora está certa, Mme. Wyatt, a senhora é tão sensata", as pessoas me dizem, mas o prelúdio a isto geralmente é uma extensa exibição de estupidez ou erros. E, assim, não me sinto tão sensata. Ou, pelo menos, sei que a sensatez é uma coisa relativa e que, em todos os casos, nunca se deve oferecer tudo o que se tem, tudo o que se sabe. Se mostrar tudo, você interfere, não é capaz de mudar. Embora às vezes seja difícil não mostrar tudo.

Minha filha, minha filha Gillian, vem me ver. Está sofrendo muito. Tem medo de estar deixando de amar seu marido. Um homem diz que está apaixonado por ela, e Gillian receia estar começando a gostar dele. Não diz quem é, mas naturalmente eu tenho minhas ideias.

O que é que você pensa disso? Bem, não penso muito, quer dizer, não tenho opinião sobre uma situação destas de um modo geral, só acho que acontece. Claro que, no caso real da minha própria filha, eu tenho opiniões, mas não são opiniões, a não ser para ela.

Ela estava desesperada, eu fiquei desesperada por sua causa. Este negócio, afinal, não é como trocar de carro. Ela chorou, e eu tentei acalmá-la e ajudá-la a compreender o próprio coração. Isto é tudo o que se pode fazer. A menos que haja alguma coisa terrível no casamento com Stuart, o que ela me assegura que não há. Eu estava sentada com os braços em torno dela e ouvindo seu choro. Lembro-me de como era amadurecida quando criança. Quando Gordon nos abandonou, foi Gillian quem me reconfortou. Ela costumava me abraçar e dizer: "Eu vou tomar conta de você, Maman." Há qualquer coisa de partir o coração nisto de a pessoa ser consolada por uma filha de 13 anos, sabe. A simples lembrança quase me faz chorar.

Gillian estava tentando me explicar como se sentia assustada com a ideia de que podia parar de amar Stuart tão pouco tempo depois de ter começado a amá-lo, como se fosse defeituosa. "Pensei que fosse mais tarde o período perigoso, Maman. Pensei que estivesse segura por alguns anos." Ela se virou um pouco em meus braços e me encarou.

– Sempre é perigoso – falei.
– O que é que você quer dizer com isto?
– Que é sempre perigoso.

Ela desviou o rosto e balançou a cabeça. Eu sabia o que estava pensando. É melhor eu explicar que meu marido Gordon, aos 42 anos, quando estávamos casados – oh, não importa há quanto tempo –, fugiu com uma estudante de 17 anos. Gillian estava pensando que tinha ouvido falar da coceira dos 7 anos e agora estava descobrindo por si só que havia ainda uma outra antes dessa dos 7 anos. Devia estar pensando também que eu com certeza estaria me lembrando de Gordon e na parecença de pai e filha e como isto devia ser doloroso para mim. Mas eu não estava pensando nisso e não podia dizer em que estava pensando.

OLIVER Quer saber de uma coisa engraçada? G e S não se conheceram no tal bar, como sempre fizeram questão de dizer. Conheceram-se no Charing Cross Hotel, em um daqueles *partouzes* de pé para Jovens Profissionais.

Em dado momento, de graciosa intuição, falei com Gillian sobre o suposto encontro no Squires Wine Bar com ou sem apóstrofo antes do *s*. A princípio ela nada disse. Deu uma cuspida no cotonete e esfregou o quadro algum tempo mais. Depois me contou. Observe que não tive de perguntar. Assim, a coisa deve estar funcionando também no outro sentido: ela decidiu não ter segredos comigo.

Parece que há esses lugares para os amorosamente ressequidos, que podem frequentá-los quatro vezes em sextas-feiras sucessivas, tudo pela soma de £25. Fiquei chocado – foi a minha primeira reação. Depois pensei: bem, jamais subestime o pequeno Stu. Saiba que ele tratará dessas questões de L'Amour como se fosse um pesquisador de mercado.

– Quantas vezes você teve que ir lá até conhecer Stuart?
– Essa foi a minha primeira vez.
– Então você o conseguiu por £6,25?
Ela riu.
– Não, foi por £25. Eles não devolvem dinheiro.

Que melodiosa manifestação de finura. "Eles não devolvem dinheiro", repeti, e as risadas me sacudiram como a febre dos pântanos.

– Eu não lhe contei isto. Eu não devia ter-lhe contado isto.
– Você não me contou. Até já esqueci. – E, devidamente, contive minha alegria.

Mas aposto como Stuart foi buscar o seu dinheiro de volta, grande miserável que consegue ser às vezes. Tipo quando quis receber a metade do seu bilhete quando fui recebê-los em Gatwick. E aposto como conseguiu. Assim, ele custou a ela £25 e ela a ele £6,25. O que ele receberia por ela agora. De quanto foi o seu aumento?

E por falar em libras: a Sra. Dyer, com quem eu poderia sentir-me inclinado a fugir, não estivesse meu coração comprometido, informou-me ontem que estou na relação do pessoal do imposto individual. Eles não desistem, não é mesmo? Querem sorver cada groat, cada dracma. Será que há exceções humanitárias? Certamente Oliver deveria ser um caso especial, classificado em alguma sinistra subseção?

GILLIAN Ele faz isso a toda hora atualmente. Meu cabelo nem chega a se soltar, ele simplesmente pega o pente, solta o prendedor, penteia o cabelo para trás, alisa e põe o prendedor de novo. E eu pegando fogo.
Levantei e o beijei. Abri a boca direto na dele, acariciei seu pescoço, pressionei a carne dos seus ombros e sustentei meu corpo de modo que pudesse me tocar em qualquer lugar que quisesse.
E ali fiquei beijando-o, minhas mãos no seu pescoço, meu corpo esperando por suas mãos, até mesmo minhas pernas abertas. Beijei e esperei.
Esperei.
Ele retribuiu o beijo, na minha boca aberta, e eu continuei esperando.
Ele parou. Meus olhos estavam nos dele. Ele pôs as mãos nos meus ombros, virou-se para mim e me levou de volta para o cavalete.
– Vamos para a cama, Oliver.
Sabe o que foi que ele fez? Empurrou-me de volta para a minha cadeira e chegou a pôr um cotonete na minha mão.
– Não posso trabalhar. Não posso trabalhar *agora*.
A questão com Oliver é que ele é diferente quando está sozinho comigo. Você não o reconheceria. É muito mais quieto, ouve, e não fala daquele jeito exibido. E não parece de modo algum tão confiante quanto provavelmente parece para os outros. Sei o que você está esperando que eu diga. "Oliver é realmente muito vulnerável."
Assim, não vou dizer nada.
– Eu amo você – disse ele. – Adoro você. Quero estar com você o tempo todo. Quero me casar com você. Quero ouvir sua voz para sempre. – Estávamos no sofá agora.

EM TOM DE CONVERSA

– Oliver, é melhor você fazer amor comigo. É o que você realmente tinha de fazer.

Ele se levantou. Pensei que estava se levantando para me levar para a cama, mas só começou a andar em círculos. De um lado para o outro no meu estúdio.

– Oliver, está bem. Está bem se...
– Quero você toda – disse ele. – Não quero uma parte de você. Quero tudo.
– Não estou à venda.
– Não é isto que estou querendo dizer. O que quero dizer é que não quero só ter um caso com você. Casos – casos são, não sei, como comprar o direito a uma temporada num apartamento em Marbella, sistema *time-share*, ou algo assim. – Ele ficou imóvel de repente e me olhou nervosamente, como se esperasse que eu tivesse ficado com raiva por causa da comparação. Parecia quase desesperado. – Na verdade, Marbella é muito bonita. Mais bonita que você imagina. Tem uma pracinha, com laranjeiras. Havia homens colhendo laranjas quando estive lá. Era fevereiro, creio. Claro que se tem de ir lá fora da estação.

Ele estava entrando em pânico, você sabe. Quando chega a hora, Oliver provavelmente tem menos autoconfiança que Stuart. Não é tão forte, também.

– Oliver – falei. – Concordamos que não sou um apartamento *time-share* em Marbella. E pare de andar assim. Venha se sentar aqui.

Ele veio e se sentou quietinho.

– Meu pai costumava me bater, você sabe.
– Oliver...
– É *verdade*. Não estou dizendo que ele costumava me espancar quando eu era criança. Ele fazia isso, claro que fazia. Mas o que gostava realmente de fazer era bater na parte de trás das minhas pernas com um taco de bilhar. Era o meu castigo. Muito doloroso, na verdade. "Coxas ou barrigas das pernas?", ele costumava me perguntar. E eu tinha que escolher. Não há muita diferença, na verdade, na dor.

– Sinto muito. – Pus minha mão no seu pescoço. Ele começou a chorar.
– Foi pior depois que minha mãe morreu. Ele meio que se vingou em mim. Talvez porque eu fizesse com que se lembrasse muito dela, não sei. Aí um dia, eu tinha 13 ou 14 anos, decidi enfrentar o Velho Bastardo. "Coxas ou barrigas das pernas?", perguntou, como sempre. Não sei o que eu tinha feito. Quer dizer, eu estava sempre fazendo coisas, coisas que ele achava que mereciam castigo. Desta vez eu falei: "Você é mais forte do que eu agora. Mas não vai ser sempre, e se algum dia me bater de novo, prometo que quando for bastante forte vou lhe dar uma surra tão grande que vou transformá-lo numa pasta."
– Sim.
– Não pensei que fosse dar certo. Quer dizer, eu estava tremendo, era menor que ele e na mesma hora em que o ameacei de lhe dar uma surra achei que estava fazendo uma idiotice, que ele iria rir de mim. Mas não riu. Parou. Parou para sempre.
– Oliver, sinto muito.
– Eu o odeio. Ele está velho agora e eu ainda o odeio. Eu o odeio por estar aqui, neste cômodo conosco. O que está fazendo *aqui*?
– Ele não está. Foi embora. Tem um apartamento em Marbella.
– Cristo, por que não consigo? Por que não sou capaz de dizer as coisas certas, quer dizer, *logo agora*? – Ele se levantou de novo.
– Não estou dizendo nada disto direito. – Ele abaixou a cabeça e desviou os olhos. – Eu amo você. Sempre amarei. Não vai parar. É melhor eu ir agora.
Cerca de três horas depois ele me ligou.
– Sim? – falei.
– Eu amo você.
Desliguei o telefone. Quase na mesma hora a chave de Stuart girou a fechadura.
– Alguém em casa? – gritou Stuart, imitando o canto dos tiroleses, o que o faz bem ouvido em toda a casa. – Alguém em casa?
O que devo fazer?

EM TOM DE CONVERSA 135

OLIVER Argumentação contra casos, apresentada por alguém que teve mais que sua parcela deles:

1) Vulgaridade. Todo o mundo tem casos. Quer dizer, *todo o mundo*. Padres, a Família Real, até mesmo os eremitas dão um jeito para ter casos. Por que não esbarram um no outro quando passam de quarto de dormir em quarto de dormir? Bonk, bonk – quem está aí?

2) Previsibilidade. Namoro, Conquista, Esfriamento, Rompimento. A mesma árida trama sempre. Horrível, mas nem por isto menos capaz de viciar. Após cada fracasso, a luta por um novo fracasso. Refazer o mundo!

3) *Time-sharing*. Acho que coloquei isto bem para Gillian. Como você pode desfrutar suas férias quando sabe que os outros proprietários estão esperando para voltar? E transar contra o cronômetro não é do meu estilo, embora em *certain* circunstâncias possa ter seus ardilosos viciados.

4) Mentira. Resultado direto do número 3 acima. Casos corrompem – e eu falo como Alguém Que etc. É inevitável. Primeiro você mente para um parceiro, e depois, muito pouco tempo depois, mente para o outro. Oh, você diz que não, mas mente. Você escava um laguinho de patos com um grande trator de *mensonges*. Observe o marido que sai para correr com o bolso cheio de moedas para falar ao telefone. Jingle, jingle. "Posso querer tomar um refrigerante no caminho, querida!" Jingle, jingle, o retinir das mentiras.

5) Traição. Como todo mundo fica satisfeito com pequenas traições. Quanta emoção proporcionam. Roger the Dodger escapa impunemente mais uma vez, parte 27 – só que escapar impunemente na verdade não é tão difícil. Stuart é meu amigo – sem dúvida que é – e vai perder sua mulher para mim. Esta será uma Grande Trai-

ção, mas penso que as esposas podem lidar com Grandes Traições melhor que com as pequenas. Um caso seria uma pequena traição, e não creio que Stuart a tolerasse tão bem quanto à Grande Traição. Você vê, eu também penso nele.

6) Ainda não recebi o resultado do meu exame de AIDS.

Agora, não coloquei nada disto para Gillian, não exatamente. Na verdade, para ser sincero, penso que cometi uma grande asneira.

GILLIAN No caminho da estação, bem na esquina da outra ponta da Barrowclough Road, há uma quitanda. Foi lá que comprei a batata-doce. Ou melhor, comprei a BATATA DOCE'S. O quitandeiro é quem faz os letreiros à mão, com todas as letras numa espécie de maiúsculas. E, com muito cuidado, sem jamais esquecer um só, põe um apóstrofo em tudo o que vende. MAÇÃ'S PERA'S CENOURA'S ALHO'S-PORÓ'S – pode-se comprar de tudo ali – NABO'S SUECO'S e BATATA'S DOCE'S. Stuart e eu costumávamos achar isto engraçado e um tanto comovente, aquele sujeito escrevendo errado obstinadamente o tempo todo, sempre, sempre. Passei pela quitanda hoje e de repente achei que não havia nada de engraçado. COUVE-FLOR'S MAÇÃ'S COX'S COUVE'S DE BRUXELA'S. Achei tão triste que me tocou fundo. Não fiquei triste porque ele não sabia escrever certo, nada disso. Triste porque ele tinha errado tudo, e aí passado para o letreiro seguinte e errado de novo, e em seguida para o outro e mais uma vez errara. Ou alguém lhe dissera e ele não acreditara, ou em todos aqueles anos como quitandeiro, ninguém lhe dissera nada. Não sei o que será mais triste, você sabe?

Penso em Oliver o tempo todo. Mesmo quando estou com Stuart. Às vezes não aguento que Stuart pareça tão cordial e animado. Por que não é capaz de ver o que estou pensando, em *quem* estou pensando? Por que não consegue ler meu pensamento?

STUART Sente-se. Você gosta de Patsy Cline?

Dois cigarros no cinzeiro
Meu amor e eu num pequeno café
Aí um estranho aparece
E tudo sai errado
Agora há três cigarros no cinzeiro

Pobre Patsy, está morta. E, a propósito, você ainda está com aquele cigarro preso na orelha. Por que não fuma?

Eu a vi tirá-lo de mim
E o seu amor não é mais meu
Agora eles se foram
Estou só
E vejo meu cigarro se esvair em fumaça

Velho Stuart, tão confiável. Você sabe onde se encontra com Stuart. Ele aguenta tudo. Ele se move pesadamente. Ele faz que não vê. Podemos ter certeza quanto a Stuart. Ele sempre será o mesmo.

Não faça perguntas e não lhe dirão mentiras. Oliver estará chegando em poucos minutos. Pensa que nós três vamos ao cinema juntos, como os melhores amigos. Mas Gillian foi visitar a mãe, de modo que Oliver vai ter que se contentar comigo. Vou fazer-lhe algumas perguntas e ele me dirá algumas mentiras.

Pouco antes de ela sair, eu estava sentado aqui com meus fones de ouvido, ouvindo uma fita de Patsy. Gillian entrou para se despedir, de modo que apertei o botão da pausa e afastei o fone de ouvido de um dos lados da cabeça.

– Como vai Oliver? – perguntei.
– Oliver? Oh, ele está bem, eu acho.
– Você não está tendo um caso com ele, está?
Eu falei despreocupadamente, claro. O quê? Eu me preocupar?
– Cristo. Cristo, não.
– Oh, bem, então está bem. – Abaixei o fone de ouvido, fechei os olhos para evitar o rosto de Gill, e mexi os lábios juntamente

com os de Patsy. Senti que Gillian me deu um beijo na testa e balancei a cabeça como resposta.

Agora veremos o que ele tem a dizer.

OLIVER Não terá escapado a você que meu amigo Stuart não é um homem de grande cultura. Se lhe perguntar o nome da namorada de Proust, ficará matutando por um quinquênio, depois vai começar a olhar para você com ar ameaçador, como um samurai, decidirá que é uma pergunta capciosa e finalmente responderá, com um *petit* beicinho de agressão: "Madeleine. Todo o mundo sabe."

Assim, eu não estava antecipando, oh, a *Die Gezeichneten* de Schreker quando ele abriu a porta, me fez entrar com ardentes olhos de molestador de crianças e passou a mão gorda no seu toca-fitas. Talvez tenha acabado de descobrir a Overture 1812 e goste de cantar junto com os canhões e fogos de artifício. Ou estaríamos ali para ouvir as Variações Enigma, acompanhadas por muitas e trabalhosas leituras de orelhas acerca de um dos principais mistérios da música, ou seja, a identidade dos Amigos Retratados Nesse Lugar? Oh, e você sabe que Dorabella aparentemente teve um pequeno problema de fala, que é porque a música parece hesitar, fazer hip-hip-hop, nas suas Variações? Tome um sorvete de chocolate, Maestro. Mas leve-me logo para o vomitorium, rápido.

Ele me tocou aquela canção. Pareceu durar cerca de 3 horas e 47 minutos, embora ele tenha me assegurado que foi menos. Então é isto que chamam de "country music", não é? Então fico contente por morar na cidade. Tem pelo menos esta raridade, esta sofisticação: não ser passível de ser imitada – pela simples razão de que imita a si própria, como um cortador de grama que cortasse de novo a grama cortada. Não há espaço para um velho com um ancinho, assim como igualmente não há espaço para um moço com uma imitação. Por favor, papai, estou sozinho de novo, por favor... Não adianta tentar. E os cantores usam pedras de *strass* – que já são, como você sabe, imitações de diamantes, de modo que é impossível imitar pedras de *strass*. Ah, e aí vem o encarquilhado do Walt tirando uma pequeni-

na *cadenza* do seu encarquilhado violino. Você ainda pode mostrar a eles, não pode Walt, *whine, chug-a-chug*, por favor, papai...
– O que é que você acha?
O que é que eu acho? Por alguma razão, ele estava me lançando um olhar mal-humorado. Será que estava mesmo querendo que eu fizesse uma análise musical daquela peça?
Enquanto remexi nas pedrinhas soltas do meu córtex procurando algo que não incluísse inevitavelmente Stuart na rede do meu desprezo, ele se levantou e, roliçamente, serviu-nos um drinque.
– Então, o que foi que você achou, Oliver?
No último momento, a Musa do Tato me salvou.
– Não penso que *cinzeiro* – respondi – seja uma rima inteiramente satisfatória para *cinzeiro*.
Isto pareceu aplacá-lo.
Minha um tanto brutal *viva voce* tinha expelido por um momento da minha cabeça o que eu tencionara fazer assim que chegasse. Entreguei um envelope a Stuart. Quantas aulas de Inglês como Idioma Estrangeiro eu tivera que dar para totalizar um quarto do empréstimo que Stuart tinha me concedido!
Com o que ele ficou inesperadamente belicoso e jogou o envelope de volta para mim como Alfredo, na *Traviata*.
– Você vai precisar para o seu imposto individual – disse. Eu só olhei para ele. Por que está todo o mundo me tratando como se eu tivesse algum interesse espectroscópico nos processos digestivos das finanças do governo local? – O imposto individual que você terá de pagar na sua *segunda casa* – ele pronunciou estas palavras nada bonitas com o que milhares de pessoas chamariam de sorriso escarninho – aí em frente, no número 55.
Conforme ando repetindo atualmente até que se transforme num bordão, não se pode subestimar o nosso amigo. E daquele ponto em diante, admito, a noite não se desenrolou como eu tinha sido levado a crer que iria se desenrolar. Não fomos ao cinema. Gillian estava "Fora Visitando a Mãe". A expiação de Stuart por esta ausência de brilho foi uma garrafa de uísque livre de imposto,

e não me pareceu valer a pena fugir a uma conversa De-Homem-Para-Homem com ele. Pois aquela era uma noite sem estrelas, em que o virtuoso dos cofres-fortes e das gavetas das máquinas registradoras tinha sobre si a suavidade do Titus Andronicus.

– Você e Gill estão tendo um caso? Vê o que digo? Tão direto quanto um caminhão. E quão pouco característico. Uma pessoa que tem o hábito de trafegar pelas *outré* ruas secundárias quando atravessa Londres de repente aparece descendo o Haymarket.

Fiquei espantado, admito. Muitas vezes tenho sido chamado para negar que estava tendo um caso, quando estava. Mas negar que estou tendo um caso que não estou, isto me pareceu exigir um novo talento. Jurei que não estava. Olhei em torno para ver se achava alguma coisa para jurar em cima, mas os objetos de veneração são curiosamente impossíveis de se obter hoje em dia. Só pude pensar no coração de Gillian, na sua vida, no cabelo da sua cabeça, nada do que parecia inteiramente apropriado ao caso, ou capaz de amenizar um pouco da agressividade do comportamento de Stuart.

Bebemos um bocado de uísque e, enquanto bebíamos, a possibilidade de trocarmos filosoficamente narrativas rivais da nossa percepção do mundo exterior ia e vinha; na verdade, houve da parte de Stu momentos de recuos caracteristicamente típicos do homem de Neanderthal. Houve uma hora em que ele interrompeu minha admitidamente sinuosa linha de argumentação com nada menos que um grito.

– Me empresta uma libra, Me dá tua mulher.

Esta observação não pareceu pertinente ao que eu estava tentando estabelecer. Olhei para Stu.

– Me empresta uma libra, Me dá tua mulher. Me empresta uma libra, Me dá tua mulher.

Este recurso retórico, acredito, é conhecido como repetição.

– O que eu disser três vezes será verdade – murmurei, sem perceber que estava insinuando que poderia ser pescado das águas do meu discurso.

No entanto, uma "interrupção" de Stuart – para usar seu nome retórico alternativo – ofereceu-me, se não uma porta, pelo menos uma humilde passagem de gato para me dar acesso ao que estava planejando dizer.

– Stuart – comecei –, asseguro-lhe que Gillian e eu não estamos tendo um caso. Não estamos sequer, como dizem os diplomatas, tendo uma rodada de negociações. – Ele grunhiu, numa hesitante compreensão da referência temporal. – Por outro lado – continuei, e suas sobrancelhas pontiagudas começaram a se fundir furiosamente com a percepção de que havia mais –, de um amigo para outro, tenho que lhe dizer que estou apaixonado por ela. Não me repreenda, ainda não, deixe-me primeiro deixar registrado que estou tão *bouleversé* quanto você. Tivesse eu o menor controle sobre tudo isto, não teria me apaixonado por ela. Não agora. Teria me apaixonado quando a conheci. (E por que não fora assim? Teria sido algum resquício de lealdade, ou o fato de ela estar usando 501S com tênis?)

A coisa parecia não estar indo muito bem com Stuart, de modo que me apressei a tocar no xis do problema, e esperava que o seu treinamento profissional o ajudasse a ter um *insight* pessoal. "Vivemos numa era em que as forças do mercado predominam, Stuart" – pude ver que isto captou sua atenção –, e seria ingênuo ou, como costumava dizer antigamente, romântico não perceber que as forças do mercado aplicam-se agora em áreas onde até então eram consideradas inaplicáveis.

– Não estamos falando sobre dinheiro, estamos falando sobre amor – protestou ele.

– Ah, mas amor e dinheiro correm paralelos, Stuart. Ambos vão para onde bem entendem, sem se importar com o que deixam para trás. Amor também tem coisas como comprar a parte do sócio, liquidação de ativo, ações sem valor. O amor se valoriza e desvaloriza como qualquer moeda. E a confiança é um fator-*chave* na manutenção do seu valor.

"Considere também o elemento boa sorte. Você me disse uma vez como os grandes empresários precisam ter sorte, além de serem audaciosos e competentes. O que poderia ser mais afortunado do que conhecer Gill na primeira ida ao Charing Cross Hotel ou a minha boa sorte de que *você* tenha tido a sorte de conhecê-la.

"O dinheiro, como eu entendo, é moralmente neutro. Pode se fazer dele bom uso e pode se fazer mau uso. Podemos criticar os que negociam com dinheiro, assim como podemos criticar os que transacionam com o amor, mas não o dinheiro ou o amor em si."

Senti que poderia estar perdendo meu interlocutor, de modo que resolvi resumir tudo naquele ponto. Servi para nós o resto do uísque para ajudar a compreensão. "São as forças do mercado, Stu, é o que você tem que perceber. E eu vou assumir o controle dela. Minha oferta será aceita pela juta, quer dizer, pela junta. Pode ser que você se torne um diretor não executivo, também conhecido como amigo, mas receio que esteja na hora de devolver o carro com motorista."

– Claro, posso ver o paradoxo tão claramente quanto você. Você é uma criatura do mercado, mas busca preservar esta única área doméstica da sua vida e declara que ela não é influenciável pelas grandes forças que você conhece entre as 9 e 5 horas de todo o dia útil. Eu, por outro lado, um – colocarei isto? – humanista clássico de inclinação artística e natureza romântica, admito relutantemente que as paixões humanas operam não de acordo com algum gracioso livro-texto de comportamento refinado, mas impulsionadas pelas lufadas, pelos verdadeiros furacões de *le marché*.

Foi mais ou menos nesta hora que o acidente ocorreu. Stuart estava, conforme me recordo, acendendo um cigarro para mim (eu sei, mas em momentos de tensão acontece uma certa recidiva do vício da nicotina), e nos levantamos por alguma razão, quando ocorreu uma desastrada batida de cabeças, o que nos deixou atônitos. Por sorte ele estava com as lentes; de outro modo, teria quebrado os óculos.

A Sra. Dyer foi extremamente gentil. Lavou o sangue da minha roupa e disse que, na sua opinião, mesmo que seus olhos já não fossem mais o que costumavam ser antigamente, achava que o corte tinha que levar uns pontos. Mas para falar a verdade eu não estava interessado em tentar pilotar minha viatura àquela hora da noite, de modo que me retirei para minha casa na árvore.

Quando você está bêbado, não sente dor. E se acorda com a pior ressaca desde o 21º aniversário de Sileno, você também não sente. Se este sistema funciona igualmente para todo o mundo, deixo por conta das experiências individuais.

STUART Admito que provavelmente foi um erro bater com a cabeça na dele, mas eu estava apenas me submetendo às forças do mercado, entende?

A verdade é que quase sempre não ouço o que Oliver diz. Ou melhor, sei o que ele está dizendo mesmo que só o ouça metade do tempo. Deve ser alguma espécie de mecanismo de filtragem que desenvolvi através dos anos, mecanismo este que separa o que é relevante para mim da verborragia que o cerca. Posso ficar sentado ali, bebericando meu uísque, até mesmo cantando uma canção dentro da minha cabeça, e ainda assim recolho o que interessa do palavrório de Oliver.

Claro que eles estão tendo um caso. Oh, não me olhe assim também. O marido é sempre o primeiro a suspeitar e o último a saber, como já disse, mas, quando ele sabe, *sabe*. E devo dizer como sei? Por causa do que ela contou a ele, do que lhe falou sobre nós. Eu podia mais ou menos – *mais ou menos* – acreditar na história de cobertura, que ele está apaixonado por ela, aparece todas as tardes, alugou um quarto porque seu doído coração tem de ficar perto dela, mas eles não estão prestes a se envolver numa brincadeira. Mas o que me deu certeza, o que me deixou convencido de que não era o seu maldito coração doído, e sim seu maldito pinto que precisa de ajuda, foi algo que ele nem sequer notou ter dito. Foi sobre Gill e eu termos nos conhecido no Charing Cross Hotel. Ela e eu tínhamos combinado não contar para ninguém – acima de tudo a Oliver – como tínhamos nos conhecido. Era uma coisa que nos envergonhava, OK, admito. Nós dois nos sentíamos um pouco embaraçados a este respeito. É algo que não se esquece. Mas ela esqueceu. Foi e deu com a língua nos dentes, contou para Oliver. Aí está a prova de que está tendo um caso com ele – ela me traiu. E a prova de que *ele* está tendo um caso com ela foi o modo como soltou isso no meio da conversa, como se fosse um caso sem importância com que todos concordassem. Se *não* estivesse tendo um caso com ela, aí faria um tremendo de um escândalo, dançaria e se lançaria ao que ele vê como uma brincadeira, mas cada vez mais me bate como sendo um indicativo de falta de equilíbrio psicológico.

Oliver não mudou. Me empresta uma libra, me dá tua mulher. Basicamente é um parasita, não vê? É um esnobe sem inclinação para o trabalho e um parasita.

Uma das coisas que não ouvi foi uma xaropada sobre O Que Conserva Os Casais Unidos e O Que Conserva a Sociedade Unida. Oliver produzindo um daqueles brilhantes ensaios em que se destacava tanto escrevendo nos tempos de escola. Esse tipo de coisa é um pouquinho como a Revolução Francesa – me impressionava muito quando eu era pequeno. Eu me lembro que seguimos para uma idiotice sobre forças do mercado. Ouvi com atenção ligeiramente maior a esta altura, porque Oliver fazendo papel de bobo é sempre alguma coisa mais interessante que Oliver fazendo papel de meio bobo. E assim, analisei seu argumento complexo e sopesei todas as evidências, e cheguei à conclusão – corrija-me se eu estiver supersimplificando – que é por causa do *Mercado* que ele está cantando Gill. Oh, então aí está a razão. Pensei que fosse porque ele estivesse apaixonado por ela, porque me odiasse, ou ambos, mas é por causa do *Mercado*, e então é claro que eu, um humilde dente na engrenagem, compreendo por que você está fazendo o que está fazendo. Isso me faz sentir muito melhor.

Naquele momento ele pôs outro cigarro na boca (o nono naquela noite) e descobriu que tinham acabado seus fósforos.

– Dá aí uma trepada holandesa, meu velho – disse ele.

A expressão era nova para mim, e provavelmente ofensiva, por isto não respondi. Oliver se inclinou para mim, esticou o braço e pe-

gou o cigarro que estava na minha mão. Bateu um pouco de cinza, soprou até ficar vermelha a ponta e depois acendeu o seu cigarro na brasa do meu. Havia algo repulsivo no modo como fez tudo isso.
— Isso é que é uma trepada holandesa, meu velho. — E me dirigiu um sorriso horrível, malicioso.

Foi neste ponto que decidi que bastava. O "meu velho" tampouco ajudou. Levantei-me e disse: "Oliver, você algum dia já experimentou um beijo de Glasgow?"

Obviamente ele pensou que estávamos discutindo questões de linguagem. Pode inclusive ter pensado que eu o estava aconselhando a como fazer sexo com minha mulher. "Não", respondeu, interessado, "nunca estive em Sporransville."

Trepada holandesa, beijo de Glasgow. Trepada holandesa, beijo de Glasgow, "Vou mostrar a você." Levantei-me e fiz um gesto para que ele fizesse o mesmo.

Ele se levantou um tanto incertamente. Segurei-o pelo suéter e encarei-o, examinando de perto aquela cara horrível, suada, do sujeito que tinha comido minha mulher. Quando? Quando fora a última vez? Ontem? Anteontem?

— Isto é um beijo de Glasgow — falei, dando-lhe uma marrada no rosto. Ele caiu, e a princípio ficou meio rindo, como se eu tivesse ido mostrar-lhe algo e tivesse escorregado. Então tornou-se claro que não fora sem querer, e ele fugiu correndo. O nosso Oliver não se trata exatamente de um desses lutadores de mãos nuas. Na verdade, fisicamente é um covarde completo. Não entra num pub a não ser que seja noite das damas, se você entende o que quero dizer. Sempre alegou que abomina violência porque seu pai costumava espancá-lo quando era pequeno. Com quê? Um rolo de papel higiênico?

Oh, veja bem, não estou querendo falar mais de Oliver. *Nunca mais*. Sinto-me terrivelmente exausto após ontem à noite, e o imbecil também sangrou no meu carpete.

Quer saber como me sinto? Muito bem, eu lhe digo. Quando estávamos na escola costumávamos brincar de soldado. Força

Combinada de Cadetes. E veja como a gente limpava o cano de um fuzil: pegava-se um pedaço de pano, prendia-se na extremidade de uma vareta e passava-se esta vareta pelo cano. Depois era puxar o pano, o que era bem difícil, porque ficava muito apertado. Mas a gente puxava o pano da boca à culatra. E é justamente assim que me sinto. Alguém puxou um pedaço de pano preso num arame através do meu corpo, do rabo ao nariz, repetidas vezes, sem parar. Do rabo ao nariz. É como me sinto.
Olha, deixe-me em paz, se não se incomoda. Tenho que ficar sozinho. Muito obrigado.

 Dois cigarros no cinzeiro
 Meu amor e eu num pequeno café
 Aí um estranho aparece...

Claro, *você* sabe se eles estão realmente trepando, não sabe? *Você* sabe. Então me conte. Vamos, me conte.

12: Poupem-me da Val.
Poupem a si próprios da Val.

STUART

    Paro para ver um salgueiro-chorão
    chorando no seu travesseiro
    talvez esteja chorando por mim

    E quando o céu escurece
    aves noturnas sussurram para mim
    eu não poderia me sentir mais só

Esta é Patsy. Bem, você não reconheceria sua voz, reconheceria? É da sua canção "Caminhando após a meia-noite". Toquei a canção para Gillian. Perguntei o que achava.

– Não tenho realmente uma opinião – disse ela.

– Muito bem, então – falei –, vou tocar de novo.

Toquei de novo. No caso de você não conhecer bem esta canção, que eu pessoalmente considero como uma das obras-primas de Patsy, é sobre uma mulher que foi abandonada pelo seu homem e sai andando – após a meia-noite – esperando encontrá-lo e talvez persuadi-lo a voltar.

Quando a música terminou, olhei para Gill, que estava ali de pé com uma expressão de, bem, indiferença, suponho: como se tivesse deixado alguma coisa no forno, mas não ligasse a mínima para se queimasse ou não. Ela não disse nada, o que, não surpreendentemente, achei um pouco irritante. Quer dizer, tenho certeza de que eu teria um comentário qualquer a fazer sobre uma de suas músicas favoritas.

– Então vou tocar mais uma vez.

E assim eu fiz.
 Quando o céu escurece
 aves noturnas sussurram para mim
 eu não poderia me sentir mais só...
 – Então, o que você pensa? – perguntei.
 – Penso – disse ela –, estar crivada de nauseante autopiedade.
 – Bem, e você não estaria assim também? – gritei. – Não estaria?
 Não muito bêbado.
 Só bêbado.

MME. WYATT O que quero dizer é o seguinte. Dizem que do ponto de vista da estatística isto acontece, aquilo acontece. Sem dúvida, está certo. Para mim, a época perigosa é sempre. Tenho visto um bocado de casamentos, longos, curtos, ingleses, franceses. É perigoso depois de sete anos, sem dúvida. E também é perigoso depois de sete meses.
 O que eu poderia dizer à minha filha era o seguinte. Tive um caso um ano depois que me casei com Gordon. Nada a ver com o modo como vivíamos: estávamos apaixonados. Mas tive um caso de curta duração assim mesmo. "Oh, mas que coisa tão francesa", ouço você dizer. *Oo-la-la*. Bem, nem tanto. Tenho uma amiga inglesa que teve um caso seis semanas depois de se casar. E isto é tão surpreendente? Você pode se sentir feliz e ao mesmo tempo encurralada. Você pode sentir segurança e ao mesmo tempo pânico, o que não é novo. E de certo modo o começo do casamento é a época mais perigosa porque – como vou dizer isto? – o coração está mais enternecido. *L'appétit vien en mangeant.* Estar apaixonada torna você mais vulnerável ao amor. Ah, não estou querendo competir com Chamfort, você entende, é só minha observação. Todo mundo pensa que tem a ver com sexo, que alguém não está cumprindo seu dever na cama, mas acho que não é o caso. Tem a ver com o coração. O coração ficou mais terno, e isto é perigoso.

Mas sabe por que não posso dizer isto à minha filha? Ah, Gillian, eu entendo bem. Tive um caso um ano após ter me casado com seu pai, isto é bastante normal. Eu não podia impor esta tirania sobre ela. Não tenho vergonha do meu caso e não tenho razão para conservá-lo em segredo, a não ser que seria prejudicial contar. A garota precisa encontrar seu próprio destino, é cruel deixá-la imaginar que está sofrendo por ser uma terrível imitação da mãe. Não posso impor tamanha tirania de conhecimento sobre a minha filha. Então digo apenas: "Sempre é perigoso."
Claro que vi imediatamente que era Oliver.

GILLIAN Ele disse: "Por favor, não me deixe agora. Vão pensar que não tenho pinto."
Ele disse: "Eu amo você. Sempre amarei você."
Ele disse: "Se eu pegar Oliver dentro de casa, quebrarei a porra do pescoço dele."
Ele disse: "Por favor, me deixe fazer amor com você?" Ele disse: "É um bocado barato mandar matar alguém atualmente. Não acompanhou a taxa inflacionária. A culpa é das forças do mercado."
Ele disse: "Só me senti vivo depois que a conheci. Agora terei que voltar a me sentir morto de novo."
Ele disse: "Vou levar uma garota para jantar hoje à noite. Pode ser que eu trepe com ela depois, ainda não decidi."
Ele disse: "Por que tinha de ser Oliver?"
Ele disse: "Se Oliver tivesse um emprego adequado, isto não teria acontecido."
Ele disse: "Por favor, não me deixe. Vão pensar que não tenho pinto."

MME. WYATT E houve outra coisa que minha filha me disse e que eu achei terrivelmente pungente. Ela disse: "Maman, pensei que houvesse *regras*."
    Ela não se referia a regras de comportamento, e sim a algo mais. As pessoas com frequência imaginam que se se casarem isso

"resolverá as coisas", como costumam dizer. Minha filha, claro, não é tão ingênua para pensar isto, mas creio que ela teve esperanças ou talvez apenas tenha achado que de algum modo seria protegida – pelo menos por algum tempo – por algo que poderíamos denominar de as imutáveis regras do casamento.

Tenho agora mais de 50 anos, e se você me perguntar quais são as regras imutáveis do matrimônio, posso pensar apenas em uma: o homem nunca deixa sua mulher por uma mulher mais velha. A não ser isto, tudo o que for possível será normal.

STUART Fui até o número 55 ontem à noite. A velhinha que mora lá, a Sra. Dyer, atendeu.

– Oh, o senhor é o homem do Conselho – disse ela.

– Isto mesmo, Madame – falei. – Sinto muito incomodá-la tão tarde, mas é uma responsabilidade do Conselho informar a todos os proprietários – e proprietárias –, tão urgentemente quanto possível, que seus inquilinos têm que ser submetidos a um exame de AIDS.

– Você andou bebendo – disse ela.

– Bem, é um trabalho muito estressante, a senhora sabe.

– Mais motivo ainda para o senhor não beber. Especialmente se tiver que operar algum maquinismo.

– Não opero maquinismo – falei, sentindo que estávamos nos afastando do que interessava.

– Então experimente ir dormir cedo. – E ela bateu com a porta na minha cara.

Ela tem razão, claro. Eu podia ter de operar um maquinismo. Por exemplo, podia ter de passar meu carro para frente e para trás em cima do corpo de Oliver. Bump, bump, bump. Para uma tarefa destas eu teria de estar sóbrio.

Não quero que você entenda mal. Não fico apenas aqui sentado bebendo e ouvindo as fitas de Patsy Cline. Bem, faço isto um pouco, é verdade. Mas não vou gastar mais que uma certa percentagem do meu tempo chafurdando nesta – como foi mesmo que

Gill disse? – ah, sim, "nauseante autopiedade". Também não vou desistir, entende? Amo Gill e não vou desistir. Vou fazer seja o que for que tiver de fazer para impedir que ela me deixe. E se ela não voltar... bem, aí então pensarei em algo. Não vou aceitar inerte. Eu não estava pensando em atropelar o inquilino da Sra. Dyer com o meu carro, claro. É só alguma coisa que se diz. Você não tem qualquer experiência anterior de uma situação como esta, tem? De repente você está metido numa delas, e tem de se virar. Aí diz coisas sem pensar, e coisas que você pode imaginar ditas por outra pessoa de repente saem de sua boca. Como, por exemplo, quando eu disse a Gill que ia levar uma garota para jantar e que podia ser que eu trepasse com ela se me desse na telha. Pura estupidez, tentar magoar Gill. A pessoa que levei para jantar era uma mulher, é verdade. Mas era Val, que é uma amiga de longa data, e a pessoa com quem quero fazer amor é Gill. Ninguém mais.

OLIVER Entrei e tossi a tosse exagerada que aperfeiçoei para fazer com que a Sra. Dyer saiba que vou deixar a marca do meu pé impressa no seu parquê. Ela veio da cozinha, virando a cabeça de girassol de lado para me olhar de esguelha.

– Sinto muito saber que você pegou AIDS – disse.

Minha cabeça não chegava a ter, naquele instante, a solidez das esculturas monumentais que marcaram a era que foi de Stalin a Brezhnev. Imaginei a Sra. Dyer abrindo por engano o envelope da clínica. Só que eu tinha dito que telefonaria para eles. Só que eles não tinham aquele endereço.

– Quem lhe disse?

– O cavalheiro do Conselho. O que veio falar do imposto individual. O que mora do outro lado da rua. Eu o vi. Ele tem uma mulher bonita. – Ela acenou na direção... e tudo se acomodou nos devidos lugares.

– Foi uma piada, Sra. Dyer – repliquei. – Uma espécie de piada.

– Acho que ele pensou que eu não sabia o que era AIDS. – Olhei para ela como se eu próprio estivesse um pouco *bouleversé* por ela saber. – Eu leio os folhetos – explicou. – De qualquer modo, eu disse a ele que você era muito limpo e que tínhamos banheiros separados.

Meu coração de repente ficou encharcado de ternura. Estenda, cauteloso, um pé no meu *coeur* e irá se molhar todo.

– Sra. Dyer – falei –, espero que não me considere atrevido, mas consideraria a hipótese de tornar-se minha esposa?

Ela deu uma casquinada.

– Uma vez é o bastante para qualquer mulher – disse. – E além disso, rapaz, você tem AIDS. – Ela deu outro guincho de satisfação e desapareceu de volta na sua cozinha.

Sentei-me à janela atrás da minha árvore e pensei em Stuart na mesa do café da manhã sacudindo sua caixa de cereal. *Su-chug-a-chug, Sh-chug-a-chug-chug.* E depois – a cabeça é uma mosca-varejeira, um boneco saltador – pensei em Stuart na cama com Gillian. Aposto como é a mesma coisa. Aposto como ele faz *Sh-chug-a-chug, Sh-chug-a-chug-chug.* Oh, dói, isto dói.

STUART Nem tudo o que falo atualmente é a sério, mas não foi o caso quando falei que Oliver não tinha um emprego adequado. Qual seria a cura mais efetiva para imoralidade sexual, para furto de esposas? Nível de desemprego zero, todo adulto do sexo masculino trabalhando no mesmo horário, das 9:00 às 5:30. Oh, aos sábados também, voltemos à semana de seis dias. Impopular com os sindicatos, claro, e teria de haver exceções para os pilotos de linhas aéreas e assim por diante. Naturalmente que os pilotos e suas tripulações são notoriamente imorais. Que outras profissões são cheias de imoralidade e roubo de esposas? Conferencistas universitários, atores e atrizes, médicos e enfermeiras... Entende aonde quero chegar? Nenhum deles trabalha em horários regulares.

E Oliver é um mentiroso, claro. O que ajuda. Sempre achei que com o passar dos anos eu aprendera o quanto descontar dos seus exageros, mas talvez eu tenha me enganado o tempo todo. Por exemplo, a história a respeito das surras dadas pelo seu pai. Não sei se é verdade. Ele sempre fez um grande escarcéu sobre isto – como o pai começara a espancá-lo depois que sua mãe morreu, quando ele tinha 6 anos. Como ele o surrava com um taco de bilhar só porque se parecia com a mãe e seu pai na realidade a estava punindo por ter morrido, deixando-o (as pessoas realmente se comportam assim? Oliver assegura que sim). Como o abuso continuou por anos e anos, até que um dia, quando ele estava com quinze anos (embora às vezes seja dezesseis, às vezes treze), Oliver resolveu enfrentar o pai. Depois do que nunca mais aconteceu de novo, e agora o pai vive num asilo de velhos qualquer, e Oliver de vez em quando vai visitá-lo na esperança de encontrar alguma centelha de afeição nestes últimos anos, mas volta sempre triste e desapontado. O que serve como grande conquistador de simpatia, principalmente com as mulheres.

Ninguém jamais ouviu a versão do seu pai, não é preciso dizer. Estive com ele brevemente umas duas vezes, quando fui visitar Oliver, e ele nunca tentou *me* espancar. Depois de ter ouvido as histórias de Oliver eu esperava que tivesse dentes de vampiro e carregasse um par de algemas; mas a impressão que me deu foi a de um velhinho simpático com um cachimbo. Oliver certamente o odeia, mas deve haver outras razões para isto, como o fato de ele comer ervilhas com faca ou não saber que foi Bizet quem escreveu *Carmen*. Oliver é um esnobe, como você já deve ter percebido.

Ele também é, não posso deixar de apontar, um covarde. Ou, pelo menos, coloque deste modo. O grande acontecimento na infância de Oliver é o momento em que ele se vira contra o pai violento e lhe dá o troco, de tal modo que o Velho Bastardo – como Oliver se refere a ele – gira nos calcanhares com o rabo entre as pernas. Agora, sou pouca coisa menor que Oliver, mas quando lhe dei uma cabeçada no rosto, como foi que reagiu? Fugiu correndo gritando e soluçando. Será este o comportamento que se pode esperar de um famoso domador de valentões? Oh, sim, e o tal taco de bilhar? Oliver uma vez me disse que ele e seu pai só tinham uma coisa em comum: ambos detestavam esportes.

GILLIAN Oliver teve que levar cinco pontos na bochecha. Ele disse no hospital que tropeçara e batera com a cabeça na quina de uma mesa.

Ele disse que a expressão de violência no rosto de Stuart tinha de ser vista para se poder acreditar nela. Disse que pensou que Stuart queria matá-lo. Sugeriu que eu pusesse água na garrafa de uísque. Implorou-me que o deixasse imediatamente.

STUART

>E quando o céu escurece
>Aves noturnas me sussurram
>Eu não poderia me sentir mais só...

GILLIAN Sabe, durante todo o tempo em que Stuart e eu estivemos juntos ele nem uma vez me perguntou por que eu estava no Charing Cross Hotel naquela noite. Quer dizer, ele me perguntou de certo modo, e eu respondi dizendo que vira o anúncio no *Time Out*, mas ele nunca me perguntou *por quê*. Stuart sempre foi muito cuidadoso quanto a ter me conhecido. Acho que isto se devia particularmente a ele não se importar com o que tinha acontecido antes: ali estava eu, e isto era tudo o que interessava a Stuart. Mas havia um pouco mais. Stuart tinha sua ideia de como eu era, decidira-se a respeito e não queria ouvir nada diferente.

Por que eu estava lá é facilmente contável. Um homem casado: ele não queria deixar a mulher, eu não podia desistir dele. Sim, essa velha história, que se arrasta sempre por aí. Assim, tomei providências para impedir que ela continuasse se arrastando. Você tem de ser responsável pela sua própria felicidade – não pode esperar que ela chegue pela porta da frente, como encomenda. É preciso ser prática nesses assuntos. Tem gente que fica sentada em casa pensando que Um Dia Meu Príncipe Chegará. Mas isto não adianta nada, a menos que você exiba um cartaz dizendo Príncipes Bem-vindos Aqui.

Oliver não poderia ser mais diferente. Para começar, quer saber de tudo a meu respeito. Às vezes sinto que o estou decepcionando por não ter um passado mais exótico. Nunca pesquei pérolas no Taiti. Não vendi minha virgindade por um casaco de zibelina. Tenho sido apenas eu. Por outro lado, este *eu* não está estabelecido e decidido na cabeça de Oliver do modo como estava na de Stuart. E isto é... legal. Não, é mais do que legal. É sexy.

– Sabe, aposto como Stuart a vê basicamente como uma boa compradora. – Isto foi há algumas semanas.

Não gosto de que Stuart seja criticado. Aliás, não permito.

– Eu *sou* uma boa compradora – repliquei (embora não seja assim que me veja). Pelo menos sou muito melhor que Oliver, que tende a entrar em transe por causa de um pimentão, se entende o que quero dizer.

– Desculpe – apressou-se ele a dizer. – O que eu *quis* dizer é que, bem, para mim você é uma pessoa de infinitas possibilidades. Não fico observando para decidir o que deve ser tomado como sua natureza aprovada e registrada.

– Muita bondade sua, Oliver. – Eu estava implicando um pouco com ele, mas ele não pareceu notar.

– É só que, para não dizer uma palavra contra, Stuart na realidade nunca a *viu*. – E você, me vê?

– Com óculos de 3-D. Olhos para mais nada.

Sorri e beijei-o. Mais tarde, perguntei-me: se duas pessoas tão diferentes entre si como Stuart e Oliver podem se apaixonar por mim, que tipo de *mim* é esse? E que tipo de *mim* se apaixona primeiro por Stuart e depois por Oliver? O mesmo, um outro, diferente?

Harringay Hospital
Departamento de Acidentes & Emergência

Sobrenome	RUSSELL
Primeiro(s) Nome(s)	OLIVER DAVENPORT DE QUINCEY
Endereço	55, St Dunstan's Road, N16
Ocupação	Escritor de Roteiros Cinematográficos
Lugar do Acidente	Casa
Hora da Chegada	11:50
Nome do Médico	Dr. Cagliari (Sicília)

OBSERVAÇÕES
    afirma antiga cicatriz de duelo reabriu esbarrando araucária
    cheiro de álcool + +
    nenhum L.O.C
    última tetânica > 10 anos atrás
    O/E 3cm laceração face D
    RX – nenhum visto
    suturado c 10 x 50 nylon
    tet tox
    R.O.S. aqui 5/7
                          J. Davis
                            16:00h

OLIVER Nunca pensei que pudesse ter AIDS, como a Sra. Dyer tão interessantemente se refere ao assunto. Mas demonstra que minhas intenções são sérias, não é mesmo? Tábula rasa, começando do nada.

    E não tenho de pagar o imposto individual duas vezes, porque não vivo realmente no número 55 e de qualquer modo não vou muito lá. Tenho a fantasia de convidar a Sra. Dyer para ser dama de honra. Ou matrona de honra, talvez.

    Algumas coisas não abandonam a gente. Queria não ter pensado em Stuart fazendo *Sh-chug-a-chug*. Você vê, eu costumava pensar muito neste tipo de história. Um livro qualquer que li quando mal chegara à pós-pré-pubescência continha as seguintes palavras: *ele serviu-se dos seus lombos estreitos*. Admito, quase sem a menor vergonha, que durante anos esta frase ficou pendurada na minha cabeça como uma espécie de decoração natalina, dourada e talismânica. Então é disto que vocês estão a fim, seus animais imundos, eu pensava. Eu também, muito breve. Por muitos anos, a realidade apagou a fraseologia. Até que as palavras me voltaram com Gill. Eu ficava sentado lá em cima na minha árvore e cochichava para mim mesmo (não *totalmente* a sério, espero que você compreenda), *Vou me servir dos seus lombos estreitos.* Mas não posso fazer mais isto, por causa de algum impedimento cerebral, algum gânglio emperrado. Porque todas as vezes que ouço estas palavras elas são seguidas por Stuart fazendo *Sh-chug-a-chug, Sh-chug-a-chug-chug,* como um tênder rechonchudo atrás de uma locomotiva graciosamente esbelta.

Espero em Deus que eles não estejam mais fazendo aquilo. Espero em Deus que não estejam mais dormindo na mesma cama. Não posso perguntar. O que você acha?

Depois de *la lune de miel* vem *la lune d'absinthe*. Quem teria imaginado que Stuart seria violento se bebesse?

STUART

Paro para ver um salgueiro-chorão
chorando no seu travesseiro
talvez esteja chorando por mim...

Não muito bêbado.
Só bêbado.

GILLIAN E eu sei que há uma pergunta que tenho de responder. Você tem o direito de fazê-la, e não posso me espantar se reconhecer um tom cético na sua voz, ou até mesmo um certo sarcasmo. Vamos, pergunte.

Escute, Gill, você nos contou como se apaixonou por Stuart – se derretendo quando viu o tal horário dele na cozinha – e, então, que tal contar como se apaixonou por Oliver? Você o viu preenchendo seu cupom de apostas, resolvendo as palavras cruzadas do Times?

Bastante justo. Eu provavelmente devo estar numa posição meio dúbia. Mas gostaria de dizer o seguinte. Não optei pelo que aconteceu. Não manipulei as coisas, não decidi de repente que Oliver era "melhor negócio" ou algo assim que Stuart. Não sou complacente quanto a esta coisa toda. De parte dela nem sequer gosto. Simplesmente aconteceu.

Mas "aquele momento" – as pessoas que ainda nem conheço vão me pedir para lembrar. Estávamos num restaurante. Supostamente seria um restaurante francês, mas não era. Acho que metade dos garçons são espanhóis e metade gregos, mas a aparência deles é bastante mediterrânea, o *chef* põe anchovas e azeitonas em tudo, e eles chamam o lugar de Le Petit Provençal, o que, ao que parece, tapeia a maioria das pessoas ou, se não tapeia, pelo menos satisfaz.

Fomos lá porque Stuart ia passar a noite fora e Oliver insistiu em me levar para jantar. Primeiro eu não quis ir, depois falei que pagaria, em seguida sugeri que cada um pagasse a sua, mas acabamos entrando naquela do usual orgulho masculino, e do jeito que a coisa funciona é mais difícil para eles aceitarem que você pague a sua parte se estiverem curtos de dinheiro. Assim, lá estava eu, meio relutante, meio constrangida, em um restaurante do qual não gostava muito, mas que eu escolhera achando que ia ser barato o bastante para ele me levar. Nada disto parecia afetar Oliver. Ele estava muito relaxado, como se todas as negociações que haviam sido necessárias para nos levar lá jamais tivessem ocorrido. Suponho que eu também estava apreensiva, em caso de ele começar a falar mal de Stuart, mas foi exatamente o contrário. Ele disse que não se lembrava mais de muitas coisas do tempo de escola, mas todas as coisas boas tinham a ver com Stuart. Havia uma gangue que eles derrotaram, somente os dois. Havia uma pessoa chamada "Pés" porque tinha mãos enormes. Teve uma vez em que eles foram de carona até a Escócia. Oliver disse que levaram duas semanas para chegar lá porque naquele tempo ele era tão esnobe em relação a automóveis que chegava a desprezar caronas oferecidas por não gostar do estofamento ou das calotas. E depois choveu o dia inteiro, de modo que eles se sentaram em abrigos de ônibus e comeram bolos de aveia. Oliver disse que já tinha começado a se interessar por comida, de modo que Stuart fez com ele um teste de olhos vendados. Oliver fechou os olhos e Stuart foi lhe dando alternadamente pedacinhos de bolo de aveia molhados e pedacinhos de embalagem igualmente molhados. Stuart afirmara que Oliver não seria capaz de dizer a diferença.

Foi tudo... surpreendentemente fácil, suponho, e Oliver aprovou a comida, mesmo que nós dois soubéssemos que não era lá essas coisas. Estávamos terminando o prato principal quando ele fez parar um garçom que passava por nossa mesa.

– Le vin est fini – disse Oliver para ele. Não estava se exibindo nem nada, só presumindo que os garçons de um lugar chamado Le Petit Provençal eram franceses.

– Como?

– Ah – fez Ollie. Ele virou a cadeira ligeiramente e bateu na garrafa de vinho como se estivesse ensinando naquela horrível Shakespeare School of English. – Le... vin... est... fini – repetiu, articulando cuidadosamente e levantando a voz ao final, indicando que havia mais por vir. – O... vinho... – continuou ele, agora com forte sotaque não inglês – ... vem... da... Finlândia.

– Quer outra garrafa?

– Si, signor.

Receio ter vaiado, o que não foi muito justo com o garçom que foi apanhar para nós outra garrafa, um tanto mal-humorado. Quando ele me servia, Ollie murmurou:

– Um Chateau Sibelius bastante agradável, acho que vai gostar.

E aquilo me fez rir de novo. Ri até ter um ataque de tosse. Depois ri até doer. E a questão toda com Ollie é que ele sabe como fazer uma brincadeira se prolongar. Não quero fazer comparações, mas Stuart não é muito bom com piadas, e se ele conta uma piada depois fica quieto, como se tivesse dado um tiro num coelho ou algo assim e cumprido com sua obrigação. Já Oliver insiste, e se

você não estiver disposta pode ser cansativo, mas acho que naquela noite eu estava disposta.
– E com o café, Modom? Um pouco de Kalevala? Um Suomi com gelo? Já sei, um copo de Karelia? – A esta altura eu simplesmente perdera o controle, e o garçom não sabia qual era a graça.
– Sim, estou pensando num dedo de Suomi para a minha amiga – disse Ollie. – Que marcas você tem? Tem o Helsinki Cinco Estrelas?
Gesticulei para ele parar, o que o garçom pensou ter significado diferente.
– Nada para a senhora. E para o senhor?
– Oh – disse Ollie, fingindo conter-se e subitamente ficando sério. – Ah, sim. Traga-me apenas um pequeno Fjord, por favor.
– Tivemos novo ataque de riso, e quando acabou eu estava com a barriga doendo. Olhei para Oliver e pensei, Deus, isto é perigoso, isto é *realmente mais* que perigoso. E Ollie ficou quieto, como se achasse a mesma coisa.
Você não acha isto tão engraçado quanto eu achei. Não faz mal. Só estou contando porque você pediu. E deixamos uma boa gorjeta, para o caso de o garçom ter pensado que havíamos rido dele.

STUART

E quando o céu escurece
Aves noturnas sussurram para mim...

GILLIAN A primeira vez que vi Oliver perguntei a ele se estava usando maquiagem. Foi um pouco embaraçoso – isto é, rememorar isto depois como sendo quase a primeira coisa que você disse para a pessoa por quem se apaixonou –, mas não foi tão fora de propósito assim. Quer dizer, às vezes é como se Oliver usasse maquiagem no trato com as pessoas. Ele gosta de ser dramático, gosta de chocar um pouco. Só comigo é que não. Ele pode ser quieto, pode ser ele mesmo, sabe que não tem de levantar uma tempestade para me impressionar. Ou melhor, sabe que se levantasse não ia impressionar.

É uma brincadeira entre nós. Ele diz que sou a única pessoa que o vê sem maquiagem. Mas há verdade nisto. Oliver diz que tampouco é surpreendente. Diz que é como eu sou. Passo os dias tirando a sujeira dos quadros, de modo que naturalmente faço o mesmo com ele também. "Cuspir e esfregar", é o que ele diz. "Não precisa solventes fortes. Só cuspir e esfregar e logo você chegará ao verdadeiro Oliver."

E como é o verdadeiro Oliver? Delicado, confiável, não muito seguro de si, um pouco preguiçoso e muito sexy. Não é o que você vê? Dê-lhe um tempo.

Agora estou falando que nem minha mãe.

... **(SEXO FEMININO, ENTRE 25 E 35)** Se você me perguntar, há uma explicação simples. Talvez não seja realmente simples, mas já topei com esse tipo de coisa antes. A questão é...

O quê? O que foi que você disse? Você quer minhas credenciais. VOCÊ quer MINHAS credenciais? Olha, se alguém tem que apresentar sua documentação, é você. O que foi que *você* fez para qualificar *minhas* opiniões? Com que autoridade, por falar nisso? Só o fato de ter chegado aqui não o autoriza a vir com esse papo policial.

Você *acreditaria* mais em mim? Olha, no que me diz respeito, estou pouco me lixando se você acredita ou não em mim. Estou dando uma opinião, e não escrevendo uma autobiografia, de modo que, se não gostou, vá dando o fora, estranho. De qualquer modo, não vou demorar por aqui, e por isso não precisa vir com esse papo antigo pra cima de mim. Eu entendo, claro que entendo. Você quer saber se sou Ginny, a ginasta genial, Harriet, a harmoniosa hermeneuta de Harley Street, Rachael, a requebrante roqueira, ou Nathalie, a nutricionista notória. Minha credibilidade depende de minha posição profissional ou social. Pois muito bem, desculpe-me. Ou melhor, larga do meu pé. E se você anseia desesperadamente por uma identidade eu lhe darei uma. Pode ser que afinal eu não seja realmente uma garota, só pareça ser. Talvez eu tenha frequentado as universidades de Casablanca e Copacabana. Pós-graduação no Bois de Boulogne. OK, desculpe. É que você me apoquentou. E também me pegou de mau humor. (Não, *isso* tampouco é da sua conta.) Cristo Rei, olha, só vou dizer o que penso e depois desaparecer. Você que decida sozinho. Não sou exatamente muito popular por aqui no momento, de modo que você não me verá depois. E é claro que não sou transexual. Pode perguntar a Stuart se quiser, ele confirmará, viu a prova. Desculpe, eu não devia rir das minhas próprias piadas, é só que você está com um ar tão desaprovador. OK, olha, conheço esses rapazes de longa data. Lembro de Oliver do tempo em que sua ideia de ópera era o Dutsy Springfield saindo de ambos os alto-falantes atrás de uma cortina. Lembro-me de Stuart quando usava óculos com aros de metal flexível atrás das orelhas. Lembro de Oliver com um colete de malhas largas e bolinhos fritos, e de Stuart quando usava xampu seco no cabelo. Fui para a cama com Stuart (sinto muito: nada de *press release*) e rejeitei Ollie, neste mesmo campo. *Estas* são as minhas credenciais. Além de ter ficado com Stuart pendurado na minha orelha contando toda a história em almoços e jantares meio secretos nos últimos tempos. A princípio, para ser sincera, pensei que ele estivesse atrás de outra coisa. Sim, Srta. Simplória de novo, eu sei, é a história da minha vida. Pensei que Stuart quisesse me ver. Idiotice, admito. Ele só queria a porra de uma orelha grande para despejar suas preocupações dentro. Eu me sentava ali, e ele não me perguntava nem uma só vez o que eu andava fazendo e depois, no fim da noite, desculpava-se por ter se estendido tanto falando sobre a própria vida, e aí nos encontrávamos de novo e ele fazia a mesma coisa. Estava obcecado, aquele cara, para não dizer coisa pior, e não preciso disso. Realmente não preciso, a esta altura da minha vida. Outro motivo para dar o fora.

Acho que Oliver é tarado por Stuart. Sempre achei isto. Não sei até que ponto ele é bicha o resto do tempo, mas diria que é bicha quando se trata de Stuart. É por isto que está sempre querendo derrubar Stuart, rindo dele por ser tão miserável e chato. Ele derruba Stuart para que nenhum dos dois tenha de admitir o que sempre esteve ali, o que poderia estar se eles não jogassem esse joguinho de Stuart ser miserável e chato e ser também uma companhia tão pouco provável para um cara brilhante como Oliver.
OK, você já tinha percebido. Não me surpreende. Mas o que eu tinha a dizer, a única coisa realmente que eu tinha a dizer, é isto. A *razão* pela qual Oliver quer trepar com Gillian é ela ser o mais perto que ele pode chegar de transar com Stuart. OK? Está me entendendo? Paulina, a psiquiatra de Penny Road, saberia os nomes adequados, mas eu não sou ela. Eu acredito apenas que, para Oliver, comer Gillian é um modo de comer Stuart.
Pense nisto. Estou fora, a partir de agora. Você não me verá de novo, a menos que haja uma verdadeira reviravolta neste livro.

STUART Oh, não. Poupem-me da Val. Poupem a si próprios da Val. Não precisamos dela por aqui. Ela é problema. Problema com um P grande, como Oliver costumava dizer.

Ela é a tal que não lhe disse o nome (o que é que essa gente tem com esta coisa de nomes?). Eu a conheci há muito tempo, como sem dúvida ela lhe disse. Já reparou que, quando uma pessoa diz que conhece outra há realmente muito tempo, quase sempre é para depois dizer algo sujo a seu respeito? Oh, não, você não conhece realmente as pessoas, não como eu, porque *eu* me lembro...

A grande mentira de Val a meu respeito é a história de quando eu usava xampu seco no cabelo, um milhão de anos atrás. Agora, vamos acertar isto, se você pode tolerar um pouco de tédio. Uma vez, muitos anos atrás, uma pessoa, um dia, me disse que havia um negócio em pó que a gente esguichava no cabelo entre duas lavadas e esfregava uma vez para pôr e outra para tirar e aí parecia que se tinha lavado o cabelo. Tudo bem? Assim, comprei um pouco – isto, eu tenho de dizer em minha defesa, foi depois de eu ter lido em algum lugar que lavar o cabelo com água com demasiada frequência podia estragá-lo – e usei uma noite pela primeira e única vez e estava tomando um trago num pub quando ouvi aquele grito incrivelmente agudo nas minhas orelhas. "Stu, você está com uma caspa *horrorosa!*" – era Val, claro, muito obrigado, sempre disposta a ser agradável. Como eu nunca tinha tido caspa, apalpei o cabelo e disse: "É xampu seco", com o que Val informou a todo o pub que não era caspa e sim xampu seco, e que diabo era xampu seco, e assim por diante. Não é de espantar, tendo em vista este incidente, que ao chegar em casa eu tenha jogado fora meu pequeno frasco de xampu seco e nunca mais o tenha usado daquele dia em diante.

Ela tem mania de dizer que tem direitos sobre você, aquela garota. Ou melhor, mulher. Está com trinta e um anos, como espero que não lhe tenha dito, e, após uma fulgurante carreira vendendo viagens de férias a preços reduzidos, trabalha agora como gerente de uma pequena gráfica nas proximidades da Oxford Street. Do tipo que faz convites para festas e tem um par de fotocopiadoras na frente, sendo que sempre somente uma delas funciona. Não digo isto para desmerecê-la, entende, mas só para acabar com qualquer história do tipo Mulher Misteriosa que ela possa lhe ter contado. É esta a pessoa com quem está tratando. Val, da Pronto Printa.

OLIVER Ela o *quê?* Ela disse *isso?* É ultrajante, é obsceno, é a *mensonge* mais fantasiosa que ela poderia ter imaginado. Aquela garota está com problema. Problema com P maiúsculo, o mesmo P de Puta.

Então ela me rejeitou? Ela *me* rejeitou, certo? Projete, então, sobre a tela recurvada que existe dentro da sua cabeça as seguintes imagens e aperte com o dedinho mínimo o botão Dolby, para que as sutilezas do diálogo não lhe escapem. Um dia, num raio de sol, Oliver, a despeito de suas vociferantes resoluções de ano-novo em sentido contrário, encontra-se de novo num daqueles eventos desmazelados frequentados por lúmpen-folgazões com barriletes de cerveja em miniatura debaixo dos braços, onde todas as garotas inalam ferozmente Silk Cut, como se fosse benéfico à sua saúde (não falo como um reformado puritano – mas, se você vai fumar, *fume*), e onde você teme a qualquer momento ser agarrado por trás por um sedoso par de mãos buscando fazer com que participe de um incentivo infalível e interminável – a conga. Era – você adivinhou! – uma festa.

Do jeito como me lembro, Stuart me suplicara para que eu o acompanhasse, em uma troca reles, sem dúvida, por todos aqueles encontros duplos que eu arranjara para levar o gorducho assustado. Abrindo caminho por entre frascos de barro de Old Skullsplitter e garrafas opacas enfeitadas com palmeiras, cheias de espírito caribenho destruidor de fígados, ajeitei-me ao lado de um garrafão de Soave numa tentativa meio desanimada de me distrair. Estava bebendo aquele troço através de um canudo de festa todo enroscado e progredindo bem, quando um par de mãos desagradáveis me agarrou pelos ombros.

– Aai, a gota! – gritei, temendo envolver-me na mais suburbana das bacanais. Pois o frenesi da dança não estava comigo aquela noite.

– Ollie, você tem andado me evitando – disse o par de Mãos, enquanto a Bunda tentava uma aterrissagem em vertical sobre o braço da minha cadeira, uma manobra além da capacidade de pilotagem de Val, que se precipitou no meu colo.

Nos minutos seguintes, o que se passou entre nós foi uma dessas rotineiras trocas de brincadeiras e cortesias, mas só o mais inventivo dos redatores, só o mais brusco dos negadores de intencionalidade teria interpretado o diálogo ocorrido como indicando que eu 1) preferisse a companhia de Val à do meu galão de vinho italiano; ou 2) que eu, por um momento que fosse, tivesse privado meu amigo Stuart daquilo a que os jovens de hoje – sem dúvida evocando inconscientemente a sensualidade felina do desejo – costumam se referir como sendo "sua gata".

Assim nos separamos, educadamente, do modo como vejo as coisas, ela para a conga e eu para os meus graciosos devaneios. Sem mais que um *boff de politesse*.

VAL Há dois tipos de homens que insultam você: aqueles com quem você dormiu e aqueles com quem você não dormiu. Stuart e eu estávamos tendo um caso, e Oliver tentou sair comigo. Stuart casou com a chata daquela santinha, e Oliver saiu com ela. Isto é um padrão ou não é?
O que chateia Stuart é que eu descobri o seu xampu seco, e o que chateia Oliver é que não pulei prontamente na cama com ele. Você não acha esquisito? Quer dizer, não acha esquisito o que os chateia? Nenhum dos dois liga a mínima para a ideia de que Oliver está trepando com a Gillian porque na verdade o que deseja é trepar com o Stuart. O que acha disto?
E se eu fosse você examinava mais de perto a Gillian. Não é uma heroína e tanto, não é tipicamente a mocinha que aguenta tudo? Papai foge com sua estudantezinha e Gillie sobrevive heroicamente. Chega até mesmo a consolar a mãe sofredora. Como é altruísta, como é madura. A seguir Gillian vê-se encurralada em um Triângulo Amoroso e adivinha qual dos três se sai melhor? Bem, a mocinha de quem falamos. Apanhada no meio e ainda assim conservando a cabeça acima da água enquanto faz o que é certo – ou seja, cortar Stuart em tiras e conservar Oliver preso num fio.
Ela diz a Stuart (que me conta) que algumas coisas – como seduzir o marido da sua melhor amiga – "acontecem" – e você tem que fazer o melhor que puder daí em diante. Bem, não é uma teoria fácil, é? Escute, nada "acontece" assim sem mais aquela, especialmente numa situação dessas. O que aqueles dois rapazes não percebem é que é *tudo sobre Gillian*. As pessoas quietas e sensatas que afirmam que as coisas simplesmente "acontecem" a elas são as verdadeiras manipuladoras. Stuart já está se sentindo culpado, por falar nisso, o que não é uma façanha desprezível, é?

Oh, e por que ela desistiu de ser assistente social? Era sensível demais ao sofrimento do mundo? Colocação errada: se me perguntar, o sofrimento do mundo não é bastante sensível para ela. Todas essas pessoas desgraçadas e famílias fodidas não souberam avaliar o assombroso privilégio que lhes foi concedido por terem seus problemas encaminhados pela Srta. Florence Nightingale em pessoa.

E outra pergunta: quando você acha que ela decidiu conquistar Oliver? Quer dizer, quando foi *exatamente* que ela lhe deu o sinal verde sem ele perceber o que estava fazendo? Porque este é o truque dela. Não fez isto com você, fez?

OLIVER Bem, estamos jogando duro, não estamos? E a virtuosa Val se apresentando como Susannah que sofreu nas mãos assanhadas dos Elders. Permita-me descarregar um pouco a tensão ante este pensamento. Se Val um dia fosse espiada em sua nudez por um par de respeitáveis velhos caducos, eles se veriam presos numa "gravata" antes que pudessem contar os sinais que têm na pele e ela lhes cobraria uma nota de dez por apalpadela.

Acredito que o breve relacionamento faça você subestimar a pungente vulgaridade da testemunha à sua frente. Se os soldados de Herodes se lançassem a uma busca de casa em casa por ambiguidade, não se demorariam muito na Maison de Val. Ela é o tipo de pessoa para quem a frase "Quer entrar para tomar um cafezinho?" é sentenciosa ao ponto da incompreensibilidade, e considera o apotegma "Isto que você tem no bolso é uma pinha?" digno dos mestres tântricos. Assim, Ollie podia não estar sendo deselegante se ainda retivesse uma lembrança vívida de exatamente quem quis sair com quem naquela festa.

E, como castigo por eu ter me esquivado às suas mãos viscosas (embora eu confesse que o cavalheirismo para com Stuart foi um motivo bem secundário, vindo muito depois de coisas como nervos, bom gosto, considerações estéticas, *und so weiter*), Val anuncia para você, tirando essa informação do nada, que tenho intenções biológicas – tive, tenho, terei – nas formas de anta de Stu-baby e que, rejeitado em minhas ambições uranistas, malbarato minha semente no mais congruente substituto que posso encontrar, a saber, Gill. Agora, tenho de dizer que qualquer pessoa cujo córtex cerebral indicasse Gillian como substituto erótico de Stuart deveria chamar a ambulância acolchoada imediatamente. Quero ainda observar que sua informante Val é uma dedicada habituée daquela fétida seção da livraria local que deveria ser chamada Autopiedade, mas que, em vez disto, é misteriosamente rotulada de Autoajuda. A não ser pelo catálogo telefônico e pelo dicionário, a *petite* biblioteca de Val consiste em trabalhos destinados a consolar e inflar o ego: títulos como *A vida pode ser uma droga até mesmo para as melhores pessoas, Olhe-se no espelho e diga como vai* e *A vida é uma conga: incorpore-se à multidão!*. A tradução dos sombrios imponderáveis do espírito humano em alimento espiritual para o cérebro morto: é do que sua informante se nutre.

Agora ouça: se por acaso a radiante sexualidade de Oliver ocasionalmente pusesse de lado a trivialidade e o seu olhar heliotrópico se virasse para o implausível Ganimede de Stoke Newington, então, para usar um vernáculo que minha própria acusadora seria capaz de entender, *eu não teria nenhum problema lá, companheiro*. A necessidade de um substituto carnal simplesmente não surgiria.

STUART Isto não tem nada a ver com nada. Não se trata de uma questão secundária. OK, aluguei o ouvido de Val umas duas vezes, pensei que fosse minha amiga, pensei que os amigos fossem para isso. De repente é crime falar sobre os problemas da gente e Oliver é um homossexual delinquente que sempre esteve atrás de mim, secretamente. Agora, eu penso inúmeras coisas ruins sobre esse ex-amigo, mas isso não. A única coisa que se tem a fazer com a lama é ignorá-la, senão ela gruda.

Pelo amor de Deus, vamos seguir adiante com a história.

VAL Entendo. Oliver diz que não é bicha (o que poderia ter dado a alguém esta ideia?), mas que se fosse não teria tido qualquer dificuldade para passar a perna no seu melhor amigo. E Stuart, a despeito de ser provavelmente a mais chata das pessoas convencionais com quem tive a falta de sorte de me meter, não se surpreende nem um pouco, e muito menos se sente alarmado com o meu insight psicológico. Tudo o que quer dizer é Não Tenho Comentários. Membros do júri, dou por encerrada a apresentação de provas. Ou melhor, vou tornar as coisas mais claras. Acho que os dois estão nisto juntos.

GILLIAN A maioria das petições de divórcio concedidas às mulheres desde 1973 tem se baseado no comportamento irracional do marido. Exemplos de comportamento irracional: violência, bebida em excesso, jogo em excesso, irresponsabilidade financeira e recusa a fazer sexo.

A palavra que usam, em linguagem legal, nos pedidos de divórcio é rogar. O peticionário roga que o casamento seja dissolvido.

OLIVER E outra coisa. Ela gosta de fingir que Val é abreviatura do *prénom* sem *éclat* mas perfeitamente razoável Valerie. É deste modo que assina seus memorandos interdepartamentais cheios de erros e seus comunicados eróticos. Mas não se pode confiar nela nem quanto ao seu nome. Val – e este é um detalhe que pode ser que você queira saborear – é abreviatura de Valda.

STUART Isto é o que chamo de sutileza, isto é o que chamo de dar uma indireta delicada. O que encontro casualmente em cima da mesa quando chego à minha própria casa? Um desses livros cujos títulos começam com Como. Este se chama *Como... sobreviver ao divórcio*. Seu subtítulo é *Um manual para solteiros e casados*. É isto que vou ser? É nisto que estão planejando me transformar? Num "solteiro"?

Você sabia que desde 1973 a principal razão para os homens se divorciarem nos tribunais ingleses foi o adultério das suas mulheres? O que isto significa, no tocante às mulheres, é o que me pergunto. Mas não é o caso do contrário. O adultério masculino não é a razão principal para as mulheres pedirem divórcio. Bem ao contrário. A recusa a fazer sexo, de raiva, parece ser uma das razões que as mulheres apresentam frequentemente para se livrar de seus parceiros.

Havia uma frase no livro de que gostei. Você sabe quanto custa um advogado? Eu também não sabia. Nas províncias, é qualquer coisa acima de £40 a hora (mais taxas). Em Londres, está entre £60 e £70 a hora (mais taxas), mas firmas de primeira classe cobram £150 ou mais por hora (mais taxas). Assim, o cara que escreve o livro conclui: "É claro que, com custos tão altos envolvidos, pode ser mais barato substituir muitos artigos menores (uma mesa, uma cadeira, um jogo de copos ou o que for) do que ter de pagar honorários legais pela disputa." Sim, isto parece muito sensato. Claro que eu poderia quebrar só este copo que tenho na mão, mais os outros cinco ali na bancada, de modo que não haveria muito problema na divisão do espólio. Não gosto mesmo deles, de qualquer forma. Foram dados pela arrogante da mãe da minha mulher.

Se eu dissesse apenas Não, não dou, não teria feito nada de errado, não vou lhe dar o divórcio, você não pode provar nada contra e de qualquer modo não penso que a palavra "violência" se aplique a dar porrada no amante da mulher, embora ache que possa ser motivo. Mas se eu dissesse não e não arredasse pé, sabe o que ela teria de fazer? Teria que sair de casa e não conseguiria o divórcio senão depois de cinco anos.

Você acha que isto esculhambaria a vida deles?

Quer dizer, veja estes copos. Pode-se beber Pernod neles, mas não uísque. Sem dúvida que seria mais barato substituir essas coisinhas do que pagar a conta de um advogado pelo divórcio. Ela pode ficar com todos eles – todos, exceto este aqui, epa, acabou de escorregar do braço da minha cadeira, não foi? Escorregou, quicou um metro e oitenta no ar e se espatifou na lareira. Você vai testemunhar isto, não vai?

Ou talvez não faça diferença.

13: O que penso

STUART Eu a amava. Meu amor tornou-a mais amável. Ele viu isso. Como tinha fodido sua vida, resolveu roubar a minha. Tudo foi inteiramente destruído por um ATAQUE DE ZEPPELIN.

GILLIAN Eu amava Stuart. Agora amo Oliver. Todo mundo saiu magoado. Claro que me sinto culpada. O que você teria feito?

OLIVER Oh Deus, pobre Ollie, enfiado até sua membrana mucosa numa banheira de *merde*, que coisa mais penumbrosa, complicada, triste... Não, na verdade não é isto o que penso. O que penso é o seguinte. Eu amo Gillian, ela me ama. Este é o ponto de partida, tudo o mais é decorrência. *Apaixonei-me*. E o amor opera segundo as forças do mercado, um ponto que tentei explicar a Stuart, embora provavelmente não muito bem; de qualquer modo, dificilmente eu poderia esperar que ele visse o ocorrido com objetividade. A felicidade de uma pessoa frequentemente é construída sobre a infelicidade de outra, é assim que o mundo é. É duro, e eu lamento como o diabo que tenha sido com Stuart. Provavelmente perdi um amigo, o meu amigo mais antigo. Mas não tive escolha. Não tive a menor escolha. Ninguém jamais tem, não sem ser uma pessoa completamente diferente. Culpe quem quer que tenha sido o inventor do universo, se quer culpar alguém, mas não me culpe.

Outra coisa que eu penso: por que será que todo o mundo tem sempre que estar do lado da porra da tartaruga? Vamos ouvir a lebre, para variar.

E, sim, eu sei que acabei de dizer *penumbroso* mais uma vez.

14: Agora há um cigarro no cinzeiro

STUART Sinto muito. Sinto muito mesmo. Sei que não me saio particularmente bem neste trecho. Ele veio ao meu. Por que não deveria eu ir ao dele? Não, não é por aí. Por que fui? Estava tentando segurar ou largar? Nenhum dos dois, ambos? Querendo segurar: por que achava que ela podia mudar de ideia se me visse? Querendo largar: como não pedir a venda numa execução, como virar a cabeça para ver a lâmina da guilhotina cair?
E aquela história dos cigarros. Puro acaso, eu sei, nada mais que um acidente. Mas foi pior, justamente porque tudo não passou de um acidente horrível, como um caminhão que perde a direção, atravessa a barreira na estrada e esmaga seu carro. Eu só estava sentado ali, deixei o cigarro num dos sulcos do cinzeiro e aí notei que já havia outro cigarro queimando em outro descanso do cinzeiro. Eu estava tão transtornado que devia ter acendido outro cigarro sem precisar. Notei então que também havia um toco. Três cigarros no cinzeiro – dois queimando e um apagado. Como pode uma pessoa aguentar uma coisa dessas? Você é capaz de imaginar a dor que senti? Não, claro que não. Não se pode sentir a dor de outra pessoa...
Sinto muito, sinto muito mesmo. Como posso me desculpar? Terei que pensar num jeito.

GILLIAN É a cara de Stuart que eu jamais esquecerei. Ele parecia um palhaço, uma cabeça de nabo, uma máscara de Halloween.

Sim, isso, uma dessas abóboras que se preparam no Halloween com um sorriso artificial cortado na altura da boca e uma luz falsa, tremeluzente e fantasmagórica saindo pelos olhos. Era assim que Stuart parecia. Fui a única pessoa a vê-lo, penso eu, e a visão ficará comigo para sempre. Gritei, Stuart desapareceu, todo mundo olhou, mas não havia nada senão um palco vazio.

Fiquei com Maman na noite anterior ao dia do nosso casamento. A ideia foi de Oliver. Quando ele fez a sugestão, presumi que achava que eu podia precisar de uma ajuda para passar por aquilo. Mas não. Na verdade, era algo sobre proceder adequadamente. Oliver é antiquado sob certos aspectos. Eu era a criança deixando a casa dos pais para a santa viagem até a igreja. Só que eu não era bem a virgem de branco agarrada ao braço do pai.

Cheguei à casa de Maman às sete da noite anterior ao dia do meu segundo casamento. Nós duas fomos conscientemente cuidadosas. Ela me recebeu com uma xícara de café e fez com que eu pusesse as pernas para cima, como se já estivesse grávida. Depois foi desfazer minha valise, o que me fez sentir mais ainda como se tivesse recém-chegado a um hospital. Fiquei ali sentada pensando. Espero que ela não me dê nenhum conselho, acho que não ia aguentar. O que está feito está feito e o que está por ser feito não pode ser mudado agora. Assim, deixemo-nos ficar em silêncio e vamos assistir a alguma bobagem na televisão e não falar sobre nada importante.

Mas mães e filhas são mães e filhas. Aproximadamente noventa segundos depois ela estava de volta à sala com minha mala na mão. Havia um sorriso no seu rosto como se eu de repente tivesse ficado esclerosada e tivesse de ser tratada com piedosa afeição.

– Querida, você pôs na mala as roupas erradas.

Olhei para ela.

– Não, Maman.

– Mas, querida, este *é* o costume que comprei para você?

– É sim. – Claro, você sabe que é. Por que os pais têm de se comportar como advogados de acusação, examinando os fatos mais óbvios?

– Você está querendo dizer que vai usar *isto* amanhã?
– Sim, Maman.
A partir daí foi o dilúvio. Ela começou a falar em francês, o que sempre faz quando precisa baixar um pouco a pressão interna. Depois se acalmou um pouco e voltou para o inglês. Sua linha básica de argumentação era que eu evidentemente tinha perdido o juízo. Só uma pessoa seriamente perturbada sonharia em se casar duas vezes com a mesma roupa. Ofendia o bom gosto, as boas maneiras, o bom-senso da moda, a Igreja, todos os presentes a ambas as cerimônias (principalmente ela), o destino, a sorte, a história do mundo, umas poucas outras coisas e as pessoas.
– Oliver quis que eu o usasse.
– Posso perguntar por quê?
– Ele disse que se apaixonou por mim quando eu estava com essa roupa.
Explosão número dois. Escandalosa, devia me envergonhar etc. Querendo arranjar encrenca etc. Pode se casar sem a presença da sua mãe, se é isto o que está planejando etc. Durou mais ou menos uma hora e eu terminei lhe entregando a chave do meu apartamento. Ela saiu com o tal costume pousado sobre os braços estendidos como se tivesse uma dose letal de radiação.
Retornou com dois substitutos, que olhei com indiferença.
– Você escolhe, Maman. – Eu não queria brigar. Amanhã não ia ser fácil, eu só esperava que uma pessoa ficasse satisfeita. Mas não, não ia ser simples assim. Ela quis que eu experimentasse ambas as alternativas. A fim de ser perdoada do meu enorme *faux pas*, eu deveria me comportar como uma modelo. Ridículo. Experimentei as duas roupas.
– Agora você escolhe, Maman. – Mas ainda não era bastante bom. *Eu* tinha de escolher. *Eu* tinha de ter opiniões. Eu não tinha opinião. Realmente não tinha uma segunda escolha. Era como dizer: escute, Gill, receio que você não possa se casar com Oliver amanhã, de modo que tem de me dizer com quem você preferia se casar no lugar dele? Com este ou com aquele?

Quando lhe falei isto, ela não gostou da comparação. Achou de mau gosto. Oh, bem. Quando me casei com Stuart fui encorajada a pensar apenas em mim mesma. Hoje é o *seu* dia, Gillian, era o que todos diziam. É o seu grande dia. Agora estou me casando com Oliver, e de repente é o dia de todas as outras pessoas. Oliver insiste num casamento na igreja que não quero. Maman insiste num vestido que não quero.

Acordei naquela noite irritada com um sonho. Eu estava escrevendo meu nome na areia, só que não era meu nome; Oliver começou a apagá-lo com o pé, e Stuart desatou a chorar. Mamãe estava ali na praia, metida na minha roupa verde de casamento, não parecendo aprovar nem desaprovar. Só esperando. Esperando. Se você esperar bastante tempo, tudo sairá errado e você provará que está com a razão, Maman. Mas onde está a virtude nisso?

Quando chegamos à igreja, Oliver estava bastante nervoso. Pelo menos não tivemos de percorrer a nave: só havia dez pessoas, e o sacerdote decidiu nos reunir no altar. Mas assim que começamos a nos deslocar, pude ver que alguma coisa estava acontecendo.

– Sinto muito – disse para Oliver. – Ela simplesmente não quis se convencer.

Ele pareceu não entender. Continuou olhando por cima do meu ombro, na direção da porta.

– O vestido – falei. – Desculpe por causa do vestido. – Era um vestido amarelo-claro, uma cor otimista, como Maman dizia, e seria difícil esperar que Oliver não houvesse percebido a mudança.

– Você está uma joia – disse ele, mas seus olhos continuaram voltados na direção da entrada da igreja.

Usei as cores erradas em ambos os casamentos. Devia ter posto amarelo tolamente otimista no primeiro e cauteloso verde-claro no segundo.

"E todos os meus bens terrenos contigo partilharei." Foi o que prometi. Discutimos a este respeito antes. A briga de sempre. Oliver queria "Com todos os meus bens terrenos eu te contemplo". Falou que era assim que se sentia, que tudo que ele tinha era meu, que a linguagem corporificava um estado de espírito, que "partilhar" era mesquinho e "contemplar" poético. Eu disse que aí é que estava o problema. Se você está fazendo uma promessa, proferindo um voto, tem que se referir a algo preciso. Se eu o contemplasse com as coisas que eu tinha e ele a mim com as suas, isso significava que nós trocávamos o que possuíamos, e trocar meu apartamento hipotecado pelo quarto alugado dele não me parecia ser aquilo de que os votos matrimoniais deveriam tratar e, além do mais, para ser franca, se trocássemos nossas coisas, eu sairia perdendo. Ele disse que era pouco generoso e também literal e que sem dúvida íamos partilhar tudo um com o outro de qualquer forma, mas não podíamos dizer contemplar. O que, arguiu ele, poderia definir mais precisamente a diferença entre meus dois maridos do que as palavras *partilhar* e *contemplar*. Stuart havia de querer um trato, mas ele, Oliver, queria a rendição completa. Eu disse então que se ele me lembrasse de Stuart e de que eu me casara num cartório eu não diria nem *partilhar* nem *contemplar*.

Assim, Oliver procurou o pastor e perguntou se seria possível uma acomodação: se ele podia dizer contemplo e eu partilho. A resposta foi não.

"E todos os meus bens terrenos contigo *partilharei*." Oliver enfatizou o verbo, querendo que as pessoas soubessem que ele não o aprovava. O problema é que pareceu que ele estava se lamentando por ter que me dar alguma coisa. Eu disse isto quando saímos da igreja, e Maman tirava retratos.

"Todos os meus bens terrenos eu te alugo", replicou ele. Parecia mais à vontade agora. "Todos os meus bens terrenos eu te empresto. Todos os meus bens terrenos, exceto os que realmente quero. Todos os meus bens terrenos, mas quero que você me dê um recibo...", e assim por diante. Uma vez que Oliver comece assim, é melhor deixá-lo ir. Você já viu essas guias novas para cachorro? Uma que fica num carretel grande que simplesmente desenrola por dezenas de metros se o cachorro de repente se afasta e depois enrola de novo se ele para à sua espera? É no que penso quando Oliver começa a falar assim. Ele é como um cachorro grande. Mas espera na esquina para que você se aproxime e lhe faça um afago.

"E todas as minhas contas de restaurante contigo eu *partilho*." Pegamos o carro e fomos até o lugar que Ollie escolhera, a uns dois quilômetros de distância. Havia uma mesa comprida na parte de trás à nossa espera. O gerente pusera montes de rosas-vermelhas, o que achei muita gentileza dele, mesmo que Ollie tenha declarado, num cochicho teatral, que rosas-vermelhas eram meio pro brega. Sentamos, tomamos uma taça de champanhe e passamos por toda aquela conversa cheia de risinhos sobre quem ficara preso num engarrafamento a caminho da igreja e sobre como o pastor parecera realmente interessado embora mal tivesse me visto ou a Oliver antes e como não tínhamos errado nossas falas e como eu parecia estar feliz. "Alguém dá mais que *feliz*?", disse Ollie, que disparou de novo: "Ouvi radiante? Sim, tenho radiante aqui à minha esquerda. Agora, alguém dá mais que radiante? Bonita? Alguém disse bonita? Muito obrigado, senhor. Será que estou ouvindo magnificente em algum lugar? Espetacular? Sensacional? O lance está com bonita à minha direita no momento... Bonita... Bonita... Tenho espetacular na minha frente. Espetacular comigo... ninguém dá mais que espetacular? Vendida ao leiloeiro, comprada por Ollie..." Então ele bateu com um moedor de pimenta, como se fosse um martelo, e me beijou entre aplausos.

O primeiro prato foi servido, e eu senti que Oliver não estava ouvindo coisa alguma que eu estava dizendo, e segui seu olhar, e lá estava, sentado sozinho a uma mesa, sem sequer nos olhar e lendo tranquilamente um livro. Estava Stuart.

Então tudo começou a dar errado, e tentei apagar o resto da minha memória, o que comemos, o que foi dito e como todos nós fingimos que na verdade nada daquilo estava ocorrendo. Mas não posso apagar aquilo, a cara de Stuart aparecendo daquele jeito e me encarando com um sorriso horrível e um brilho fantasmagórico nos olhos. Uma abóbora de Halloween que adquirira vida. Gritei.

Não que fosse assustadora, realmente. Era apenas tão verdadeiramente triste, que não pude aguentar.

OLIVER Bastardo. Seu gordo punheteiro comedor de bosta, bastardo. Depois de tudo o que fiz por você anos e anos. Antes de mais nada, quem o transformou num ser humano vagamente aceitável? Quem se matava de cansaço dando um jeito nas suas brigas? Quem apresentou você às garotas, ensinou-o a usar garfo e faca, foi a porra do seu *amigo*? E que ganho em troca? Você fode o meu casamento, fode o melhor dia da minha vida. Uma vingança egoísta, barata e vulgar, foi o que você fez, embora no fundo da latrina da sua alma você deva ter transformado o motivo em alguma coisa vagamente nobre, até mesmo judicial. Pois bem, deixe eu lhe dizer o seguinte, meu esteatopígico ex-amigo; se você se intrometer de novo, vai acabar sendo meu ex-amigo em mais de um sentido. Vou fazer com que coma cacos de vidro por uma semana, não pense que haverá alguma ambiguidade quanto a isto. Não me entenda mal nem por um momento. Há violência neste meu coração supostamente terno.

Eu devia ter mandado prender você assim que o vi. Mandar que o metessem na cadeia sob uma acusação qualquer, como retardar-se de propósito ou saquear a paisagem ou por ser um chato chorão. Leve este homem preso, guarda, ele não está divertindo mais ninguém, simplesmente deixou de ser *engraçado*. Meu Deus, sei que vivo pilheriando, sempre foi meu ponto fraco, mas se não brincasse teria de cortar suas orelhas peludas, enfiá-las pela sua goela abaixo e fazer com que você comesse esses óculos antiquados no lugar do pudim.

O dia estava correndo muito bem até que vi você do outro lado da rua tentando parecer inconspícuo graças ao jeito como andava, batendo com os pés metronimicamente, como se estivesse de sentinela, fumando como uma chaminé Arnold Bennett e lançando olhares fétidos para a igreja. Era evidente que algum item integrante da sua velhacaria burra estava em ação, e assim, ajustando meu

cravo-branco com um leve toque de verde, atravessei a carcinogênica via pública e dirigi-me a você.
— Estou indo para o seu casamento — você disse. Corrigi sua improvável intenção.
— Você foi ao meu — continuou você a gemer — de modo que vou ao seu. — Expliquei a ele a divergência de etiqueta que um tal plano acarretava, ou seja, que em uma sociedade moderadamente evoluída conhecida como Reino Unido da Grã-Bretanha e Irlanda do Norte não é, de modo geral, permitido comparecer a cerimônias formais para as quais não se tenha sido convidado. Quando você contestou a validade dessa arcana peça do protocolo, instei com você, do modo mais delicado possível, que desse o fora incontinenti e, no processo, preferivelmente se atirasse debaixo de um ônibus de dois andares.

Não posso dizer que confiei inteiramente na sua aparente partida, de modo que fiquei de olho na porta da igreja enquanto estávamos à espera da entrada em cena do pastor. Eu achava que a qualquer momento a grande porta de carvalho se abriria para revelar sua indesejável fisionomia. Mesmo depois de a cerimônia do enlace estar se desenrolando, eu meio que esperei que, quando chegasse a parte em que o pastor pede que os presentes gritem se souberem de algum obstáculo ou impedimento justo que não me permita liberar minha fúria corporal contra a inocente Gill, você pudesse surgir em algum pedaço sombrio da igreja e registrar uma objeção covarde. Mas você não surgiu e passamos tranquilamente pelos votos. Tive tempo inclusive para acentuar aquele pedaço de merda do serviço em que se promete "partilhar" os bens terrenos com o outro. Por séculos e séculos todo mundo tem "contemplado" o outro com seus bens terrenos — aqui, leve tudo, o que é meu é seu —, o que, assim me parece, expressa a seriedade básica do espírito do matrimônio e a sutileza do negócio. Mas não mais. Os advogados e contadores alteraram tudo. Fiquei um tanto *bouleversé* quando Gillian insistiu em dizer *partilhar* e achei a nossa discussão sobre isto um tanto aviltante, como se eu estivesse planejando sair correndo do templo e vender imediatamente minha metade do apartamento de Gillian. Acedi graciosamente. Há um leve toque de Mme. Dragão na minha noiva, como pode ser que você tenha observado. Na verdade, foi parte de uma troca ligeiramente suja. Eu queria um casamento na igreja, mas Gill via isto com menos bons olhos então que da outra vez. Assim, escolhi o teatro, e ela foi autorizada a lavar o texto. Pode ser também, devo admitir, que tenha subornado o padre. Não é toda casa de oração, por mais desesperada que elas possam estar atualmente por freguesia, que recebe de bom grado uma mulher caída como Gillian para celebrar suas núpcias. Eu mesmo andei investigando umas duas basílicas bem prováveis e recebi uma resposta seca. Assim, Gillian saiu e convenceu um dos recalcitrantes pilotos do céu. É uma internúncia e tanto essa garota. Veja só como persuadiu Stuart a agir como um cavalheiro a despeito da histórica evidência em sentido contrário. A princípio, ele se comportava como um homem das cavernas quando queria que a palavra adequada fosse pronunciada; mas Gillian o convenceu a entrar em harmonia. Aliás, esta é uma passagem da história do mundo que não faço questão de rememorar com muitos detalhes. Gillian ainda está vendo demais o Primeiro Marido. Ela reteve o estúdio na casa do PM mesmo depois de o ter deixado. Oliver foi proibido de visitar o estúdio. Oliver, na verdade, foi obrigado *pro tem* a optar pelo quietismo. Menos para o banco de trás e mais para estar metido na mala do carro com apenas o pneu sobressalente e um mapa de estradas velho por companhia.

Mas esse tempo terminou. A reversibilidade – lema refulgente da profissão da minha mulher – foi efetivada na esfera doméstica. Gillian e Oliver tornaram-se uma unidade tributável e o espectro do *time-share* em Marbella, completa e finalmente banido. O pilriteiro ao lado do portão coberto foi obrigado pelo vento a deixar cair seu gentil confete – nada daquele negócio que vem em caixas, *por favor* – e *la belle-mère* bancou a Cartier-Bresson depois que a persuadi de que, segundo os pioneiros da fotografia, o instrumento de um modo geral operava melhor com a capa da lente removida. Depois nós nos retiramos muito bem-humorados para o Al Giardinetto, e prometi a Gillian não chamar o gerente de Al porque, francamente, hoje em dia aquele tipo de brincadeira começa a divertir apenas a mim.

A *prosecca* estava descansando nos baldes de gelo. Aquela ia ser uma refeição memorável, você entende, não uma farra na base do cartão de crédito – você pediria champanhe francês num restaurante italiano? Matamos o tempo conversando sobre as excentricidades do pastor e os caprichos e divagações – *vagari*, latim, vaguear – do sistema de mão única que levava ao Al's. Então o primeiro prato, *spaghetti neri alle vongole*, chegou, e deixamos de lado, com uma pilhéria, a objeção de que a escolha de Ollie tinha um aspecto mais funéreo que nupcial – "Maman", falei (pois tinha decretado esta solução para o problema do vocativo), "Maman, não se esqueça de que nos casamentos bretões costumavam cobrir a igreja de cortinas negras". De qualquer modo, quando o garfo transportou para a mesa este *primo piatto* toda a discórdia desapareceu. Comecei a sugar a felicidade sob a forma de um fio de pasta comprido, flexível e infrangível. Então localizei o pequeno bastardo.

Deixe que eu descreva a cena. Éramos uns dez (quem?, oh, só uns poucos *amici* e *cognoscenti* escolhidos a dedo) nos fundos do restaurante, sentados a uma mesa comprida numa ligeira reentrância – um toque de Última Ceia segundo Veronese – enquanto mais abaixo um grupo de comensais plebeus esforçava-se ao máximo para demonstrar uma polida falta de interesse na nossa alegre festa de casamento. (Oh, que coisa mais inglesa. *Não* se meta na alegria dos outros, não brinde a eles de longe, é preciso fingir que não há ninguém se casando a menos que façam muito barulho e você aí possa *reclamar*...) Dei uma olhada nos rostos discretamente abaixados, e, sentado descaradamente à nossa frente, quem foi que eu vi? O diplomático Primeiro Marido, sentado sozinho, fingindo ler um livro. Um lance cômico, para começar. Stuart lendo um *livro*?

Teria se camuflado muito melhor ficando de pé em cima da cadeira e acenando para nós.

Levantei-me agilmente, a despeito da restritiva mão da noiva, fui até o ex-marido da minha nova mulher e, amavelmente, instruí-o para que levantasse voo dali. Ele não me encarou. Conservou os olhos fixos na indefectível lasanha que torturava ineficazmente com o garfo.

– É um lugar público – replicou, debilmente.

– É por isto mesmo que estou lhe pedindo que dê o fora – retruquei. – Se fosse um lugar privado, eu não lhe faria a cortesia de enunciar o convite verbalmente. A esta hora você estaria na calçada, partido em vários pedaços. Estaria dentro de uma caçamba com o lixo.

Talvez eu tenha sido um pouquinho barulhento demais, porque Dino, o gerente, apareceu neste ponto. "Al", falei, voltando sem querer ao meu jeito antigo de brincar, "temos aqui uma coisa ofensiva ao olhar. Um Ponto Negro em sua trattoria. Faça a gentileza de remover."

Sabe que ele não quis? Recusou-se a pôr Stuart para fora. Chegou inclusive a querer defendê-lo. Bem, em vez de perturbar a paz por mais tempo, voltei ao meu lugar, onde o espaguete escuro tinha o gosto de cinza na minha boca. Expliquei a tecnicidade da lei britânica que rege os restaurantes, segundo a qual doze felizes frequentadores gastando muito dinheiro não podem se distrair em paz (ficar ao lado dos oprimidos!) e todos nós resolvemos nos contentar na felicidade imediata.

– Ah – disse eu, virando-me para Gill –, eu não sabia que seu segundo nome era Felicidade – e todo o mundo riu, embora Ollie tivesse a impressão de estar subindo a ladeira com a marcha errada. E, a despeito do resplandecente *pesce spada al salmoriglio*, a atenção dele insistia em se voltar ao desolado Stuart, correndo com o dedo rechonchudo a página (definitivamente não era Kafka!) e tentando impedir os lábios salpicados de lasanha de se mexer enquanto lia. Por que a língua inevitavelmente é arrastada para qualquer panela nos dentes, por que foge ao nosso comando e busca aquele pedaço áspero e se esfrega de encontro a ele como uma vaca num poste? Stuart era nosso pedaço áspero, nossa cárie súbita. Como se pode ser verdadeiramente alegre, apesar de toda a satisfação superficial?

Fui aconselhado a ignorá-lo. Os ocupantes das outras mesas começaram a ir embora, mas isto só fez com que o primeiro marido da minha mulher se tornasse mais proeminente. A fumaça de um cigarro levantava-se acima da mesa dele. Um guerreiro índio descartado fazendo sinais de fumaça para sua perdida mulher. Quanto a mim, eu deixara de fumar. É um hábito estúpido, que encoraja a autoindulgência. Mas é justamente o que Stuart precisa e quer hoje em dia – autoindulgência. Ao cabo de algum tempo, só ficaram no restaurante nós dez (cada um sentado diante de um *dolce* maravilhosamente decorado), um casal retardatário à janela, sem dúvida maquinando algum episódio de adultério *banlieusard*, e Stu. Quando me levantei, notei que ele olhava nervosamente para a nossa mesa e acendia outro cigarro.

Eu o fiz suar um pouco fazendo um xixi volumoso no *gabinetto* penumbroso, e depois passei pela sua mesa. Minha intenção era apenas dirigir-lhe um olhar condescendente, mas, quando me aproximei, ele deu uma tragada de arrepiar os pulmões, olhou para mim, trêmulo, baixou os olhos para o cinzeiro, começou a colocar o cigarro num dos descansos, olhou para mim de novo e desandou a chorar. E ali ficou vazando água e sibilando como um radiador furado.

– Oh, pelo amor de Deus, Stu – falei, tentando não demonstrar minha irritação. Aí ele começou a resmungar qualquer coisa sobre cigarros. Cigarros isto, cigarros aquilo. Dei uma espiada no cinzeiro e vi que o incorrigível patife estava com *dois* cigarros acesos ao mesmo tempo. O que demonstrava o quão furioso estava, assim como também o fumante desesperadamente sem classe em que estava se transformando. O que quero dizer é que o elemento básico do *panache* da nicotina está disponível até mesmo para o mais caipira dos viciados, se ele procurar.

Inclinei-me e apaguei um dos dois cigarros – só para ter o que fazer, suponho. Com o que ele me olhou e caiu na gargalhada. Só que, tão de repente quanto começou, parou de rir e começou a balbuciar. Um Stuart lacrimoso não é uma coisa que me agradaria impor a você. Em seguida, ele começou a berrar como um garotinho que perdeu uma braçada de ursinhos de pelúcia. Assim, chamei Dino e disse E agora? Mas Dino parecia estar mais convicto ainda da sua posição contrária à minha, e veio tudo assustadoramente latino, como se o desespero do povo fizesse parte das atrações da trattoria e os clientes viessem para testemunhar aquilo, como se Stuart fosse sua *estrela*. Ele chegou mesmo a consolar o atormentado bancário, ao que me limitei a lançar uma ordem de doze grappas duplas *se* ele tivesse tempo para deixar de lado seu trabalho voluntário de enfermagem e fosse atender a nossa mesa. Sabe qual foi a reação dele? A mais completa frieza. Qualquer um que visse iria pensar que era eu quem estava arruinando a festa de casamento.

– Traga a porcaria daquelas grappas, Dino – gritei, ao que metade do grupo, incluindo a infeliz noiva e a minha maldita sogra, informou-me que não gostavam de grappa. – O que é que tem a ver? – berrei.

A essa altura, as coisas estavam saindo do controle. O pessoal do restaurante reunira-se em torno de Stuart como se *ele* tivesse descoberto aquele lugar antes de mim, o grupo da festa de casamento estava reduzindo o ritmo da celebração, a mesa do adultério olhava fixamente a cena, as grappas estavam sendo mesquinhamente retiradas e o velho Ollie estava francamente se sentindo tratado como a cabeça de um peixe morto há três dias. Ainda assim, a engenhosidade ainda não era defunta, e fiz com que um garçom me trouxesse a maior toalha de mesa que tivessem. Dois cabides de chapéus, relocados sob protesto, umas garrafas vazias usadas como peso, umas duas facadas bem dadas no pano e pronto: um biombo improvisado. Lá se foram os amantes intrometidos, lá se foi o balbuciante Stuart e lá vêm as grappas! Um triunfo tático para Ollie, que ligou então seu charme anedótico numa tentativa de animar a festa de novo.

Quase funcionou. Um pouco do gelo começou a derreter. Todos decidiram que seria melhor realizar uma última tentativa de se divertir. Foi no meio de uma das minhas mais extensas e arrastadas histórias que se ouviu o barulho distante de uma cadeira sendo arrastada. Oh, ótimo, pensei, finalmente ele está indo embora. Mas poucos segundos depois, quando eu estava trabalhando num dos *crescendi* típicos das minhas anedotas, Gillian gritou. Ela gritou, depois desfez-se em lágrimas. Parecia ter visto um fantasma. Olhava fixamente para a parte superior do biombo que eu armara. O que estava vendo? Só havia o teto naquela direção. Suas lágrimas pareciam não poder ser contidas, os canais lacrimais pulsavam como uma artéria seccionada.

Ninguém quis ouvir o final da minha história.

GILLIAN Um palhaço. Uma cabeça de nabo. Uma máscara de Halloween...

15: Pondo em ordem

STUART Vou embora. É o meu quinhão. Não há nada para mim aqui. Não aguento três coisas. Não aguento que meu casamento tenha fracassado. Não, vamos corrigir isto. Não aguento o fato de *eu* ter fracassado. De repente comecei a notar como as pessoas falam dessas coisas. Elas dizem: "O casamento fracassou", "O casamento não deu certo". Oh, a culpa não foi do *casamento*, foi? Escute, não há essa coisa de "o casamento", decidi. Há só você e ela. Então a culpa é dela ou sua. E, embora na época eu achasse que a culpa fosse dela, agora sinto que é minha. Eu a decepcionei. Eu me decepcionei. Não a fiz tão feliz que fosse impossível para ela me deixar. Foi o que não fiz. Então eu falhei e sinto vergonha por isto. Comparado com isto, não ligo a mínima se alguém pensa que meu pinto não funciona.

Não posso aguentar o que aconteceu no casamento. O grito dela ainda ecoa no meu cérebro. Eu não queria estragar as coisas. Eu só queria estar lá, ver sem ser visto. Saiu tudo errado. Como posso me desculpar? Só indo embora.

Não posso aguentar que eles digam que queriam ser meus amigos. Se não falam sério, são hipócritas. Se são sinceros, é pior. Como podem dizer uma coisa dessas depois do que aconteceu? Eu sou perdoado pelos meus pecados, sou desculpado pela colossal impertinência de ter me colocado, por um breve período, entre Romeu e Julieta. Pois bem, vão para o cacete vocês dois. Eu não vou ser perdoado assim *nem vocês*, estão ouvindo? Mesmo que eu não consiga desculpá-los.

Assim eu vou embora.

A única pessoa de quem vou sentir falta, estranhamente, é Mme. Wyatt. Ela sempre foi muito direita comigo. Telefonei para ela ontem à noite para dizer que estava indo embora e para me desculpar pelo modo como me comportei no casamento.

– Nem pense nisso, Stuart – foi o que ela me disse. – Pode ser até que você tenha ajudado.

– O que está querendo dizer?

– Pode ser que quando você começa com um desastre não se sinta tentado a fingir que as coisas foram perfeitas, quando rememorar o passado.

– A senhora é uma filósofa, Mme. Wyatt; sabe disso?

Ela riu de um modo como eu nunca a ouvira rir antes.

– Não, sinceramente – falei –, a senhora é uma mulher sensata.

E isto, por algum motivo, fez com que ela risse mais ainda. De repente percebi que ela devia ter sido muito sedutora no seu tempo.

– Mantenha contato, Stuart – ela disse.

Isto foi muito gentil de sua parte, não foi? Pode ser que seja justamente o que eu vá fazer.

OLIVER Impossível não registrar, *de temps en temps*, o fato de que a vida tem seu lado irônico, não é mesmo? Eis aqui Stuart, o alegre banqueiro (*I Banchieri Giocosi* – por que haverá tão poucas óperas sobre o comércio, eis o que eu gostaria de saber), o diminuto mas mesmo assim pertinaz baluarte do capitalismo, o apressado amante das forças do mercado, o Mountjoy das assunções de controle acionário, o andarilho das compras e liquidações de títulos. E aqui estou eu, o crédulo liberal que vota com alfinete e venda nos olhos, sensível diretor de arena das artes da paz, uma pessoa que instintivamente apoia os fracos contra os fortes, a baleia contra toda a frota pesqueira nipônica, o filhote de foca contra o bruto de camisa de lenhador, a floresta úmida contra o desodorante para o sovaco. E no entanto, quando os supridores dessas filosofias rivais dirigem sua atenção para as questões do amor, um deles subitamente acredita no protecionismo e na Comissão de Monopólios, enquanto o outro defende a natural sabedoria do mercado livre. Adivinha quem é quem? E isto também diz respeito às transas, às trepadas, àquele pequeno espeto de tecido elástico que causa tanta ansiedade. A inspiração poética do coração, conforme celebrada pelos menestréis, também leva à cama, não devemos nos esquecer disto. Tenho que resistir aqui a um certo tom triunfalista (um pouquinho, de qualquer modo), mas não devemos deixar de notar cuidadosamente que, quando o livre-mercadista se torna protecionista, talvez seja por perceber que suas *mercadorias não estão à altura*. Que, às vezes, o simples fato de fazer *Sh-chug-a-chug* como uma caixa de cereal sendo sacudida não faz com que a *inamorata* fique zumbindo até que o sol se ponha. Que há ocasiões em que o requerido é um relâmpago de verão cortando o céu subsaariano. Quem iria optar pelo aeromodelo de hélice de plástico, acionado por um elástico de borracha quando ainda há estrelas cadentes no céu? A raça humana não se diferencia dos animais inferiores pelo fato de saber *aspirar*?

Mas, se por necessidade a pessoa brande a marreta do matador de focas, se o baleeiro japonês dentro dela tem de ser mandado para as águas dos Mares do Sul para fazer o seu negócio, não resulta disso uma brutalidade constante quando ela retorna ao porto. Pobre Stuart – ainda lhe ofereço a palma da amizade. Na verdade, telefonei para ele. Ali estava eu, ainda com a cicatriz do nosso pequeno *contretemps* no rosto (mas esta era boa: eu era Ollie, o Elegante Duelista, em vez de Oliver Russell, a Semiempregada Vítima de Crime), tentando persuadi-lo a retomar a direção da normalidade.

Oi, aqui é o Oliver.

Houve uma pausa cuja duração média tornou-se difícil de interpretar, seguida por uma frase bem menos ambígua: "Vá se foder, Oliver."

– Olha ...
– Vá se foder.
– Eu imagino ...

– VÁ SE FODER!!!
Qualquer um teria pensado que eu estava telefonando para me desculpar com Stuart, que tinha sido eu quem estragara sua festa de casamento. O Velho Homem do Mar nada tinha contra Stu, aparecendo na igreja e depois nos seguindo até o restaurante. Na verdade eu devia ter mandado que o prendessem. Seu guarda, está vendo aquele velho marinheiro ali? Está se lamentando com todo mundo sobre abater uma gaivota. Quer mandar que ele vá embora, por favor, ou, de preferência, prenda-o por uma noite em Newgate à disposição de Sua Majestade.
Mas não fiz nada disso. Fui razoável, e este é o agradecimento que recebo. Uma saraivada de vá-se-foder, como se fosse uma dosagem de remédio para dor de ouvido. Especialmente grosseiro, já que o instrumento através dos quais esses repetidos incentivos para que eu desligasse não era outro senão o portátil preto fosco com incrustações de couro através do qual eu tinha me declarado à sua mulher. Tivesse o meu amigo permanecido na linha o tempo suficiente, eu poderia ter compartilhado esta interessante ironia com ele.
Claro que não digitei o número de Stuart – o número *dela*! Tudo que fiz foi pressionar o sagrado e sempre lembrado nº 1 do mostrador! – inteiramente por iniciativa minha. Às vezes a magnanimidade requer um *accoucheuse*. Gillian sugeriu que eu ligasse.
Não vá se enganar quanto a Gillian, a propósito. Não que eu saiba alguma coisa sobre a transparência colorida que você levanta contra a luz quando está sonhando com ela. É só que ela é mais forte do que eu. Sempre tive ciência disso.
E gosto. Amarrem-me com cordas de seda, *por favor*.

GILLIAN Oliver disse que Stuart não quis falar com ele. Resolvi tentar também. Ele atendeu e eu disse: "Sou eu, Gillian." Houve um suspiro e ele desligou o telefone. Não posso culpá-lo, posso?
Stuart comprou a minha parte na casa. A divisão do dinheiro e do resto das coisas foi justa. Sabe o que ele fez, Stuart? Foi um

desses negócios realmente surpreendentes. Quando concordamos em nos divorciar – quando ele concordou em me conceder o divórcio, para ser mais precisa – comentei que detestava a ideia de ter advogados decidindo quem fica com quê, o quão doloroso tudo tinha sido e que os advogados só pioravam insistindo em que a pessoa lutasse por todo e qualquer *penny*. E você sabe qual foi a reação de Stuart? Ele disse: "Por que não deixamos Mme. Wyatt decidir?"

– Maman?

– Confio que ela será mais justa do que qualquer advogado que eu tenha conhecido.

Não é uma coisa extraordinária? Assim ela fez, e os advogados foram informados de que tínhamos concordado. E a corte aprovou.

Outra coisa. A separação não teve nada a ver com sexo. Seja o que for que as pessoas imaginem. Não vou entrar em detalhes, só vou dizer. Se uma pessoa, homem ou mulher, pensa que não domina por completo o ato de fazer amor, vai se esforçar mais, não é mesmo? Por outro lado, se pensa que sabe tudo, essa pessoa, homem ou mulher, pode tornar-se preguiçosa ou até mesmo desvanecida, enfatuada. O mesmo acontece com a outra, a diferença não pode ser muito grande. Especialmente se o que é realmente importante é quem você é.

Depois que saí de casa, Stuart disse que eu podia continuar usando o estúdio. Não aceitaria aluguel. Oliver não gostou. Disse que Stuart podia me atacar. Bem, claro que não me atacou.

Quando estávamos dividindo nossas coisas, Stuart insistiu para que eu ficasse com os copos que Maman nos tinha dado. Ou o que restava deles. No princípio eram seis, agora só há três. Engraçado, não me lembro de ter quebrado nenhum.

MME. WYATT Lamento o incidente com o vestido de casamento. Não tive intenção de perturbar Gillian, mas a ideia dela realmente era um absurdo. Mais que um absurdo, era a ideia de uma imbecil. Casar duas vezes com a mesma roupa – quem já ouviu falar disso? Assim, às vezes é necessário que uma mãe se comporte como mãe.

O casamento foi um *desastre*. Impossível exagerar quanto tudo saiu errado. Não pude deixar de reparar que o champanhe não era originário de Champagne. Começamos com uma comida preta que seria mais apropriada a um funeral. Houve aquela dificuldade com Stuart. Tudo um desastre. E finalmente Oliver insiste em mandar vir para nós um *digestif* italiano que mais parecia essas poções que você esfrega no peito de uma criança doente. Mas beber? Nunca. Tudo um desastre, como eu digo.

VAL Dou um ano. Não, sério. Boto dinheiro nisso. Está pensando em quanto? Dez, cinquenta, cem? Dou um ano.
    Escute, se Stuart, que nasceu para ser marido, dura tão pouco tempo quanto durou com aquela pentelha metida, que chance tem Oliver, sem dinheiro, sem perspectiva, ele que ainda por cima é bicha? Quanto tempo o casamento vai durar depois que ele começar a chamar por Stuart na cama?
    E outra coisa...

OLIVER & STUART Fora.
    Tirem essa puta daqui.
    Vamos.
    Fora.
    Fora.
    FORA.

VAL Não podem fazer isto comigo. *Você* não pode deixar que façam isto comigo. Tenho tanto direito...

OLIVER & STUART *Fora*. É ela ou nós. Fora, sua vaca. FORA. Ela ou nós.

VAL Sabe que isto é contra todas as regras?
    Quer dizer, você sabe o que está fazendo aqui? Sabe quais deverão ser as consequências disto? Já pensou nelas? Isto aqui é o poder

dos jogadores. Ei, *você* – você não era para ser o gerente, o *dono* da porra do time?

OLIVER Você tem um cachecol, Stu?

VAL Será que você não vê o que está acontecendo? Isto é um desafio direto à sua autoridade. Ajude-me. Por favor. Se me ajudar eu lhe conto sobre os paus deles.

OLIVER Eu seguro, você amordaça.

STUART Certo.

VAL Vocês são patéticos, sabiam? Todos os dois. *Pa té ti cos.*
Stuart...
Ol...

OLIVER Ufa. Esta foi divertida. Valda, a Vencida. Ufa, ufa.
Stuart, olha...

STUART NÃO.

OLIVER Foi exatamente como nos bons tempos, não foi? Bem como antigamente. Lembra? *Jules et Jim?*

STUART Vá se foder, Oliver.

OLIVER Quando eu receber o cachecol de volta devo mandar para você?

STUART Vá se foder, Oliver.
Se você abrir a boca de novo, eu...
Anda, dá o fora.

OLIVER Estive lendo as memórias de Shostakovich. O ataque histriônico de Valda me fez lembrar da sua página de abertura, na qual o escritor promete que tentará dizer apenas a verdade. Ele viveu muitos eventos importantes e conheceu muita gente importante. Diz que tentará fazer um relato honesto e não falsificar a cor de nada. O seu depoimento será o de uma testemunha ocular. Ótimo. Bastante justo. Após o que esse subestimado ironista continua, e eu cito: "Claro, nós temos um ditado, 'Ele mente como uma testemunha ocular'."
O que serve com absoluta precisão para Val. Ela mente como uma testemunha ocular.
Outra nota de pé de página. Ou melhor, algo que Stuart poderia ter querido discutir, se tivesse disposto a gastar comigo esta hora do dia. Shostakovich sobre sua ópera *Lady Macbeth*: "Também é sobre como o amor poderia ter sido se o mundo não fosse cheio de vilezas. É a vileza que arruína o amor. E as leis, as propriedades, as preocupações financeiras e o Estado policial. Se as condições tivessem sido diferentes, o amor teria sido diferente." Claro. As circunstâncias alteram o amor. E o que dizer de circunstâncias extremas, aquelas do Terror Stalinista? Shostakovich continua: "Todo mundo parecia preocupado com o que aconteceria ao amor. Suponho que será sempre assim, que sempre haverá de parecer que os últimos dias do amor chegaram."
Imagine só: a morte do amor. Pode acontecer. Eu queria dizer para o Stuart: você sabe aquele PhD que lhe atribuí em forças do mercado e amor, bem, eu não estava seguro do que falei, pode ser que não passasse de uma piada, sinceramente. Percebo agora que acertei em algo. "Se as condições tivessem sido diferentes, o amor teria sido diferente." É verdade, e como é verdade. E quão pouco nós refletimos sobre ela. A morte do amor: é possível, é imaginável, não posso tolerar isso. "Cadete Russell, por que deseja ingressar no Regimento?" "Quero tornar o mundo seguro para o amor. E falo sério, senhor, falo sério!"

SRA. DYER Gostei de ter aquele rapaz aqui. Claro, contava lorotas terríveis e ainda não estão comigo as últimas duas semanas de aluguel que ele prometeu me mandar. Ele é um pouquinho pancada, se quer saber. Eu costumava ouvi-lo falando sozinho no quarto. E contava mesmo lorotas. Não penso que escrevesse mesmo para o cinema. E ele nunca estacionou seu carro nesta rua. Acha, afinal, que ele está com AIDS? Dizem que a AIDS faz as pessoas ficarem meio birutas. Podia ser esta a explicação. Mesmo assim, era um bonito rapaz.
    Quando foi embora, disse que queria levar uma lembrança. E saiu daqui levando na mão um galhinho da árvore que fica junto da janela do seu quarto.

GILLIAN Stuart está indo embora. Estou certa de que é uma decisão sábia. Às vezes penso que devíamos fazer o mesmo. Oliver está sempre falando sobre o novo começo pelo qual está sempre prestes a se decidir, mas ainda estamos aqui morando na mesma cidade, trabalhando nos mesmos lugares. Talvez devêssemos simplesmente partir.

OLIVER O teste foi negativo, claro. Eu sabia que ia ser. Você não estava realmente *se preocupando* comigo, estava? *Mes excuses*. Fico realmente comovido. Tivesse percebido, eu lhe teria dito assim que soube.

MME. WYATT Você me pergunta o que acho deles, Stuart e Oliver, e qual deles prefiro? Mas eu não sou Gillian, e isto é tudo o que conta. Ela me disse: "Suponho que eu sabia o que era ser amada. O que não sabia era o que é ser adorada." Repliquei: "Por que então fazer cara de tristeza?" Como vocês, ingleses, dizem, quando se faz uma cara assim o vento pode mudar.
    Suponho também que nunca acontece bem como você espera. Tenho os mesmos preconceitos de qualquer mãe. Quando conheci Stuart, e depois, quando eles se casaram, eu ficava pensando: não se

atreva a fazer mal à minha filha. Stuart sempre se sentava na minha frente como se estivesse sendo examinado por um médico, um professor ou qualquer coisa assim. Seus sapatos estavam sempre muito engraxados, e quando ele pensava que eu não estava reparando dava uma olhada para ver se não tinham perdido o brilho. Era muito ansioso para agradar, para que eu gostasse dele. Eu achava tocante, mas é claro que resistia um pouco. Sim, você a ama agora, estou vendo, sim, você é muito polido comigo e engraxava seus sapatos, mas se não se importa vou esperar alguns anos. Quando perguntaram a Chou-En-Lai quais seriam as consequências da Revolução Francesa na história do mundo, ele respondeu: "É cedo demais para dizer." Bem, é assim que eu pensava com relação a Stuart. Eu o via como um rapaz honesto, talvez um tanto maçante, que ganhava dinheiro suficiente para cuidar de Gillian, e isto era um bom começo. Mas se eu o estivesse examinando como ele pensava, então chegaria a este julgamento: é cedo demais para falar, volte dentro de alguns anos. Estou esperando, estou espiando. E nem uma única vez fiz a mim mesma a pergunta inversa: e se a minha filha fizer mal a Stuart? Assim não sou uma mulher tão sábia, como pode ver. Sou como uma dessas fortalezas que têm todos os seus canhões apontados para o lugar de onde pensam que o inimigo virá, e são indefesas quando ele chega pela porta dos fundos.

    E aí temos Oliver em vez de Stuart, e o que é que eu acho? Que Oliver não pensa que engraxar os sapatos seja o melhor modo para me persuadir a gostar dele. Ao contrário, Oliver se comporta como se fosse impossível para mim não gostar dele. Comporta-se como se tivéssemos nos conhecido sempre. Ele me diz qual o tipo de peixe inglês que melhor substitui na *bouillabaisse* o peixe do Mediterrâneo que não consigo comprar. (Ele não me pergunta antes se eu gosto de *bouillabaisse*.) De certo modo, ele flerta comigo, acho. E nem só por um único momento ele se permite imaginar que eu poderia desaprovar o que fez, acabando com o casamento da minha filha. Ele quer – como colocar isso? – ele quer que eu tenha participação na sua felicidade. É estranho, um tanto comovente.

Sabe o que me disse outro dia? "Maman", disse ele – ele me chama assim em vez de Mme. Wyatt desde que acabou com o casamento de minha filha, o que acho talvez um tanto peculiar – "Maman, por que não arranjamos um marido para você?"

Gillian olhou para ele como se, naquelas circunstâncias, fosse provavelmente a pior coisa que ele poderia ter dito, e talvez fosse mesmo, mas não me importei. Ele disse isso também de um modo sedutor, como se quisesse afirmar que teria sugerido a si próprio para o papel, caso tivesse me visto antes de conhecer minha filha. Que desfaçatez? Sim, mas dificilmente eu poderia deixar de gostar dele por isso.

– Não penso que vá me casar de novo – foi tudo o que eu disse, contudo.

– *Un oeuf* é bastante? – replicou ele, e começou a rir da própria piada. E não era nem mesmo uma boa piada. Gillian riu também, e riu mais do que eu sabia que seria capaz. Os dois se esqueceram de que eu estava ali, o que foi uma boa ideia naquela hora.

Você vê, eu não penso que vá me casar de novo. Oh, não digo que não amarei de novo, o que é outra história. Todo mundo é vulnerável ao amor, é o que dizem, até o dia da morte. Não, mas o casamento... eu lhe direi a conclusão a que cheguei, após todos aqueles anos com Gordon, anos que, a despeito do que você possa pensar, foram basicamente felizes; tão felizes quanto os de qualquer outra pessoa, eu diria. E minha conclusão foi a seguinte: que se você continua vivendo com alguém, lentamente vai perdendo a capacidade de fazer essa pessoa feliz, embora sua capacidade de magoar permaneça intocada. E vice-versa, é claro.

Não é um ponto de vista otimista? Mas a pessoa só tem que ser otimista aos olhos dos outros, não para si mesma. Ah, você dirá – Oliver certamente diria – que foi só com Gordon, ele a oprimiu, não foi um julgamento justo, faça outra tentativa, amor. Bem, não é só por ter vivido com Gordon que decidi o seguinte: estou interessada em outros casamentos. Eu lhe digo isto com toda a sinceridade. Há certas verdades com que se pode viver mesmo que elas só lhe tenham sido demonstradas uma vez. Deste modo elas não a oprimem, há espaço para um ponto de interrogação ao seu lado. Mas se tal verdade é demonstrada duas vezes, ela oprime e sufoca. Eu não poderia tolerar que isto fosse duas vezes verdadeiro. Por isso mantenho distância dessa verdade, e do casamento. *Un oeuf* é bastante. E o que é que se diz também? Não se pode fazer uma omelete sem quebrar os ovos. Assim, nada de omelete para mim.

16: *De Consolatione Pecuniae*

STUART Se você me perguntar – agora tenho tempo para pensar nisso –, o amor, ou o que chamam de amor, é só um sistema para fazer com que as pessoas o chamem de querido ou querida depois do sexo.

Passei um mau pedaço depois daquele Negócio. Não me Desfiz em Pedaços. Não Tive um Colapso. Não sou do tipo de pessoa sujeito a coisa assim. Sei que provavelmente seguirei meu caminho, com mais ou menos o mesmo trabalho e certamente a mesma personalidade e definitivamente o mesmo nome (eu sou aquele que é fiel ao próprio nome, lembra?) até que... bem, até que eu largue meu emprego, a idade comece a desgastar minha personalidade e a morte finalmente leve embora o meu nome. Mas o Negócio modificou-me. Oh, não me Amadureceu, não Me fez Crescer. Mas me modificou.

Lembra-se dos meus pais, de como sempre tive a impressão de os estar desapontando? Pensei que isso só acontecesse entre pais e filhos e que, se você tivesse sorte, nem acontecia. Agora acho que é geral. É só uma questão de quem faz o que a quem. Por exemplo, quando o Negócio aconteceu e todos nós estávamos passando por aquilo – posso ver agora que não era só eu – eu costumava pensar que estava desapontando Gillian. Eu pensava, aqui vou eu de novo: falhei com meus pais de um modo que eles nunca me explicaram direito qual tenha sido e agora estou falhando com a minha mulher de um modo igualmente insondável. E um pouco depois comecei a perceber que não fora eu que a desapontara, e sim *eles* que tinham *me* desapontado. Minha mulher me desapontou, meu melhor amigo me desapontou, era apenas meu caráter e minha maldita tendência para me sentir culpado que não tinham me deixado ver isto antes. *Eles* desapontaram a *mim*. E assim formulei um princípio. Não sei se você acompanha rugby, mas há alguns anos havia um ditado famoso no jogo: trate de retaliar primeiro. E agora o modo como vivo a minha vida segue este princípio: trate de desapontar primeiro. Desaponte antes que o desapontem.

O trabalho ajudou um bocado. A princípio era só um lugar para ir, algo que eu podia ainda respeitar. Tinha seu próprio sistema, podia existir para sempre sem mim; mas me deixava sentar junto de uma tela e operar com ela. Eu era grato pelo trabalho, pelo dinheiro, por fazer aquilo. Eu me sentia desesperado, ficava embriagado, claro, e me sentia furioso, mas, assim que me sentava em frente ao dinheiro, me acalmava. E sempre tive respeito por aquilo. Nunca bebi na noite da véspera de ir trabalhar. Sempre usei uma camisa limpa. Se caía na farra era só nas sextas e nos sábados. Por algum tempo, todas as sextas e os sábados. Mas chegava segunda-feira e lá estava eu sentado ali com uma camisa lavada e a cabeça clara, falando com o dinheiro.

E como aquilo era o que eu fazia de melhor na minha vida, melhorei mais ainda. Ou passei a saber mais. Eu nunca chegaria a ser muito ambicioso, mas fico na média. Nunca ia apostar em algum meganegócio saudita de alto risco *off-shore*. Eu era o sujeito que aconselhava contra esse tipo de coisa. Eu era o cara que dizia que não tão depressa, será que já verificamos tudo, lembrem o que aconteceu com o Segundo City Bank de Cornbelt. Sou bom em dizer coisas assim. Assim, quando o banco abriu mais filiais nos Estados Unidos, mandaram-me para Washington como uma pessoa mediana e sensata. É onde estou agora.

E o dinheiro ajudou também. Eu mostrava respeito ao dinheiro e ele retribuiu, me ajudou. Lembro-me da primeira vez que o dinheiro ajudou. Não foi muito antes da minha ex-mulher e do meu ex-melhor amigo me infligirem o desapontamento final, terminal, casando-se um com o outro. Foi uma época ruim, como você pode imaginar. Não era um período em que eu pudesse depositar muita confiança nas pessoas, nem mesmo nas coisas mais simples. Como podia saber que não havia alguém esperando que eu me apegasse a essa coisa simples para depois me apunhalar com desapontamento?

Um dia, uma tarde para ser preciso, decidi que ia fazer sexo. À parte tudo o mais que me fizera, Gillian tinha feito com que eu me desligasse do sexo. Eu não *queria* sexo, entende, quando tomei a decisão a que me refiro. O ponto era que eu estava lutando contra o que tinham me feito. Assim pensei, como me sairei nessa coisa? Foi então que lembrei que para o mundo exterior eu provavelmente parecia um homem de negócios de terno, e decidi me comportar como essas pessoas supostamente devem se comportar. Era uma tarde de sábado, arrumei uma valise, peguei um táxi, mandei que me levasse a um hotel em Bayswater, hospedei-me, saí, comprei uma revista dessas que os homens de negócios devem comprar e voltei para o hotel.

Examinei os anúncios e acabei por me decidir por uma organização que oferecia Garotas Sofisticadas para Massagens Relaxantes e Serviços de Acompanhante no Seu Hotel, Aceitam-se Cartões de Créditos. Parei para pensar nessa história de cartão de crédito. Seria uma boa ideia? Eu não tinha antecipado esta possibilidade – na verdade, viera equipado com um bocado de dinheiro vivo. E se só quisessem o número do seu cartão de crédito para chantagcá lo? Mas devo ser uma das poucas pessoas inchantageáveis por aqui. Não tenho por perto família de quem me esconder. E se o banco descobrisse? Eles provavelmente só teriam objeções se eu usasse um cartão de crédito que desaprovassem ou um cuja taxa de juros lançasse dúvidas sobre minha competência profissional.

E, quando fiz a ligação, senti-me repentinamente em pânico. E se mandassem uma garota parecida com Gillian? Seria realmente um chute no saco. Assim, quando perguntaram se eu tinha em mente algum tipo particular de garota, eu perguntei se tinham alguma oriental. E assim mandaram Linda. Ou mandaram uma garota que chamava a si própria de Linda. Custou £100. Era o seu preço, era o que o dinheiro comprava. Não vou entrar em detalhes porque não sou o tipo de pessoa que entra em detalhes acerca desse tipo de coisa, mas valeu cada *penny*. Era muito boa no que fazia. Eu não queria sexo, como falei, só tinha decidido fazer sexo; mas logo descobri que também queria e estava satisfeito por querer. Depois que ela saiu, olhei para a via da ficha do cartão de crédito para ver o que escrevera no quadro denominado Quantidade e Descrição. Ela escrevera: "Mercadorias." Só isso. "Mercadorias."

Às vezes elas escrevem gracinhas como "Manutenção do Equipamento" e outras vezes não escrevem nada ou põem o que quer que você mande; mas sempre me lembrarei de que Linda pôs "Mercadorias". Era uma transação, uma operação comercial, então por que não? Desde então, tem havido muitas garotas mais como Linda, algumas também chamadas Linda. Parece haver um certo tipo de nome que as garotas escolhem: conheci muitas Lindas, Kims, Kellys, Lorraines e Linzis. Não conheci muitas Charlottes e Emmas nesta linha de trabalho, posso lhe assegurar. E outra vantagem da profissão é a seguinte: quando as garotas decidem sobre seus nomes, raramente pensam que o executivo de terno cinza com um impaciente cartão de crédito vai querer que se chamem Gillian. Pelo menos não assim, com todas as letras. Acho que não aguentaria isso. Houve uma garota uma vez – em Manchester, acho – que disse que seu nome era Gill.

– Como se soletra? – perguntei. Estava puxando meu cartão de crédito da carteira e gelei.

– Por que quer saber? – Ela pareceu ficar um pouco amuada, como se eu estivesse aplicando algum tipo de teste de QI antes de contratá-la.

– Só isto: como se soletra seu nome, com J ou G?
– J, claro.
Claro.

Gosto, aqui, dos Estados Unidos. Agrada-me ser estrangeiro. Estrangeiro, mas falando a língua do país. E também é bom ser inglês. Os americanos são muito amistosos, como todos nós ouvimos milhões de vezes, e os que eu conheço são muito delicados comigo, mas, se acho que estão se aproximando demais e recuo eles simplesmente atribuem o meu jeito de ser ao fato de ser inglês. Acham que sou um pouco reservado, um pouco cheio de não me toques, o que está OK para mim. Eu recuo – trato de desapontar primeiro. E as garotas são boas também. Isto é, as profissionais. As Shelleys e as Marlenes. Não há uma Charlotte ou Emma neste lado do oceano. Não neste ramo. Tampouco uma Gillian. Não com todas as letras ou com um G, pelo menos. Olhe, pode ser que você não goste muito de mim agora. Talvez jamais tenha gostado. Mas tudo bem. Não estou mais no negócio de ser gostado. Não quero dizer que esteja planejando ser algum feroz megamagnata que sempre é um sacana – nunca sou deliberadamente mau para com as pessoas, não faz parte da minha maquiagem. É que me interessa muito menos se as pessoas gostam ou não de mim. Eu costumava fazer muita coisa para agradar, para conseguir a aprovação dos outros. Hoje em dia descubro que não me importa muito nem uma coisa nem outra. Como pequeno exemplo, voltei aos óculos. Só comecei a usar lentes de contato porque Gillian gostava mais de mim sem óculos.

Uma das primeiras coisas que as pessoas falam a você sobre dinheiro é que é uma ilusão. Que é conceitual. Que se você der a alguém uma nota de um dólar ela não "vale" um dólar – vale um pedacinho de papel e um pouco de tinta – mas todo mundo concorda, todo mundo subscreve a ilusão de que vale um dólar e assim passa a valer. Todo o dinheiro do mundo só vale o que vale porque as pessoas subscrevem a mesma ilusão a seu respeito. Por que ouro, por que platina? Porque todos concordam em lhes dar valor. E assim por diante.

Provavelmente você sabe aonde estou querendo chegar. A outra ilusão, a outra coisa que existe simplesmente porque todo mundo concorda em lhe atribuir um certo valor, é o amor. Você pode me chamar de observador parcial, mas é a minha conclusão. E eu já estive muito perto dele. Já tive o nariz esfregando em amor, muito obrigado. Pus o nariz tão perto do amor quanto o ponho perto da tela quando estou discutindo dinheiro. E me parece que há paralelos a serem traçados. O amor só é aquilo que as pessoas concordam que exista, atribuindo-lhe um valor conceitual. Hoje em dia é tido como uma mercadoria por quase todo mundo. Só eu que não. Se você quer saber, acho que o amor está sendo mantido com a cotação artificialmente alta. Um dia desses vai cair.

Oliver costumava andar por aí com um livro chamado *As consolações da filosofia*. "Tão, mas *tão* consolador", era o que ele costumava arrulhar pretensiosamente, dando um tapinha condescendente na capa. Nunca o vi lendo aquele livro. Talvez só gostasse do título. Mas sou eu que tenho comigo o título do livro de hoje, a versão modernizada. Chama-se "As consolações do dinheiro". E, acreditem-me, essas consolações funcionam.

As pessoas me acham mais interessante agora que tenho mais dinheiro. Não sei se sou – provavelmente não –, mas me acham. É um consolo. Gosto de comprar coisas e de ter coisas e de jogá-las fora se não gosto delas. Comprei uma torradeira outro dia e depois de uma semana não gostei de sua aparência e joguei-a fora. É um consolo. Gosto de contratar pessoas para fazer coisas para mim que não gosto de fazer – lavar o carro, limpar o apartamento, fazer as compras. É um consolo. Embora eu tenha muito menos dinheiro que algumas pessoas com quem trato, tenho muito mais dinheiro do que muitas pessoas com quem trato. É um consolo. E se eu continuar ganhando na proporção atual e investir sensatamente serei capaz de viver confortavelmente desde a hora em que me aposentar até o dia em que morrer. Dinheiro, é o que me parece, é muito mais consolador que filosofia, quando se trata da preocupação com essa época da vida.

Sou materialista. O que mais se pode ser quando não se é um monge budista? Os dois grandes credos que governaram o mundo neste século – o capitalismo e o comunismo – são materialistas; um é melhor que o outro, como os recentes eventos provaram.

O homem gosta de consumir, sempre gostou, sempre gostará. É melhor que nos acostumemos. E o amor ao dinheiro não é a raiz de todo o mal, e sim o ponto de partida para a felicidade e o consolo da maioria das pessoas. Muito mais *confiável* que o amor. O que você vê é o que você tem. O que você tem é aquilo pelo que você paga. Esta é a regra no mundo de Kim, e Kelly, e Shelley, e Marlene. Não quero dizer que não haja fraudes. Claro que há, exatamente como há garotas com doenças e garotas que no fim são homens; é como em qualquer outro negócio, há fraudes e más compras. Mas, se você vai às pessoas certas e paga o preço certo, vai ter o que quer. Confiavelmente, profissionalmente. Gosto do modo como usam seus pequenos códigos ao chegarem. Posso lhe ajudar em alguma coisa? O que tem em mente? Há alguma coisa especial de que gostaria? Não há dúvida de que com outros clientes isto leva a uma barganha prolongada, até que se faça ouvir o barulho metálico da máquina de cartão de crédito que carregam na bolsa junto com preservativos. Mas minha barganha é sempre simples. Quando me perguntam se desejo alguma coisa especial, nunca as aborreço com uniformes de colegiais e chicotes ou seja lá o que for. Digo que só quero que me chamem de Querido depois. Só uma vez, mais nada. Só uma vez.

Não sou uma pessoa sem amigos. Não me julguem mal. Vou para o trabalho, trabalho duro e ganho o meu dinheiro. Moro num belo apartamento que não fica longe da Praça Dupont. Tenho amigos, tanto homens como mulheres, com quem passo algum tempo; aproximo-me deles tanto quanto quero, mas não demais. Desaponte os outros primeiro. E, sim, tive namoradas por aqui. Fui para a cama com algumas delas e algumas delas me chamaram de Querido antes, durante e depois. Eu gosto, claro, mas não confio. O único Querido em que posso confiar é o pelo qual paguei.

Você entende, não me vejo como um sujeito com a visão deformada, cínico, desiludido ou o que seja. Penso em mim como vendo as coisas agora com mais clareza do que via antes. Amor e dinheiro são dois grandes hologramas que brilham diante de nós virando e girando como duas coisas verdadeiras em três dimensões. Aí você estica a mão e ela passa direto através. Eu sempre soube que o dinheiro era uma ilusão, mas mesmo assim sempre soube que tinha seus poderes, limitados e maravilhosos. Eu não sabia que o amor era igual. Eu não sabia que você esticava a mão e ela passava direto através do amor. Agora eu sei, e sou mais sensato.

Assim você vê, de certo modo voltei ao ponto de vista de Oliver, aquele que ele tentou insultantemente me explicar quando estávamos de porre e eu acabei dando-lhe uma porrada. O amor opera de acordo com as leis do mercado, disse ele, como justificativa para roubar minha mulher. Agora, um pouco mais velho e um pouco mais sabido, estou começando a concordar: o amor tem mesmo muitas das propriedades do dinheiro.

Nada disto significa que perdoei qualquer um dos dois pelo Negócio. Que, por falar nisto, não acabou. Não está terminado ainda. Não sei o que tem de ser feito, como ou quando... tenho de tirá-lo do meu sistema... Como?

Segundo meu ponto de vista, existem dois sistemas. Pague Agora ou Pague Depois. Pague Agora funciona como acabei de descrever – e funciona muito eficientemente, desde que você tome as precauções econômicas normais. Pague Depois é chamado Amor. Não me surpreende que, de um modo geral, as pessoas prefiram o Pague Depois. Todos nós gostamos de comprar a prazo. Mas raramente lemos as letras miudinhas do contrato. Não pensamos nunca nas taxas de juros... jamais calculamos o custo final... Dê-me o Pague Agora.

Às vezes as pessoas me dizem, quando explico como me sinto a respeito dessas coisas, Sim, posso entender seu ponto de vista. Faz tudo ficar mais simples. Mas essa história de comprar sexo (geralmente estamos de porre, é claro, quando essas confidências têm lugar), mas essa história de comprar sexo elas se exprimem com a autoridade de quem nunca comprou sexo em toda a vida – tem um problema. É que as prostitutas não beijam. Isto é dito num tom um tanto triste, com o pensamento nas esposas, que beijam (mas quem? *Quem mais?* É o que me dá vontade de perguntar). Faço que sim, e não me dou ao trabalho de desiludir ninguém. As pessoas têm umas ideias tão sentimentais a respeito de piranhas... Pensam que elas só simulam o ato de amor e depois se retiram para trás de um biombo de decoro, guardando corações e lábios para seus bem-amados. Bem, pode ser que uma parte disso seja verdade. Mas piranhas não beijam? Claro que sim. Você só tem que lhes pagar o suficiente. Pense sobre onde mais elas concordarão em pôr seus lábios em troca de dinheiro.

Não quero sua piedade. Sou mais sabido hoje do que antes, e você não pode mais me tratar com a mesma condescendência. Pode ser que não goste de mim (talvez nunca tenha gostado). Mas, como digo, não estou mais no negócio de ser gostado.

Dinheiro não compra amor? Oh, sim, claro que compra. E, como digo, o amor é só um sistema para fazer com que alguém o chame de Querido depois de fazer sexo.

17: *Sont fous, les Anglais*

GORDON Gordon é o nome. Não, não há razão para que deva. Gordon *Wyatt*. O nome lhe diz qualquer coisa? Eu não devia estar falando com você, tenho certeza de que é contra as regras. Afinal, você sabe o que pensa de mim, não sabe? Velho libertino asqueroso, sedutor de estudantes, abandonou mulher e filha... Um homem não pode esperar muito de uma audiência, classificado com tais rótulos.

Pontos para fazer referência no caso de Gordon Wyatt, há longo tempo submetido a corte marcial e mandado para as minas de sal:

1) Ela era muito divertida quando nos conhecemos, Marie-Christine. Casamos, eu a trouxe para a Inglaterra. Teve um caso mais ou menos um ano depois que nos casamos. Pensou que eu não fosse perceber. Claro que percebi. Dá uma sacudidela no sujeito, mas me recuperei. Suspeito que teve outra aventura depois que Gillian nasceu, não estou absolutamente seguro. Dava para ter aguentado isso. O que não pude tolerar foi o modo como parou de ser divertida. Ficou como se fosse de meia-idade antes do tempo, tinha *ideias* sobre as coisas. Horrível. Não combinava nem um pouco com ela. Continuou sendo *direita*, se é que você entende o que estou dizendo.

2) Acesso à filha recusado pela corte com base na delinquência do requerente no que diz respeito a jovens mulheres (será que pensavam que eu ia tentar seduzir minha própria filha, pelo amor de Deus?). Subsequentes pedidos particulares sempre negados peremptoriamente por Madame. Hora da decisão: você continua tentando ver sua filha sabendo que tem tudo contra (desprezo da

corte, advogados, meirinhos etc.) e se tortura com a esperança ou tira o time de campo? E o que dizer da referida criança: melhor para ela pensar que há um Possível Alguém em algum lugar ou um Definitivo Ninguém? Não é fácil.

3) A principal coisa a dizer é que não vou tolerar esta calúnia sobre a minha mulher. Minha atual esposa. Eu não a "seduzi", ela não bancou a Lolita para cima de mim. Nós nos conhecemos (fora da escola, por sinal) e pronto, aconteceu. Nada a ser feito. Apaixonados desde então, nunca uma palavra de raiva, dois filhos sensacionais. Claro que foi difícil arranjar um emprego de professor em qualquer outro lugar. Resolvido o problema por algum tempo com algumas traduções, ainda faço um pouco. Mas Christine passou a sustentar a casa. Sou o que chamariam de "dono de casa", acho. Levado a essa situação tal como um pato é atraído pela água, o que teria surpreendido Madame. Para ser sincero, não sei de que as mulheres tanto reclamam. Adoro ficar "preso em casa", como costumam dizer.

Ah, sim, lá está a porta. Olhe, eu prometi que nunca iria falar deste modo sobre o acontecido. Christine realmente não gosta. O passado é outro país e ponto final. Assim, silêncio, se não se importa. Muito obrigado. Até a vista, então.

OLIVER Meu carro é este antigo Peugeot 403. Comprado de um camponês que provavelmente se imaginava em um Toyota Land Cruiser. É cinza-esverdeado – nao fazem mais essas cores, não para carros – e todo arredondado nos cantos. A grade do radiador é pequena como a vigia de um carcereiro. Muito retrô. É sabido que enguiça de vez em quando.

Todas as manhãs acomodo-me atrás do volante, ao rangido do couro velho, e dirijo até Toulouse. Atravesso cuidadosamente a aldeia por causa do cachorro de Monsieur Lagisquet. Não sei qual é a raça dele, mas suas características de reconhecimento imediato são tamanho médio, cor de castanha-da-índia e furiosa sociabilidade. Sua característica menos imediata nos foi explicada por Monsieur Lagisquet na primeira vez que Gill e eu caminhávamos pela aldeia e aquela língua de quatro patas arremessou-se sobre nós. "Il est sourd", disse o proprietário, "il n'entend pás." Um cachorro surdo. Deus, que tristeza. Megatriste. Imagine não ser capaz de ouvir mais o assovio mavioso do seu dono. Assim, dirijo cuidadosamente, acenando aos nativos como um membro menor da nobreza britânica. Passo o poeirento losango que é metade praça da aldeia e metade pátio do café, onde uma dupla de cidadãos da terceira idade bebericam sua bebida matinal em canecas gordas com o slogan de Choky. Passo as prateleiras de Totalgaz do lado de fora da *alimentation* e os anúncios descorados, pintados na parede lateral, de BRILLIANTINE PARFUMÉE e SUZE. Os nomes, os nomes! Depois o *lavoir* em desuso perto da pequena ponte – *où sont les blanchisseuses d'antan?* – e virar na estrada principal. Como a maior parte das aldeias por aqui, a nossa tem dois castelos: o velho *château fort*, cujas paredes um dia se encharcaram de sangue, e este novo em reluzente aço inoxidável, onde o suco vermelho vem da uva esmagada e não do prisioneiro esmagado. As artes da guerra e as artes da paz! Acho que os arquitetos deviam ajudar mais na comparação; os silos cintilantes da Cave Coopérative seriam encimados por satíricos recipientes de pimenta, e seteiras em trompe-'oeil poderiam adornar as lustrosas verticais.

Assim é a vida, tendo a meditar enquanto sigo através dos parreirais. Um pouco de Cinsault, um nadinha de Mourvèdre, uma qualquer coisa de Malbec e um tanto assim de Tempranillo: misture tudo e capriche, lá se vai a doninha. Somos VDQS no momento, mas aguardando promoção.

Está vendo aquela torrezinha ali, aquele negócio de pedra, redondo? Um humilde galpão de um andar, e no entanto construído para resistir tanto à passagem do tempo quanto ao gorgulho do algodão. Impressionante? Nasalize aquele ar, prenda aquele falcão suspenso no céu. Não é isto que é a vida? Desculpe-me por um momento, enquanto dou um aceno real para aquele trabalhador lá longe, de avental azul, amamentando sua pá. E eu que costumava ser tão melancólico sobre essas coisas. Eu dizia que a vida era como invadir a Rússia: um começo rápido, a triste redução de velocidade, o pavoroso encontro com o General Inverno, e então o sangue na neve. Mas agora não vejo mais as coisas assim. Não há qualquer razão para que a rota não deva ser uma estrada ensolarada cortando um parreiral, há? Tudo é muito mais animado por aqui. Talvez seja tão simples quanto o sol. Lembra quando descobriram a ligação entre a depressão e o nível de iluminação doméstica? Estoure sua wattagem e economize a conta do psiquiatra! Por que não deveria funcionar também nos grandes espaços ao ar livre? O argumento do clima certamente se aplica ao Alegre Ollie de hoje em dia.

 É mais ou menos uma hora da A61 a Toulouse, com a neblina das primeiras horas da manhã desprendendo-se das campinas e envolvendo as casas da fazenda como gelo-seco. Viro o 403 no pátio da Escola, paro, salto e dissemino *bons mots* como sementes de girassol entre os alunos que esperam. São tão bem-vestidos e... bem, *bonitos*. Garotos e garotas, igualmente. E querem aprender inglês! Não é espantoso? Sei que o pedagogo deve entusiasmar os pupilos com seu gosto contagioso pelo aprendizado e tudo o mais, mas o princípio não se aplica quando se tem à sua frente uma fileira de sacos de milho molhados numa terça-feira chuvosa, à margem da Edgware Road. Mas eis o quadro visto de outro modo: eles querem que eu ensine!

 E é o que faço, o dia inteiro. Depois, um demorado *coup de rouge* talvez, com um pupilo que tem um pouco de dificuldade com os vários tipos de pretérito (e não temos também esse tipo de dificuldade, nós todos?), e uma caminhada para retornar através dos parreirais. De cerca de dois quilômetros de distância dá para ver o brilho do aço da Cave Coopérative à claridade do sol baixo. Passo pelo meu sinal rodoviário favorito: ROUTE INONDABLE. A concisão gaulesa. Na Inglaterra, seria PERIGO: ESTRADA SUJEITA A INUNDAÇÃO. Depois, atravessar cuidadosamente a cidade e cair nos braços da minha mulher e filha. Como me abraça, iridescente bambina, a pequena Sal. Ela se agarra a mim como quem se abraça com uma cortina molhada de chuveiro. Não é isto a vida?

GILLIAN Agora me escute. Agora *me* escute.
Acho que é melhor começar com uma descrição da aldeia em que moramos. Fica a sudeste de Toulouse, no departamento de Aude, no limite do Minervois, perto do Canal du Midy. A aldeia é cercada de parreirais, embora não tenha sido sempre assim. Passeando de carro por aqui atualmente, você pode pensar que sempre foi assim, porque quase tudo parece muito velho, mas não é verdade. Tudo começou com a chegada da estrada de ferro. Antigamente, regiões como esta tinham de ser praticamente autossuficientes, do ponto de vista agrícola. Havia então carneiros para a lã, gado para o leite, cabras talvez, e verduras e frutas e, não sei, provavelmente girassóis para óleo e grão-de-bico e assim por diante. Mas a ferrovia modificou o perfil econômico da região e, ao fazê-lo, igualou tudo. As pessoas pararam de criar carneiros porque a lã que vinha no trem era mais barata que a que podiam fazer. A agricultura diversificada morreu. Pode até haver uma ou outra cabra no quintal, é claro, mas não passa disto. Hoje em dia toda a região produz vinho. Então, o que acontece quando algumas outras regiões produzem vinho melhor e mais barato que o nosso, quando nossas terras e videiras foram exploradas ao máximo de sua capacidade e ainda assim não conseguem competir? Não morreremos de fome, claro, seremos postos pelos economistas na lista dos que recebem os euro-subsídios. Seremos pagos para produzir o vinho que ninguém quer. Depois o transformamos em vinagre ou simplesmente jogamos fora. E isto será um segundo empobrecimento, entende? Será triste.

Essas pequenas torres de pedra nos campos são uma reminiscência de como eram as coisas. As pessoas pensam que são apenas depósitos, mas antigamente tinham velas: eram moinhos de vento, que moíam o milho produzido nos próprios campos em que se localizavam. Agora foram amputados, perderam suas asas de borboleta. E você viu o "castelo" no caminho que atravessa a aldeia? Todo o mundo chama de "castelo" atualmente, e Oliver inventa histórias de arrojo e óleo fervente. Claro que a região viu muitos combates, ao tempo da rebelião Cathar, principalmente; e acho que os ingleses andaram por aqui um ou dois séculos depois. Mas isto é uma pequena aldeia no meio de uma planície sem a menor importância estratégica. Por isto nunca precisou de um castelo. Aquela torre atarracada é apenas o velho depósito de grãos, mais nada. A única coisa da aldeia que atrai visitantes é a frisa medieval no lado oeste da igreja. Ela corre por toda a parede externa, fazendo uma curva sobre a porta no meio. Há cerca de trinta e seis cabeças de pedra entalhadas, alternando-se no desenho. Metade é cabeça de anjo, a outra metade, crânio com um par de ossos cruzados por baixo. Paraíso, inferno, paraíso, inferno, é o que dizem. Ou talvez seja ressurreição e morte, ressurreição e morte, ressurreição e morte, estrondo, estrondo, estrondo como o da ferrovia. Só que não acreditamos mais em inferno e ressurreição. E para mim os anjos não parecem anjos, e sim criancinhas. Não, *uma* criancinha, minha filha, Sophie Anne Louise. Demos a ela três nomes, todos os quais existem tanto em francês quanto em inglês, de modo que ela possa mudar de nome simplesmente mudando de sotaque. Mas aquelas cabeças, agora desgastadas pelo tempo, me lembram minha filha. E dizem para mim, agora, vida, morte, vida, morte, vida, morte.

O que é que há neste lugar? Em Londres, nunca pensei tanto na passagem do tempo e na morte. Aqui tudo é calmo, lindo e sereno, e minha vida foi resolvida para melhor ou pior, e eu me vejo pensando no tempo e na morte. Será por causa de Sophie?

O chafariz, por exemplo. É só um chafariz público normal, ligeiramente grandioso, construído no reinado de Charles X. Um obelisco feito com o mármore rosa que ainda exploram do outro lado da montanha. Há quatro cabeças de Pan na base com zarabatanas na boca. Só que a água não flui mais. Deve ter sido maravilhoso quando o construíram, em 1825, e trouxeram água dos morros distantes. Mas hoje em dia os moradores preferem água engarrafada e o chafariz está seco. Num lado há uma relação dos vinte e seis homens que a aldeia perdeu na Primeira Grande Guerra. Do lado oposto, os três perdidos na Segunda Guerra Mundial e, embaixo deles, um *mort en Indochine*. Num terceiro lado pode-se ler a inscrição original de 1825 gravada em mármore rosa:

MORTELS, SONGEZ BIEN
LE TEMPS PROMPT A S'ENFUIR
PASSE COMME CETTE EAU
POUR NE PLUS REVENIR

Água é como a vida, é o que diz. Só que aqui não corre mais água.
    Observo as velhas. Para o trabalho de casa elas usam vestidos estampados, abotoados de cima a baixo; não exatamente macacões, mais inteligente que isto. Elas saem todas as manhãs e varrem a calçada em frente a suas casas. Depois varrem a rua. Varrem mesmo, tiram toda a sujeira da primeira faixa de asfalto com suas vassouras velhas. Mais tarde, quando o calor ameniza, voltam à calçada, desta vez sentadas em pequenas cadeiras de assento de palha. Ficam ali sentadas até depois do anoitecer, tricotando, tagarelando, sentindo o calor do dia desaparecer, e você então percebe por que varreram a rua. Porque faz parte do seu jardim, onde gostam de se sentar.
    O dinheiro novo de Montpellier vem nesta direção nos fins de semana, mas não para a nossa aldeia. Não somos pitorescos o bastante para eles: levam seus jipes para outra parte e acendem seus Hibachis onde houver uma paisagem de uma colina. Aqui eles acham tudo plano e monótono, e não há um Video d'Oc para suprir suas necessidades. Temos dois bares, um hotel-restaurante bem em frente de onde moramos, uma padaria que começou a fazer *pain noir* e *pain* desde que a *épicerie* passou também a estocar pão, e uma loja de ferragens que vende lâmpadas e veneno de rato.

Ano passado, quase todo o país celebrou o bicentenário da Revolução Francesa. Na nossa aldeia, a única manifestação aconteceu diante da loja de ferragens de M. Garruet: ele encomendou seis vassouras de plástico, duas vermelhas, duas brancas e duas azuis, e as enfiou num recipiente próprio do lado de fora da sua loja. As cerdas eram da mesma cor que os cabos: o conjunto ficou muito alegre. Então alguém comprou as vermelhas – um comunista de passagem, disse uma velha –, o que acabou com a manifestação. Foi o fim do bicentenário para nós, embora tivéssemos ouvido os fogos das outras aldeias.

Toda quarta-feira de manhã, às 9:00, o carro de peixe vem do litoral e para na praça da aldeia. Compramos *dorade* e algo chamado *passard*, para o qual nunca fui capaz de conseguir uma tradução. A praça é alongada, uma espécie de oval torto, e tem uma pequena aleia central de tílias brutalmente podadas sob as quais os velhos jogam *boules*; as mulheres às vezes trazem suas cadeiras de palha para assistir a essa atividade da qual sempre são excluídas. Os homens jogam de noite à luz de projetores; além de suas cabeças podem-se ver as pontas escuras de um distante renque de coníferas. Todo o mundo sabe o que isto significa em uma aldeia francesa: o cemitério.

A *mairie* e a PTT ficam lado a lado, as duas metades do mesmo prédio. Nas primeiras vezes em que fui comprar um selo entrei na *mairie* sem querer.

Você não está interessado nisto, está? Na verdade, não. Estou aborrecendo você, pode dizer. Você quer saber de outras coisas. Muito bem.

STUART Devo lhe contar algo que sempre me deixou ligeiramente ressentido? Provavelmente vai parecer por demais fútil, mas é verdade.

Nos fins de semana ela costumava ficar na cama. Eu era o primeiro a me levantar. Sempre tínhamos um grapefruit, ou pelo menos numa das manhãs, a de sábado ou a de domingo.

Competia a mim decidir. Se eu descesse e sentisse vontade de um grapefruit no sábado, apanhava na geladeira, cortava em dois e punha cada metade numa tigela. Caso contrário, nós comíamos no domingo. Depois de comer minha metade, eu olhava para a de Gillian, na sua tigela. Pensava: É dela, ela vai comer quando acordar. Aí tirava cuidadosamente todas as sementes da sua metade, para que ela não tivesse que fazê-lo. Às vezes o número era bastante grande.

Sabe de uma coisa, em todo o tempo em que estivemos juntos ela nunca reparou nisto. Ou, se reparou, jamais mencionou. Não, isto não teria sido característico dela. Simplesmente não pode ter reparado. Eu ficava esperando que entendesse, e a cada fim de semana me sentia um pouquinho desapontado. Costumava pensar: talvez ela acredite que foi inventado algum tipo novo de grapefruit sem semente. Como pensa que as grapefruits se reproduzem?

Talvez agora tenha descoberto a existência das sementes. Qual deles corta a grapefruit? Não posso imaginar Oliver... oh, merda.

Não acabou. Não sei como não está acabado, mas ainda não está acabado. Alguma coisa tem de ser feita, alguma coisa tem de ser vista. Eu me mudei, eles se mudaram, mas não acabou.

OLIVER Ela é mais forte do que eu, você sabe. Ufa, ufa, ufa! E eu gosto. Amarre-me com cordas de seda, *por favor*.

Oh, vejo que já disse isto antes. Não precisa fazer cara feia. Acho que as caras feias e os suspiros tiram em muito o realce da vida. Gillie suspira às vezes, quando estou sendo *troppo* divertido. Pode ser um grande esforço, sabe, sentir a expectativa lá na escuridão silenciosa. As pessoas são artistas ou plateia, não é mesmo? E às vezes eu queria que a audiência experimentasse subir ao palco pelo menos numa oportunidade.

Vou lhe dizer algo que você ainda não sabia. *Pravda* é a palavra russa para verdade. Não, acho que isto você sabia. O que vou lhe contar é o seguinte: não há rima para *pravda* em russo. Pondere e avalie esta insuficiência. Não ecoa nos canyons da sua mente?

GILLIAN Viemos para cá porque Oliver arranjou um emprego na escola em Toulouse.

Viemos para cá porque eu soube que havia uma chance de trabalhar para o Musée des Augustins. Há também alguns clientes particulares, e me deram duas apresentações.

Viemos para cá porque Londres não é mais um lugar para se criar filhos e queremos que Sophie seja bilíngue como Maman.

Viemos para cá por causa do tempo e da qualidade da vida.

Viemos para cá porque Stuart começou a me mandar flores. Pode imaginar uma coisa dessas? Pode imaginar? Conversamos sobre isso antes. Conversamos sobre todas essas coisas, exceto a última. Como Stuart foi capaz de fazer isso? Não consegui descobrir se estava sendo sincero – um pedido de desculpas – ou uma espécie de vingança doentia. De um jeito ou de outro, não fui capaz de aguentar.

OLIVER A decisão foi de Gill. Bem, é claro que cortejamos a democracia, passamos pelo bendito processo das consultas, mas quando *les frites* são arriadas o casamento sempre consiste em um moderado e outro militante, não acha? Não vá desencavar desta afirmativa nenhuma queixa de rotina dos homens orquiotomizados. Em vez disto, concordemos com a seguinte generalidade: que aqueles que infligiram o casamento a si próprios assumem alternadamente essas máscaras rivais. Quando a cortejei, eu era o linha-dura e ela a moderada. Mas quando chegou a hora de trocar o fedor quente do estagnante ônibus de Londres pelo gentil odor das *herbes de Provence*, foi o pulso migratório de Gillian que ressoou como o gongo cheio de mossas de J. Arthur Rank. As minhas palpitações de expatriado só podiam ser detectadas com ajuda auscultatória.

Olha, foi ela quem descobriu o meu emprego. Arranjou uma publicação trimestral mofada em que podiam ser encontrados os endereços de um honesto emprego *à l'étranger*. Eu estava me deliciando com Londres, tendo em vista que o esteatopígico transferira suas carnes roliças para outro continente. Mas pude perceber o farfalhar antecipatório das asas de Gill; vi-a empoleirada sobre o fio do telefone ao anoitecer, sonhando com o Sul. E se, como uma vez arrisquei com Stu-baby, o dinheiro pode ser comparado ao amor, então o casamento é a conta. Eu gracejo. Eu semigracejo, de qualquer modo.

GILLIAN É claro que Oliver, como a maioria dos homens, é fundamentalmente preguiçoso. Eles tomam uma grande decisão e pensam que podem passar os próximos anos se aquecendo ao sol como um leão em cima do morro. Meu pai fugiu com a sua aluna, e esta provavelmente foi a última decisão que tomou em toda a sua vida. Oliver, agora, é quase a mesma coisa. Faz um bocado de barulho, mas não consegue realizar muito. Não me entenda mal: eu amo Oliver. Mas sei como ele é.

Simplesmente não foi realístico para nós continuar vivendo do mesmo modo, salvo que Oliver encaixou-se na minha vida na mesma posição que Stuart ocupara. Mesmo a minha gravidez não pareceu concentrar os pensamentos de Oliver. Tentei explicar-lhe essas coisas, mas ele só dizia, num tom um tanto dolorido, "Mas eu sou feliz, Gill, sou tão feliz". Eu o amava, claro, por isto, e nos beijávamos e ele acariciava minha barriga, que ainda estava lisa como uma panqueca, fazia alguma piada idiota sobre o girino e tudo ficava bem pelo resto da noite. Esta é a questão com Oliver: ele é muito bom em fazer as coisas ficarem bem o resto da noite. Mas sempre há a manhã seguinte. E na manhã seguinte eu pensava: sinto-me muito alegre por ele estar feliz, sou feliz também, e isto devia ser o bastante, mas não é, não é mesmo? É preciso ser feliz e prática, esta é a verdade.

Agora, não quero que o meu marido seja o dono do mundo – se quisesse, não teria me casado com os dois com que me casei – mas também não quero que fique zanzando por aí sem pensar no futuro. Em todo o tempo que o conheço, a carreira de Oliver, se é que a palavra não é grandiosa demais, realizou apenas um único movimento, e foi para baixo. Ele foi posto para fora da Shakespeare School e foi trabalhar no Mr. Tim's. E qualquer um pode ver que ele tem capacidade para coisa melhor. Precisava apontar na direção certa, especialmente agora, com a minha gravidez. Eu não queria... Olhe, sei que já falei isto antes, e foi a respeito de Stuart, mas é verdade e não me envergonho. Eu não queria que Oliver se desapontasse. Acho que ele deve ter falado no cachorro do Monsieur Lagisquet. Há duas coisas de que ele fala com todo mundo: o castelo na aldeia, que a cada vez se torna uma fortaleza dos Cruzados mais e mais importante ou um baluarte Cathar, e o cachorro. É um cachorro muito amistoso, castanho-avermelhado e de pelo brilhante, chamado Poulidor, mas já tão velho que ficou surdo que nem uma porta. Oliver e eu achamos isto terrivelmente triste, mas não pela mesma razão. Oliver acha que é triste porque Poulidor não pode mais ouvir o assovio amigo do seu dono, quando atravessam os campos, e está confinado num mundo de silêncio. Mas eu acho triste porque sei que ele vai ser atropelado um dia desses. Ele costuma irromper da casa de Monsieur Lagisquet, resfolegando e esperançoso, como se achasse que assim que estiver do lado de fora vai redescobrir a audição. Os motoristas não imaginam que um cachorro possa ser surdo. Não posso deixar de pensar que algum rapaz, ao atravessar a aldeia um pouco depressa demais, veja Poulidor aos saltos e buzine, impaciente, e buzine de novo para o idiota do cachorro e dê uma guinada na dircção tarde demais. Chego a ver tudo isto na minha imaginação. Falei com M. Lagisquet que ele devia prender o cachorro, ou pô-lo numa guia comprida. Ele disse que tentara uma vez, mas Poulidor ficara apático e se recusara a comer, de modo que ele o libertara. Disse que queria que seu cachorro fosse feliz. Eu disse que se pode ser feliz e também ser prático. E agora o cachorro vai ser atropelado um dia desses. Eu simplesmente sei que vai ser.

Entende o que quero dizer?

STUART Eu fiz uma porção de planos. Um dos primeiros foi pagar a uma garota daquela escola horrorosa a que Oliver foi reduzido para denunciá-lo. Dizer que ele a molestara. Provavelmente seria verdade, de qualquer jeito. Se não com esta garota, pelo menos com outra. Talvez ele fosse despedido. Talvez a polícia fosse chamada desta vez. De qualquer forma, Gill teria sabido quem era o homem por quem me abandonara. Seria sempre um enorme aborrecimento, e ela nunca mais teria se sentido segura. Era um bom plano.

Quando cheguei aos Estados Unidos, imaginei outro plano. Eu ia fingir que tinha me matado. Queria magoá-los um bocado, entende. Não cheguei a uma conclusão sobre como iria fazê-lo. Uma ideia era escrever com outro nome para a revista dos ex-alunos, o *Edwardian*, e fazer com que dessem a notícia no obituário. Depois assegurar-me de que a revista seria mandada a Oliver. Pensei também em conseguir algum intermediário para lhe dar a notícia casualmente durante uma visita a Londres. "Que coisa mais triste aquilo do Stuart cometer suicídio, não foi? Não, ele nunca se recuperou da separação. Oh, você não sabia..." Quem faria isto? Alguém. Alguém a quem eu pagasse.

Pensei muito nesta ideia. Fazia com que eu me sentisse deprimido. Tornou-se um tanto tentador, se entende o que quero dizer. Fazer a coisa de verdade. Tornar tudo real, e puni-los. Por isso parei.

Mas não acabou. Oh, meu casamento está acabado, sei disso. Mas *não* está acabado, não enquanto eu não sentir que está. Só quando não doer mais. Ainda falta muito. E não consigo deixar de pensar que não foi *justo* o que aconteceu. Eu devia ser capaz de vencer isto, não devia?

Mme. Wyatt e eu escrevemos um para o outro. Adivinha? Ela está tendo um caso. Sorte a sua, Mme. Wyatt.

OLIVER Esta provavelmente não é a coisa certa para dizer, mas a verdade é que não fiz carreira por dizer as coisas certas. Há horas em que sinto falta de Stuart. Sei, sei, não precisa me dizer. Eu sei o que foi que eu fiz. Tenho mascado minha culpa como um velho viajante bôer masca carne seca em tiras. E o que torna tudo pior é que às vezes penso que Stuart foi a pessoa que melhor me

compreendeu. Espero que ele esteja bem. Espero que tenha uma inamorata bonita e carinhosa. Eu os vejo fazendo churrasco com madeira de algarobo, enquanto os cardeais voam baixo sobre o gramado e as cigarras cantam, lembrando o naipe de cordas da Orquestra Sinfônica de Chicago. Desejo tudo para ele, aquele Stuart: saúde, família, felicidade e herpes. Eu lhe desejaria uma banheira de água quente se não achasse que colocaria nela peixes tropicais. Oh, Senhor, só de pensar nele eu dou risada.
  Sabe se ele arranjou alguma garota? Quem sabe se não tem algum segredo penumbroso, algum segredo sexual. O que poderia ser? Pornografia? Exibicionismo? Telefonemas eróticos? Faxes sujos? Não, espero que ele esteja se saindo bem. Espero que a vida não o esteja deixando apavorado. Eu lhe desejo... reversibilidade.

STUART Eu gostaria de acertar uma coisa que ficou registrada mais atrás. Você provavelmente se esqueceu, mas Oliver costumava fazer essa piada comigo. Bem, não exatamente comigo, mas à minha custa. Sobre como eu pensava que Mantra fosse um carro. Eu deixava que escapasse impune naquele tempo, mas o que eu queria dizer era: "Na verdade, Oliver, é um Manta, não um Mantra." O Manta Ray, para ser exato. Um negócio muito potente, fabricado pela General Motors, com base no Corvette. Cheguei a pensar em comprar um quando cheguei aqui. Mas dificilmente corresponderia à minha imagem. E seria ceder demais ao passado, não concorda?
  Estou certo de que Oliver entendeu mal.

MME. WYATT Stuart escreve. Eu lhe mando notícias, as notícias que houver. Ele não consegue se desprender. Diz que está construindo uma vida nova para si, mas sinto que não é capaz de esquecer o que houve.
  O que poderia ajudá-lo e não posso forçar-me a contar. É sobre a criança. É terrível estar de posse de uma informação de que se acha que poderá magoar alguém. E por não lhe ter falado na criança logo ficou mais difícil falar depois.

Você entende, houve uma tarde em que eles vieram me visitar, minha filha tinha saído da sala e Stuart estava ali esperando para ser examinado, com os sapatos lustrosos e o cabelo penteado para trás, e me disse: "Vamos ter filhos, você sabe." E então pareceu ficar subitamente embaraçado e disse: "Isto é, não estou querendo dizer que vai ser agora... Não estou falando que ela esteja..." Aí houve um barulho na cozinha, ele pareceu ficar mais embaraçado ainda e acrescentou: "Gill ainda não sabe. Quer dizer, ainda não conversamos a respeito, mas estou seguro, quer dizer, oh, meu Deus...", e ficou sem palavras. Eu falei: "Está bem, está bem, é o nosso segredo", e ele pareceu subitamente muito aliviado, e depois pude ver pelo seu rosto que ele não podia esperar que Gillian voltasse para a sala.

Sempre me lembro de quando Oliver me contou que Gillian estava grávida.

Sophie Anne Louise. Um pouquinho pretensioso, não acha? Talvez seja melhor em inglês. Sophie Anne Louise. Não, ainda parece como uma das netas da Rainha Victoria.

GILLIAN Oliver é um bom professor, eu não ia querer que você pensasse de outro modo. Houve um pequeno *vin d'honneur* ao final do último período, e o diretor fez questão de me falar como ele era bom para com os alunos e como todos o apreciavam. Oliver fez pouco disso depois. O que ele afirma é que ensinar "Conversation et Civilization" inglesas é uma galinha morta, já que se pode dizer qualquer coisa estranha que venha à cabeça e os alunos consideram como sendo um exemplo de valor incalculável de *le British senso de humor*. Mas seria característico dele dizer isto. Oliver é dado a fanfarronadas, mas na verdade não tem autoconfiança.

Mandar flores para a sua ex-mulher dois anos depois de ter se separado dela. O que será que isto quer dizer?

Quando eu estava crescendo, o que hoje me parece ter sido há muito tempo, conversei sobre as coisas que todas as meninas conversam. O que desejávamos de um homem, o que estávamos procurando? Geralmente, com as outras, eu só dizia os nomes de artistas de cinema. Mas para mim mesma eu dizia que o que queria era alguém que eu pudesse amar, respeitar e desejar. Pensava que era isto o que deveria procurar, se a coisa fosse para perdurar. E quando comecei com os homens, sempre me pareceu tão difícil quanto conseguir três morangos em sequência numa máquina caça-níqueis. Você consegue um e depois pode conseguir outro, mas a esta altura o primeiro já sumiu. Havia um botão marcado SEGURA, mas não parecia funcionar direito.

Amor, respeito, desejo. Pensei que tivesse as três coisas com Stuart. Pensei que tivesse todas as três com Oliver. Mas talvez não seja possível ter as três. Talvez o melhor que se consiga é ter duas e o botão SEGURA sempre escangalhado.

MME. RIVES Ele diz que é canadense. De Quebec não é. Queria um quarto de frente. Não me disse quanto tempo ficaria. Falou de novo que era canadense. E daí? Dinheiro não tem cor.

GILLIAN Tinha de haver regras. Tinha de haver regras muito firmes, e isto é óbvio, não é? Não se pode simplesmente "ser feliz"; você tem de administrar a felicidade. Esta é uma das coisas que eu sei agora. Viemos para cá, era um novo começo, e adequado desta vez. Um novo país, novos empregos, o bebê. Oliver a fazer discursos sobre a Recém-Encontrada Terra da Promissão e assim por diante. Um dia, quando Sophie me cansara mais que o usual, eu o interrompi.

Olhe, Oliver, uma das regras é nada de casos.
– Che?
– Nada de casos, Oliver.

Talvez eu tenha dito de modo errado, não sei, mas ele realmente perdeu as estribeiras. Você pode imaginar a retórica. Não me lembro de tudo, porque acho que quando estou cansada tenho uma espécie de sistema de filtragem para o Ollie. Só fico com o que preciso para prosseguir com a conversa.

– Oliver, só estou dizendo que... Dadas as circunstâncias em que nos conhecemos... tendo em vista que todo mundo pensou que estivéssemos tendo um caso e que foi por isto que Stuart e eu nos separamos... Só acho que, em benefício de nós mesmos, temos de ser cuidadosos.

Agora, Oliver sabe ser extremamente sarcástico, como você já deve ter notado. Ele nega, diz que sarcasmo é uma coisa vulgar. "Jocosa ironia *au maximum*", afirma. Assim, talvez estivesse sendo apenas jocoso e irônico quando me disse que, *se* estivesse se lembrando corretamente, o motivo pelo qual não tivemos um caso enquanto eu estava ainda casada com Stuart era porque *ele* declinara da minha oferta premente (várias referências anatômicas neste ponto, que deixarei de fora), e assim, se havia uma pessoa capaz de despertar suspeitas de estar tendo casos era *eu* etc. etc. O que eu suponho ter sido um argumento justo, salvo que mães de filhos pequenos e que em sua maioria também trabalham não têm energia de pular na cama com outras pessoas e assim por diante.

Foi horrível. Foi uma competição de gritos. Eu só estava tentando ser prática, tentando expressar algo que eu achava ser resultado do meu amor por Oliver, e ele ficava assim todo nervoso e hostil.

Essas coisas não desaparecem imediatamente. E o calor aqui piora tudo. Ficamos agressivos um com o outro toda a semana seguinte. E adivinhe só. Aquele estúpido tanque velho de que ele gosta porque pensa que tem classe enguiçou três vezes. Três vezes! E a terceira vez que ele mencionou o carburador eu devo ter parecido um tanto cética; virou-se contra mim.

– Vamos, diga, então.
– O quê?
– Vamos, diga.
– Está bem – falei, sabendo que não devia. – Qual é o nome dela?

Ele deu uma espécie de rugido, como se tivesse ganhado o jogo por me ter feito dizer aquilo, e quando olhei para Oliver, de pé junto a mim, soube – nós dois soubemos, creio – que ele podia facilmente me bater. Se eu continuasse, ele teria me batido. Ele ganhou e nós dois perdemos. Não chegou a ser uma briga de verdade, não uma briga por um motivo qualquer, só algo surgido de uma insensata necessidade de discutir. Eu não conseguira êxito em administrar a felicidade.

Mais tarde eu chorei. E pensei: NABO'S SUECO'S BATATA'S DOCE'S MAÇÃ'S COX'S COUVE'S DE BRUXELA'S. Ninguém jamais falara com aquele sujeito, ninguém o corrigira. Ou se corrigira, ele não ouvira.

Não, isto não é a Inglaterra. É a França, de modo que lhe darei uma comparação diferente. Eu estava conversando com Monsieur Lagisquet outro dia. Ele tem alguns hectares de videiras fora da aldeia e me disse que antigamente costumavam plantar uma roseira na ponta de cada linha de videiras. Parece que a rosa mostra sinal de doença primeiro, de modo que as roseiras agiam como um sistema de alerta precoce. Ele me disse que localmente esta tradição desaparecera, mas que ainda procediam assim em outras partes da França.

Acho que, na vida real, as pessoas deviam plantar roseiras. Precisamos de um tipo qualquer de alerta precoce.

Oliver está diferente aqui. Ou melhor, é o contrário. Oliver está exatamente como sempre foi e sempre será, só que aqui o resultado é outro. Os franceses realmente não o entendem. Isso nunca me chamou a atenção antes de virmos para cá, mas Oliver é uma dessas pessoas que fazem mais sentido num contexto. Pareceu-me terrivelmente exótico quando o conheci; agora me parece menos interessante. E também não é só o efeito do tempo e da familiaridade. É que aqui a única pessoa que ele tem para ligá-lo sou eu, e não chega. Ele precisava de alguém como Stuart por perto. É a mesma coisa que a teoria das cores. Quando você põe duas cores lado a lado, afeta o modo como vê cada uma delas. É exatamente o mesmo princípio.

STUART Tirei três semanas de licença. Fui a Londres. Pensei que seria capaz de me sair melhor do que me saí. Não sou estúpido, não tentei voltar aos lugares em que estivera com Gill. Só me sentia furioso e triste ao mesmo tempo. Dizem que furioso-triste é um aperfeiçoamento de triste-triste, mas não estou tão certo. Se você está triste-triste, os outros são bonzinhos. Mas se você está se sentindo furioso-triste só quer ir para o meio da Trafalgar Square e gritar. A CULPA NÃO É MINHA. OLHEM O QUE FIZERAM COMIGO. POR QUE ACONTECEU? NÃO É JUSTO. Pessoas que estão furiosas-tristes não estão superando os obstáculos; são estas pessoas que enlouquecem. Sou aquela pessoa que você vê no metrô falando sozinha um pouco alto demais, o tipo do qual você quer distância. Não se aproxime, pode ser um assaltante ou um traficante de drogas. Pode de repente saltar na frente do trem – ou empurrar você sobre os trilhos.

Assim fui ver Mme. Wyatt. Ela me deu o endereço deles. Eu disse que queria escrever porque da última vez que nos havíamos encontrado eles tinham tentado se mostrar amigos e eu os enxotara. Não sei se Mme. Wyatt acreditou em mim. Ela conhece bem as pessoas. Assim, mudei de assunto e perguntei-lhe sobre seu novo amante.

– Meu velho amante – replicou ela.

– Oh – exclamei, imaginando um cavalheiro idoso com uma manta sobre as pernas. – Você não me disse a idade dele.

– Não, o que eu quis dizer foi meu antigo amante.

– Sinto muito.

– Não se preocupe. Foi só uma... uma passagem. *Faut bien que le corps exulte.*

– Sim. – Sabe, esta é uma palavra que eu não teria pensado em usar. Será que o corpo *exulta* em inglês? O corpo se diverte bastante, creio, mas não sei se exulta no sentido exato da palavra. Ou talvez seja só eu.

Quando chegou a hora de me despedir, Mme. Wyatt me disse:

– Stuart, acho que é um pouquinho cedo.

– O que é cedo? – Imaginei que ela estava querendo dizer que eu não me demorara ainda o bastante.

– Para entrar em contato. Dê um tempo.
– Mas eles me pediram...
– Não, não para eles. Para você.

Pensei bem e comprei um mapa. O aeroporto mais perto parecia ser o de Toulouse, mas não fui para Toulouse. Tomei um avião para Montpellier. Eu poderia estar indo para qualquer outro lugar, entende. E fui mesmo, no princípio. Peguei o carro e saí na direção oposta. Depois achei que era estupidez, e examinei o mapa de novo.

Passei duas vezes pela aldeia sem me deter. Na primeira vez, estava nervoso e andava um pouco depressa demais. Apareceu um maldito cão correndo e quase se meteu entre as rodas do carro; tive que dar um golpe de direção. Na segunda, passei mais devagar e vi o hotel.

Voltei depois do anoitecer e pedi um quarto. Não houve qualquer dificuldade. A aldeia parece bastante agradável, mas não é exatamente uma armadilha para turistas.

Eu não queria que dissessem "Oh, temos um inglês na aldeia", e por isto disse a Madame que era canadense, e só para me garantir registrei-me sob nome falso.

Pedi um quarto de frente. Fico na janela. Observo.

GILLIAN Não tenho premonições, não sou paranormal. Não sou dessas pessoas que dizem que são dadas a pressentimentos. Mas quando me disseram eu soube.

Para ser sincera, não tenho pensado muito em Stuart desde que nos mudamos para cá. Sophie ocupa a maior parte do meu tempo. Ela se modifica tão depressa, está o tempo todo mudando de interesse, preciso de todos os minutos. E também tem Oliver, assim como o meu trabalho.

Só pensei em Stuart nos maus momentos. Dito assim, parece injusto, mas é verdade. Por exemplo, a primeira ocasião em que você percebe que não pode – ou que pelo menos não vai contar tudo ao homem com quem se casou. Aconteceu com Oliver o mesmo que com o Stuart. Não estou falando em mentir, é só uma questão de ajustar as coisas, de economizar um pouco a verdade. A segunda vez surpreende menos, embora faça com que você se lembre da primeira.

Eu estava junto do furgão de peixe, na manhã de quarta-feira. Na Inglaterra, todo mundo formaria uma fila. Aqui você só se reúne nas proximidades, e as pessoas sabem quem é a próxima, e se é você a próxima, mas não está com pressa, simplesmente cede a vez a alguém. *Suis pas pressée.* Depois de você. Mme. Rives estava ao meu lado e me perguntou se os ingleses gostavam de truta.

– Naturalmente – respondi.

– Estou com um hóspede inglês no momento. *Sont fous, les Anglais.* – Ela riu ao dizer isto, como que a indicar que eu não estava incluída na generalização.

Esse tal inglês chegara três dias antes e ficava no seu quarto o tempo todo. Exceto por uma ou duas vezes, tarde da noite, quando saíra às escondidas. Disse que era canadense, mas tinha um passaporte inglês, e o nome escrito nele era diferente do nome que dera ao chegar.

Quando me disseram, eu soube. *Eu soube.*

– O nome dele é canadense? – perguntei, casualmente.

– O que é um nome canadense? Não sei dizer a diferença. Ele se chama "Uges" ou algo assim. Isto é canadense?

Uges. Não, isto não é particularmente canadense. É o nome do meu primeiro marido. Já fui Madame Stuart Uges, só que nunca cheguei a usar o nome dele. Ele achava que sim, mas na verdade não cheguei a fazê-lo. E tampouco troquei o meu nome pelo de Oliver.

OLIVER Estou sendo bom. Estou macaqueando a *fons et origo* da virtude doméstica. Se tivéssemos tido gêmeos eu os chamaria Lares e Penates. Eu não telefono sempre que a falta de pontualidade toulousiana ameaça? Não me levanto noturnamente para trocar a fralda suja da pequena Sal e providenciar o algodão para a limpeza? Não sou o orgulhoso encarregado de uma horta incipiente, e as trepadeiras já não lutam para subir em zigue-zague pela minha armação de bambu?

A verdade é que Gill está, no momento, um pouco desligada de sexo. É como tentar inserir um parquímetro numa concha. Acontece, acontece. De acordo com um embolorado mito transmitido por *les blanchisseuses d'antan*, é uma verdade estabelecida que a *moglie* lactante não pode engravidar. Finalmente estou agora em posição de localizar a instável bola de mercúrio de verdade que dá a esse mito seu peso específico (desculpe a química). O fato é que a *moglie* lactante não raramente declina de servir-se do ardente banco de genes que desposou: *niente* de jogging horizontal. Não é de admirar que não engravide.

O que é um pouco chato, já que a pequena Sal foi ideia dela. Por mim, continuávamos tocando o barco como estávamos.

STUART Eu disse a mim mesmo que não tinha um plano, mas tinha. Fingi que estava indo a Londres aproveitando a oportunidade. Que peguei um avião para Montpellier só para ter algo para fazer. Que aconteceu de passar pela aldeia, e que coincidência...

Vim para me defrontar com eles. Vim para ficar no meio da Trafalgar Square e berrar. Eu sabia o que fazer ao chegar aqui. Eu sabia o que dizer ao chegar aqui. A CULPA NÃO FOI MINHA OLHA O QUE VOCÊS FIZERAM COMIGO. POR QUE ME FIZERAM ISTO? Ou melhor, eu não me confrontaria com *eles*, e sim com *ela*. A culpa era dela. Ela é que tinha dito que sim.

Eu ia esperar até que Oliver tivesse saído para aquela escolinha de merda em Toulouse onde ensina. Mme. Wyatt fez parecer que era coisa boa, mas devia estar exagerando sua lealdade. Aposto como é uma pocilga. Eu ia esperá-lo sair e depois visitar Gillian. Eu teria sabido que palavras dizer, e que palavras.

Mas agora não posso. Olhei pela janela e a vi. Parecia exatamente a mesma, com uma saia verde de que me lembro muito bem. Cortou o cabelo bem curto, o que me causou um sobressalto, mas havia algo que me causou um choque muito maior. Ela estava com um bebê no colo. Seu filho. Filho deles. Filho do maldito Oliver. Por que não me avisou, Mme. Wyatt? Aquilo me derrubou. Fez com que eu me lembrasse do futuro que nunca cheguei a ter. De tudo o que foi roubado. Não sei se aguento.

Você acha que eles trepavam o tempo todo? Você nunca me disse sua opinião, disse? Eu pensava que sim, depois me acalmei e achei que não, agora penso que sim de novo. O tempo todo. Que lembrança asquerosa para se guardar. Não posso nem mesmo rememorar aquele pedaço da minha vida e dizer que fui feliz. Eles envenenaram a única coisa boa do meu passado.

Oliver tem sorte. Gente como eu não gosta de matar os outros. Eu não saberia como serrar os freios do seu carro. Uma vez fiquei de porre e dei uma cabeçada na cara dele, mas este episódio não estimulou o meu gosto por este tipo de coisa.

Eu quisera ser capaz de vencer Oliver numa discussão. Quisera que pudéssemos ter um debate em que eu provasse que merda ele tem sido, como nada foi culpa minha e como Gill teria sido feliz comigo. Mas não adiantaria. Antes de mais nada, Oliver ia gostar muito, e tudo acabaria sendo sobre ele e não sobre mim e sobre como *interessante* e *complicado* ele era. E eu acabaria dizendo CALA A BOCA, VOCÊ ESTÁ ENGANADO, VÁ SE FODER, o que tampouco seria satisfatório.

Às vezes me consola a ideia de que Oliver seja um fracasso. O que foi que ele fez nos últimos dez anos salvo roubar a mulher de outro homem e deixar de fumar? Ele é inteligente, nunca neguei, mas não é inteligente o bastante para ver que é preciso ser mais que inteligente. Não basta só saber as coisas e ser divertido. A estratégia de vida de Oliver sempre foi mais ou menos assim: ele está satisfeito em ser ele mesmo e supõe que se se aguentar pelo tempo suficiente alguém acaba aparecendo e lhe dá o dinheiro que precisa para continuar sendo ele mesmo. Como fazem com aqueles artistas. Só que ninguém fez isto, e as chances de aparecer alguém nesta aldeia e fazer uma proposta dessas são muito tênues. O que temos, então, neste meio-tempo? Um inglês expatriado de trinta e tantos anos, sobrevivendo no interior da França com a mulher e um bebê. Eles estão fora do mercado de imóveis de Londres, e, acredite em mim, depois que se sai não se consegue mais voltar. (Foi por isto que comprei a parte de Gillian na casa. Terei um lugar para onde voltar.) Posso ver Oliver daqui a alguns anos, um daqueles tipos meio hippies e velhos que circulam pelos bares filando bebidas de ingleses e perguntando se ainda há aqueles ônibus vermelhos de dois andares em Londres, e, a propósito, você já leu o seu *Daily Telegraph* de hoje?

E vou lhe dizer uma coisa. Gillian não vai aguentar. Não a vida toda. Ela é, basicamente, uma pessoa muito prática e eficiente que gosta de saber o que está acontecendo e odeia desordem. Oliver é uma desordem. Talvez ela devesse sair para trabalhar e deixá-lo em casa com as crianças. Só que ele ia pôr a caçarola no berço e cozinhar o bebê por engano. O fato é que ela é muito mais talhada para mim do que para Oliver.

Oh, merda. *Merda*. Eu disse que jamais pensaria nisso de novo. Merda, eu... olhe, me dá um momento, sim? Não, está bem. Não, basta me deixar em paz. Sei dizer exatamente quanto dura este momento. Exatamente quanto. Tenho bastante prática, pelo amor de Deus.

Aaaah. Ffff. Aaaah. Efff. Aah.

Tudo bem.

OK.

OK.

Uma das boas coisas dos Estados Unidos é que você lá pode conseguir o que quiser a qualquer hora do dia ou da noite. Inúmeras vezes, solitário e um pouco bêbado, encomendei flores para Gill. Flores internacionais pelo telefone. Você só dá a eles o número do seu cartão de crédito e eles fazem o resto. A coisa boa é que você não tem tempo de mudar de ideia.

– Mensagem, senhor?

– Nenhuma mensagem.
– Ah-ha, um segredo-surpresa.
– Sim, um segredo-surpresa. – Só que ela saberá. E talvez venha a se sentir culpada. Eu não me aborreceria nem um pouco. Seria o mínimo que poderia fazer por mim.
Como digo, não estou mais no negócio de ser gostado.

OLIVER Eu estava no jardim, dando uma ajuda a um ou dois ramos da trepadeira. Eles crescem suficientemente retorcidos, mas antes de mais nada são cegos como gatinhos e saem na direção errada. Então você pega aquela haste delicadamente torcida, ajeita com gentileza em torno do bambu e espera que se firme. É como observar a infanta Sal agarrar o bambu do meu dedo médio.

Não é isto a vida?

Gill tem andado um pouco rabugenta nos últimos dias. Pós-parto, pré-menstrual, mid-lactação, é difícil dizer a diferença atualmente. O *tiercé* do temperamento, e Ollie perde. Ollie não consegue mais entreter, Parte Quinze. Talvez eu deva me apressar e ir até uma *pharmacie* e comprar um antitérmico.

Mas você ainda me acha divertido, não acha? Só um pouquinho? Vamos, admita. Sorria! Cantos da boca para cima!

Amor e dinheiro: aquela foi uma analogia errada. Como se Gill fosse alguma companhia de capital aberto para eu fazer uma oferta por ela. Veja bem, Gill controla o maldito mercado, sempre controlou. As mulheres mandam em tudo. Talvez não a curto prazo, mas sempre a longo prazo.

GILLIAN Ele está no hotel do outro lado da rua. Pode ver nossa casa, nosso carro, nossa vida. Quando estou lá fora de manhã varrendo a calçada, acho que vejo um vulto atrás de uma das janelas do hotel.

Agora, o que eu provavelmente teria feito nos velhos tempos é o seguinte. Eu teria ido até o hotel, perguntado por ele e sugerido que conversássemos sensatamente. Mas não posso fazer isto. Não depois do modo como o magoei.

Assim, tenho de esperar por ele. Presumindo que saiba o que quer fazer, ou o que quer dizer. E ele já está lá há dias. E se não souber o que quer? Se ele não souber, então vou ter de lhe dar alguma coisa, vou ter de mostrar alguma coisa. O quê? O que posso lhe dar?

MME. RIVES Paul preparou a truta com amêndoas, do seu jeito costumeiro. O inglês disse que gostou, o que foi o primeiro comentário que fez até agora sobre o hotel, o quarto, o desjejum, o almoço ou o jantar. Depois, ele disse algo que não entendi a princípio. Seu francês não é muito bom e ele tem um forte sotaque, de modo que tive de pedir que repetisse.

– Comi isto uma vez com minha mulher. No norte. No norte da França.

– Ela não está com o senhor, a sua esposa? Ficou no Canadá?

Ele não respondeu. Só disse que depois queria um *créme caramel* e, para terminar, café.

GILLIAN Tive uma ideia. Ainda está longe de chegar a ser um plano. Mas o principal é que não posso, não posso de modo algum contar a Oliver. Há duas razões para isto. A primeira é que não posso confiar em que ele faça a coisa certa, a menos que seja *real*. Se eu lhe pedir para fazer algo, ele estragará tudo, transformará numa performance, e tem de ser real. A segunda razão é que *eu* tenho de fazer essa coisa, arranjá-la, acertá-la. É algo que *eu* devo. Você entende?

STUART Fico de pé à janela. Espero e espio. Espero e espio.

OLIVER As abobrinhas estão progredindo bem. Cultivo uma variedade chamada *rond de Nice*. Duvido que haja na Inglaterra, onde se preferem aquelas compridas que só servem para cartões-postais. "Só estou admirando as suas abóboras, *Mister* Blenkinsop!" As *Rond de Nice* são, como seu nome dá a entender, esféricas. Devem ser colhidas quando maiores que uma bola de golfe mas menores que uma bola de tênis, dê uma rápida fervura, corte em duas partes, uma gota de manteiga, pimenta-do-reino, e *deleite-se*.

Ontem à noite Gillian começou a me interrogar sobre uma das garotas da escola. Falou sobre coisas irrelevantes. Podia ter acusado Pelléas de transar com Mélisande (embora eu suponha que eles devem ter feito isto, não devem?). De qualquer modo, Gillian começou a me infernizar com isso. Estava eu de olho em Mlle. Qualeramesmoonome – Simone? Eu estava me encontrando com ela? Era por isto que o nobre Peugeot tinha tido outro desmaio na semana passada? Acabei por, na tentativa de acalmá-la, murmurar: "Minha querida, ela não tem a *metade* da beleza" – uma alusão, como você deve ter percebido, a uma das respostas de Oscar no seu julgamento. Imprudente, imprudente! Pois a inteligência de Ollie, como foi o caso de Oscar, só serviu para atirá-lo na cadeia. Ao final da noite, teria lhe parecido o George V. O que é que está havendo com Gill? *Você* é capaz de dizer?

Se há uma coisa que me irrita profundamente é ser acusado de indulgência sexual quando as palmas das minhas mãos ainda nem começaram a suar.

GILLIAN É injusto? O que é justiça? Quando foi que a justiça teve algo a ver com o modo pelo qual conduzimos nossas vidas? Não há tempo para pensar nisto. Só tenho que seguir adiante. Arranjar as coisas para Stuart. Eu lhe devo isto.

STUART Ela sai todas as manhãs depois que Oliver vai trabalhar e varre a calçada. Em seguida varre também um pedaço da rua, como as outras mulheres da aldeia. Por que fazem isto? Para ajudar a reduzir a despesa da limpeza municipal? Eu não sei. Ela põe o bebê numa cadeira alta logo atrás do portal. Não sei dizer se é menino ou menina, nem quero descobrir. Ela põe a criança na sombra, onde pode vê-la e onde a criança não recebe poeira no rosto. Então ela varre e de vez em quando olha para o bebê, e posso ver seus lábios se mexendo como se dissesse algo. E ela varre, e depois entra com o bebê e a sua vassoura.

Não aguento. Isso ia ser o meu futuro.

GILLIAN Pode funcionar. Talvez seja do que Stuart precisa. E, de qualquer maneira, é o melhor de que sou capaz. É horrível pensar nele sentado no seu quarto do outro lado da rua, ruminando.

Comecei ontem à noite e vou continuar mais um pouco hoje. Amanhã de manhã vai ser a hora de experimentar. Sei que Stuart observa quando Oliver sai para o trabalho – eu o vejo à janela. E Oliver fica mal-humorado se tem de se levantar de noite para trocar Sophie. Eu normalmente não me meto com ele depois que foi sua vez, mas amanhã não.

Com a maioria das pessoas é assim: se fizeram alguma coisa que não deviam, se enfurecem quando são acusadas. A culpa se expressa como ultraje. É o normal, não é? Bem, Oliver é ao contrário. Se você o acusa de ter feito algo que não devia, ele parece ficar satisfeito e quase se congratula com você por ter descoberto. O que realmente o irrita é ser acusado de algo que não fez. É como se pensasse, meu Deus, eu *podia* ter feito isso, afinal. Já que sou suspeito, podia muito bem ter feito, ou pelo menos tentado. Assim, ele fica furioso em parte por ter perdido a chance.

É por isto que escolhi Simone. Uma dessas garotas francesas muito sérias, com a testa ligeiramente franzida o tempo todo. O tipo da garota que jamais entenderia aonde Oliver quer chegar. Lembro-me que no *vin d'honneur* me disseram que ela aparentemente tentara corrigir o inglês de Oliver na classe. Ele não teria gostado nem um pouco.

Assim, me decidi por ela. Parece que está funcionando. Só por curiosidade, você acha que Oliver me tem sido fiel desde que nos casamos? Desculpe, isto não é nem aqui nem lá.

Há vários problemas com o que estou fazendo. O primeiro é que, se der certo, provavelmente teremos de nos mudar da aldeia. Bem, isto pode ser arranjado. O segundo é: devo contar a Oliver

depois? Ou nunca? Compreenderia o que fiz ou simplesmente passaria a confiar menos ainda em mim? Se soubesse que tudo foi planejado, talvez nunca mais voltasse a confiar em mim.
    Há outro risco também. Não, tenho certeza de que conseguirei nos conduzir de volta ao ponto onde estávamos antes. Posso ajeitar as coisas, sou boa nisto. E depois de terminar, nós nos veremos livres de Stuart e Stuart se livrará de nós.
    Não creio que eu vá dormir muito esta noite. Mas não vou substituir Oliver na sua vez de trocar Sophie.
    Odeio fazer isto, você sabe. Mas se eu parasse para pensar mais, podia ser que meu ódio aumentasse tanto que não fizesse nada.

STUART Estou bloqueado. Completamente bloqueado. Paralisado. Quando as luzes deles se apagam, o que acontece normalmente entre 11:45 e 11:58, eu dou uma volta. A não ser por isto, fico na janela.
    Eu espio. Espio e penso que aquilo ia ser o meu futuro.

GILLIAN Tenho mesmo este medo. Será a palavra certa? Talvez eu queira dizer premonição. Não, não é. Estou falando mesmo de medo. E é este o medo: de que o que vou exibir para Stuart acabe sendo a verdade.

OLIVER Sabe o que penso? Penso que deviam pôr umas placas sinalizando a Rodovia da Vida. CHUTE DE PIERRES. CHAUSSÉE DEFORMÉE. ROUTE INONDABLE. PERIGO: ESTRADA SUJEITA A INUNDAÇÕES. Deviam pôr essas placas em todas as curvas.

STUART Saio para andar. Depois da meia-noite.
    E quando o céu escurece
    aves noturnas sussurram para mim...

GILLIAN Quando eu era pequena, meu pai costumava me dizer: "Não faça uma careta que pode dar um vento." E se der um vento agora?

OLIVER Jesus. Jesus.
OK, sinto muito. Não devia ter feito aquilo. Não vai acontecer de novo. Na verdade, não sou assim. Cristo, ainda agora tive a excelente ideia de apertar o acelerador, passar direto por Toulouse e nunca mais voltar. Tudo o que dizem sobre as mulheres é verdade, não é? Mais cedo ou mais tarde, *tudo* acaba por demonstrar ser verdadeiro.

Há dias que ela vem pegando no meu pé. Exatamente como... oh, escolha você mesmo a porra da ópera que sirva para a comparação. Estou farto de fazer todo o trabalho.

Ela está cansada, eu estou cansado, está certo? Quem tem estado de serviço junto ao pinico infantil a semana toda? Quem gasta horas todos os dias na A61? A última coisa de que preciso é chegar em casa para enfrentar a Inquisição espanhola.

Foi assim. La Gillian não parecia exatamente satisfeita por me ver quando cheguei em casa ontem à noite. Assim levantei acampamento para o jardim e comecei a queimar umas folhas. Por que fazer aquilo? Claro, conclui ela imediatamente, a fim de encobrir o perfume incriminador do Chanel Numéro Soixante-Neuf da minha suposta amante.

E assim por diante. O resto da noite foi quase todo assim. Fui para a cama exausto. Os cadeados costumeiros na roupa de dormir; não que eu tenha tentado tirá-los. Três da madrugada, serviço de latrina. Aparentemente o fedor fecal piorou bastante depois que a criancinha passou a ingerir sólidos. Esta parte é sopa, estou seguramente informado. Água de rosas, se comparado com o que vem mais tarde.

O despertador dispara com a gentileza de um aguilhão para o gado. Aí começa tudo de novo. Durante o *café da manhã*. Nunca a vi assim antes, me irritando como se tivesse uma experiência de muitos anos. Sabendo exatamente onde ferroar. A Acupuntura da Briga. Olhei para o seu rosto, aquele rosto pelo qual me apaixonei no dia em que ela se casara com a pessoa errada. Estava desfigurado pelo ódio. Seu cabelo deixara de lado a escova, assim como o rosto desdenhara a loção matinal. Sua boca se abria e fechava e eu tentava não ouvir, sem poder deixar de pensar que tentar não parecer uma megera talvez fosse um modo melhor de persuadir o marido a não ter o caso que, de qualquer maneira, ele não estava tendo. Quer dizer, realmente surreal. Megassurreal.

Então ela passou a me perseguir pela casa. E você tem de decidir se ela está doente ou não, e, embora estivesse se comportando doentiamente, não pude me convencer de que estivesse doente. O que significa que gritei de volta. E aí comecei a me preparar para sair para o trabalho, e ela me acusou de fugir para ver minha namorada, e estávamos gritando um com o outro quando saí porta afora.

E a coisa continuou. E continuou. Ela me seguiu até o carro, gritando como uma gralha. No meio da rua principal. Com toda a força dos pulmões, acusações, digamos, de natureza pessoal e profissional, *mit* todo o mundo olhando. Guinchando. Carregando Sal no colo por alguma razão que eu não era capaz de adivinhar, e se aproximando, se aproximando cada vez mais enquanto eu me atrapalhava com as chaves do Peugeot. Eu pulava, pulava e lutava com aquelas chaves. E a porra da porta não abria. Ela chegou em cima de mim com suas loucas acusações. Eu bati nela, bati na sua cara com as chaves que tinha na mão e seu rosto ficou cortado, e eu pensei que fosse ter um troço, olhava para ela como que para dizer: certamente isto não é verdade, é? Pare o filme. Aperte o botão para rebobinar, é só uma fita de vídeo, não é? E ela simplesmente continuou gritando, com uma expressão de loucura e ódio no rosto. Eu não pude acreditar. "Cala a boca", "Cala a boca", "Cala a boca", gritei, e quando ela não se calou, bati de novo. Consegui abrir a porta do carro, pulei dentro e fui embora.

Olhei pelo espelho. Ela ainda estava lá, no meio da rua, uma das mãos segurando o bebê, a outra pressionando com um lenço o sangue no rosto. Segui em frente. Ela ainda estava lá. Dirigi como um maluco ou tão depressa quanto um maluco conseguiria dirigir, caso tivesse esquecido de passar a segunda marcha. Quando fiz a curva em duas rodas perto da Cave Coopérative, a visão que eu tinha dela desapareceu.

MME. RIVES *Sont fous, les Anglais.* Aquele canadense que ficou com o quarto 6 e só saía depois de escurecer: ele era inglês. Ele me disse duas vezes que era canadense, mas deixou o passaporte à vista quando eu e a garota fomos fazer a limpeza e não tinha nos dito nem seu nome verdadeiro. Deu o nome trocado. Era muito quieto, ficou no quarto uma semana, e quando foi embora apertou minha mão, sorriu pela primeira vez e disse que estava feliz.

E aquele casal jovem que comprou a casa do velho Bertin. Pareciam simpáticos, ela era muito orgulhosa do seu bebê, ele muito orgulhoso daquele seu estúpido Peugeot que vivia quebrando. Eu lhe disse um dia que devia comprar um pequeno Renault 5 como todo mundo. Ele me disse que renunciara ao mundo moderno. Costumava dizer coisas idiotas assim, embora de uma maneira perfeitamente encantadora.

E aí o que é que acontece? Eles ficaram seis meses, as pessoas começaram a gostar deles, quando têm uma tremenda discussão no meio da rua. Todo o mundo para para olhar. Finalmente ele bate duas vezes na cara dela, pula no seu carro velho e vai embora. Ela fica no meio da rua por uns cinco minutos, com sangue no rosto, depois volta para dentro de casa e não sai mais. Foi a última vez em que a vimos. Uma semana depois, eles pegaram tudo o que tinham e desapareceram. Meu marido diz que os ingleses são uma raça louca e violenta e que o seu senso de humor é muito esquisito. A casa está à venda: é aquela lá, está vendo? Vamos torcer para que desta vez venha para cá alguém sensato. Se tiver de ser um estrangeiro, que seja um belga.

Desde então não aconteceu muita coisa na aldeia. O cachorro de Lagisquet foi atropelado por um carro. O cachorro era surdo, e Lagisquet um velho bobo. Dissemos a ele que tinha de amarrar o bicho. Ele disse que não queria interferir com a liberdade e a felicidade de Poulidor. Pois bem, ele afinal interferiu com a liberdade e a felicidade do cachorro. Abriu a porta da frente, o animal saiu correndo e um carro passou por cima. Umas pessoas ficaram com pena de Lagisquet. Eu não. Eu disse: "Você é um velho tolo. Provavelmente tem sangue inglês."

Este livro foi impresso na Editora JPA Ltda.,
Av. Brasil, 10.600 – Rio de Janeiro – RJ,
para a Editora Rocco Ltda.